AF203296

Sandra Hughes

Tessiner Vermächtnis

*Der zweite Fall
für Tschopp & Bianchi*

Roman

Kampa

Die Autorin dankt dem Fachausschuss Literatur BS/BL
für die Unterstützung.

Für den Blick hinter die Verlagskulissen:
www.kampaverlag.ch/newsletter

Teil 1

I

Für die Zeremonie war alles gerichtet. In der Palazzina indiana standen Tisch und Stühle für das Brautpaar und den Standesbeamten, dahinter drei Sitzreihen für die Gäste. Ein Blumenstrauß auf dem Tisch, Blumenbäumchen draußen vor dem Eingang, weiße Riesenschleifen um die Säulen der Palazzina gebunden. Das Wasserbecken davor von Algen befreit, hellblau spiegelte sich der Himmel. Auf der Aussichtsterrasse standen runde hohe Apéro-Tische, in weißen Stoff verpackt, sieben leuchtende Tupfer. Noch waren die Tische leer. Noch trug das Personal des Caterers die letzten Platten mit Torta di Pane und Zincarlin ins Grotto beim Eingang des Parks, um sie nach der Trauungszeremonie zur Terrasse hochzubringen, dazu Kokos-Zitronengras-Süppchen in Gläsern und Thunfischtatar auf Löffeln für diejenigen der Hochzeitsgesellschaft, die es weniger traditionell mochten. Proseccosowie Bierflaschen waren gekühlt und Gläser auf Tabletts angeordnet, darauf wartend, befüllt zu werden. Von der Straße unten drangen Stimmen den Hang hoch, Autotüren wurden zugeschlagen. Die ersten Gäste trafen ein.

L eni von der Mohnwiese«, las Emma. »Rasse: Deutscher Schäferhund, Geschlecht: Hündin, Wurfdatum: 23.11.2016, Ausbildung: Schutzhund.« Sie blätterte weiter. »Rommels Macho, Holländischer Schäfer … Fuego im Tal der Löwen, Riesenschnauzer … Jack von der Ostfront, Deutscher Schäfer.«

Der Regen hatte das Programmheft ein wenig aufgeweicht, aber die Teilnehmer der Polizeihunde-Prüfung Basel-Stadt und Basel-Landschaft waren noch gut darauf zu erkennen. Allesamt stolze Gespanne, die Polizisten, Wachtmeister, Gefreite, Feldwebel mit ihren Schutz-, Sprengstoff- und Betäubungsmittelspürhunden. Fünfzehn Männer, erst beim Nachwuchs eine Hundeführerin mit dabei. Mit Nachwuchs waren die Hunde gemeint. Mensch und Tier hatten zwei Mal einen Parcours zu absolvieren, einmal zum Thema ›Unterordnung‹, einmal ›Schutzdienst‹. Emma steckte das Heft wieder ein und griff nach dem Becher mit heißem Tee. Vom Grill her trieben Rauchschwaden von verbranntem Fett herüber. Die Kalbsbratwurst frühmorgens war ihr gut bekommen. Vielleicht sollte sie noch die Merguez probieren? Zuschauerinnen und Zuschauer standen mit Schirmen und Kapuzen in Reihen. Viele von ihnen trugen Uniform. Die Zivilen waren etwas lauter, angeregt vom Kaffee Luz, den die Znünibeiz großzügig mit Träsch versetzt hatte.

Jetzt hallte die ruhige Stimme des Speakers über das Gelände. »Mit der Startnummer 13: der Rüde Nox vom hohen First zusammen mit Jauslin Christoph vom Polizeikorps Basel-Stadt.«

Und wieder schaute Emma fasziniert zu, wie ein Hund seinem Herrn folgte. Fokussiert aufs Ziel, kein Blick zur Seite, kein Zucken, wenn ein Schuss knallte, kein Zögern, wenn der Flüchtende gestellt werden musste. Sie sah auf Rubio hinunter, ihren schwarzen Labrador, der erst nach wiederholtem Befehl auf der nassen Wiese Platz gemacht hatte, sehr langsam.

»Feldwebel mbA Tschopp, was tun Sie denn hier?«

Emma war zusammengezuckt und hatte den Arm sofort erhoben, bereit zur Abwehr. Kollege Alex. Dass der sich auch immer anschleichen musste. »Weiterbildung«, sagte sie. »Und du? Lockerer Tag heute?« Sie deutete auf seinen Kaffeebecher. Kaffee und Alex' Atem rochen nach Schnaps.

»Willst du einen Schluck?« Alex hielt ihr den Becher unter die Nase. »Entspannt schön. Täte dir vielleicht gut.«

Emma ergriff den Becher, nahm einen Mundvoll und spie in hohem Bogen aus. Der Kaffee traf halb ins Leere, halb Alex' rechten Ärmel.

»Teufelszeug«, ächzte sie. »Tut mir leid.«

Alex starrte stumm auf den braunen Flecken, dann begann er, hektisch daran herumzureiben.

»Wir sehen uns am Dienstag.« Emma stellte den Becher auf die nächste Festbank. »Schönes Wochenende, Feldwebel mbA Breitenstein.«

Sie reihte sich in die Warteschlange vor dem Grill ein. Als Emma in die heiße Merguez biss, machte Alex noch immer an seiner Uniform herum.

Rubio wünschte sich bloß eines: zurück nach Hause zu fahren. Er wollte auf seiner Decke im Arisdorfer Bauernhaus liegen. Keine Würste riechen, die nicht für ihn bestimmt waren. Nicht auf einer nassen Wiese sitzen und warten, bis die Hunde hier ihre Runden fertig gedreht hatten. Diese Musterschüler, die nichts kannten außer lernen, lernen, lernen. Und spuren. Was wussten sie von den tausend Düften, die sich eröffneten, sobald man vom Weg abkam? Nichts. Diese Bei-Fuß-Geher. Untertanen, denen Gehorchen Sinn genug war. Die in Vorfreude aufs Spiel mit einem Gummitier, für einen lächerlichen Keks alles taten: Zähne blecken, Männchen machen, Menschen jagen. Damit sie an einer Tube Leberwurst lecken durften. Igitt. Und wie sie stanken. Nach Angstschweiß, weil sie immerzu fürchteten, keinen Keks zu erhalten. Vom Herrchen bestraft zu werden. Wie gut er es hingegen hatte. Mit Emma, deren Zuneigung er sich nicht verdienen musste. Die ihm die Tür öffnete, sobald er von seinem Rundgang durch die benachbarte Hofstatt zurückkehrte. Ihm erlaubte, den Kopf auf ihren weichen Bauch zu legen, wenn sie auf dem Sofa lag. Bei Emma, die nach Weide und Wald roch und manchmal nach gebratenem, innen noch schön blutigem Entrecôte, das sie so liebte. Nach Blauschimmelkäse oder kaltem Kaffee aus Tassen, die sie wegzuräumen vergessen hatte. Von Emma selbst hatte Rubio kein Bild. Er konnte ihre violette Trainerjacke nicht sehen, die sie seit Jahren begleitete, die braunen Locken mit Silberfäden, nie in Form gebracht, das runde Gesicht mit vielen Fältchen um die Augen. Emma roch fein, das reichte. In tausend Nuancen stieg sie ihm in die Nase, durch und durch gut.

3

E nzo Nava rollte den Wasserschlauch auf. Sein linker Arm schmerzte. Drei Stunden hatte er gebraucht, um die vierhundertvier Treppenstufen hoch zur Kirche Santa Maria del Sasso zu reinigen. Mit dem Besen das Gröbste zuerst, dann hatte er mit sattem Wasserstrahl den graublau schimmernden Stein von jedem Fleckchen Dreck befreit. Die Gemeinde wollte einen dieser Laubbläser anschaffen, für mehr Effizienz. Sie begannen zu rechnen dort unten im Municipio, seine Muskelkraft gegen Düsenturbinen. Er hatte sie reden lassen, Martina Lentini, seine Vorgesetzte, Leiterin der Gemeindeverwaltung von Morcote. Alle Vorteile eines Laubbläsers hatte sie aufgezählt. Danach war es im Büro still geworden. Er hatte auf den See geschaut, die blausilbernen Lichtschimmer. Bloß eine Straße und ein Gehsteig trennten den Palazzo Comunale vom Wasser.

»Aber der Friedhof«, wollte er sagen. »Was ist mit jenen, die dort oben bei der heiligen Maria begraben sind? Haben sie denn kein Recht auf Totenruhe? Und die Lebenden. Wie sie den Blick über den See genießen, nachdem sie hochgestiegen sind, sich und die Kirche mit ihren Handykameras festhaltend. Und alle Käfer, Vögel und Schmetterlinge. Warum sollte ich sie mit einem Laubbläser stören?«

Aber er hatte nichts dergleichen gesagt, sondern bloß stumm dagesessen, Martinas Stimme im Ohr, die wieder redete, von Kennzahlen und Zielen, die erreicht werden, Auflagen, die erfüllt werden mussten. Erst recht, wenn man vor drei Jahren zum ›Schönsten Dorf der Schweiz‹

gewählt, ins Bundesinventar der schützenswerten Ortsbilder aufgenommen war.

»Das sind die echten Herausforderungen für Morcote,
Enzo«, hatte Martina gesagt. »Und du stemmst dich gegen
einen Laubbläser?«

In der darauffolgenden Nacht hatte er kaum geschlafen. Wenn er doch einmal wegdämmerte, umfasste er eine
schwere schwarze Maschine mit beiden Händen und aller
Kraft, die er aufbringen konnte. So kräftig war der Luft-
strahl, mit dem er ein blutiges Bündel vor sich hertrieb. Es
schwebte tänzelnd über dem Boden, kreiste um sich selbst,
sprang ab und zu auf und nieder. Als ob es mit ihm spielen
wollte.

4

Emma sah aufs Handy. 11:46 Uhr erst, also noch Stunden vor sich, die sie sinnvoll nutzen könnte. Wenn sie wüsste womit. Seufzend warf sie sich aufs Sofa. Sah Rubio zu, der auf seiner Decke lag und laut knackend einen Ochsen-Stick zerlegte. Zahnreinigung mit viel Vergnügen. Wenn das Zeug bloß nicht so stinken würde.

»Du stinkst«, sagte Emma.

Rubio sah zu ihr, seine braunen Augen musterten sie sanft, dann wandte er sich wieder seinem Knochen zu.

»Bestialisch«, sagte Emma, aber er ignorierte sie.

Emma rieb sich die Hände, die noch immer kalt waren vom frühmorgendlichen Ausflug zur Prüfung der Polizeihunde. Sie streckte sich auf dem Sofa aus, sah zur Decke hoch. Wie langweilig das war. Wann hatte sie zuletzt einen freien Freitagnachmittag gehabt? Sie erinnerte sich nicht. An der Decke hingen graue Fäden, in den Ecken Spinnweben. Sie konnte den Staubwedel holen. Überhaupt putzen. Die Regale im Badezimmer, den Küchenschrank. So richtig putzen mit Ausräumen, nicht bloß um alles herum wischen, ein bisschen Kosmetik. Aber Ausräumen. Ausräumen mochte sie nicht so. Und wieder einräumen. Dann doch lieber liegen bleiben.

»Hoho«, hatte Alex gestichelt, »du wirst jetzt also Teilzeitkraft. Eine mit Abwesenheitsmeldung.«

»Bloß freitags. Bloß für acht Wochen«, hatte sie geantwortet und sich sofort geärgert. Weshalb sollte sie sich rechtfertigen? Überstunden mussten nun mal abgebaut werden. Basta.

»Und du?« Emma kraulte Rubio, der zum Sofa getrottet war und seinen warmen, schweren Kopf auf ihren Bauch legte. »Wie hältst du das aus, so ein langweiliges Hundeleben?«

5

Die Gräser wuchsen schnell nach in dieser Saison. Bereits im Frühling hatte Enzo Nava festgestellt, dass er mehr Zeit mit Unkrautjäten verbrachte als noch im Jahr zuvor. Denn sorgfältig gepflegt mussten die Beete bei der Kirche sein. Kein Kraut zwischen Kamelien, Lavendel und Hortensien, das hier nicht hingehörte. Den angrenzenden Rasen schnitt er regelmäßig kurz. Sattgrün leuchtete auch jetzt noch die Fläche, obwohl bereits Ende September war. Die Wege aus Flusskieseln wurden fortwährend entmoost, der steinerne Brunnentrog ebenso.

Enzo Nava legte die Hacke hin und setzte sich aufs Mäuerchen, welches das Beet begrenzte. Streckte den Rücken durch. Schloss die Augen, wendete sein Gesicht der Sonne zu. Eine Schulklasse hatte sich eben darangemacht, wieder ins Dorf hinunterzusteigen. Das Geschwätz und Gelächter der Kinder klang noch zu ihm hoch, entfernte sich langsam. Er horchte zur Parkanlage Giardino Balber, die 300 Meter weiter am Fuß des Hügels lag, wo die Hochzeitsgesellschaft sich noch immer aufhalten musste. Die Zeremonie in der Palazzina indiana, gefolgt vom Apéro auf der Aussichtsterrasse, so war der Ablauf immer. Der Park für Besucherinnen und Besucher nicht zugänglich. Sogar seine Schicht heute Morgen war weggefallen.

»Ist so mit dem Kunden abgemacht«, hatte Martina gesagt und ihn aus dem Büro gescheucht. »Die Floristin kommt mit ihrem Team bereits um sieben. Sie will ungestört arbeiten.«

Da. Jetzt glaubte er, sie zu hören, die Gäste. Der Wind

trug helles Lachen bis zu ihm hin. Stimmengewirr, alle redeten gleichzeitig. Er öffnete die Augen, bevor die Bilder erschienen, die er seit sieben Tagen vergeblich zu vertreiben versuchte. Der Kadaver einer gehäuteten Katze, eine Schleife aus Tüll um den Hals gebunden, im Bambushain drüben im Giardino Balber. Enzo hatte zuerst ein blutiges weißes Bein gesehen, als er auf seiner frühmorgendlichen Reinigungstour vor dem siamesischen Teehaus ankam. Als er sich bückte, stob ein Schwarm von Fliegen auf. Er war mit einem Schrei zurückgewichen, mit den Händen um sich schlagend. Hatte sich dem Teehaus zugewandt, einen Würgereiz unterdrückend. Dort war alles wie immer. Hinter der Glasscheibe war ein Zimmerchen so eingerichtet, als würde hier gleich jemand zur Teezeremonie empfangen. Alles in bester Ordnung. Da war niemand. Bloß er und eine gehäutete Katze. Niemand durfte diesen Kadaver sehen. Er war losgerannt und hatte die große Schaufel geholt, einen Abfallsack.

»*Signore*?«

Er zuckte zusammen. Zwei ältere Damen standen vor ihm. Die eine hielt ihm eine Kamera entgegen.

»Können Sie ein Foto von uns machen, *per favore*?«

Er fotografierte die beiden mit dem Lago di Lugano im Hintergrund. Wies sie auf die Grenze hin, die mitten im See verlief, auf Porto Ceresio gegenüber – *sì, Italia, sì* –, nahm den Dank der Damen entgegen. Dann ging er zum Beet zurück, schob das Polster ein Stück weiter, das seine Knie ein wenig schützte, und ließ sich auf dem Rand des Mäuerchens nieder. Beugte sich übers Beet, lockerte die trockene Erde mit der Hacke. Riss Gräser aus, routiniert. Hacken, zupfen, hacken, zupfen. Im Kopfkino lief noch immer das, was er nicht mehr sehen wollte. Dasselbe Bild vor zwei Tagen. Diesmal weiter unten im Giardino, in der

Grotte beim Renaissancebrunnen. Ein rot-weißes Fleischbündel lag da, um den Hals eine schmutzige Schleife. Wieder rannte er los, um Schaufel und Sack zu holen.

Mit zitternden Knien hatte er gestern seinen Dienst angetreten, war durch den Park gehastet, den Blick ins dichte Grün geheftet. Hatte Azaleen, Farne, Kamelien und Bambus kontrolliert, gefasst auf einen weiteren Fund. Nichts. Nichts da, was ihn erschreckte. Gestern schien es ihm, als hätte er alles geträumt. Aber dann stand im Geräteraum die Schaufel, blank geputzt wie noch nie zuvor. Nicht ein Erdkrümelchen klebte noch an ihr.

»Bitte«, murmelte er jetzt. »Bitte nicht.«

6

Ein paar Stücke Torta di Pane lagen noch da, das Cateringpersonal hatte die Reste auf einem Teller zusammengelegt. Sie trockneten in der warmen Sonne vor sich hin. Vom Zincarlin hatten die Gäste nichts mehr übrig gelassen, ebenso wie vom Kokos-Zitronengras-Süppchen und Thunfischtatar. Die schmutzigen Gläschen und Löffel hatte die Bedienung bereits wieder nach unten zum Lieferwagen gebracht. Die Gläser hingegen wurden noch gebraucht. Eine Angestellte machte wieder mit der Flasche Prosecco die Runde, eine zweite reichte kaltes Bier. Die Aussicht über den See und in die Hügel von Varese war längst ausgiebig bewundert und genossen, das frisch getraute Paar fotografiert worden, vor strahlendem Blau, mit Azaleen, Pinien, Palmen und Agaven, vor der Venusstatue und zusammen mit der steinernen Sphinx auf ihrem Kapitell. Nun rekelten sich Freundinnen und Cousinen auf den Parkbänken, deren Männer stützten sich an den Stehtischen auf. Eine Gruppe johlte von der Fontana romana herüber. Der Onkel der Braut fotografierte sich zusammen mit zwei steinernen Putten. Drei Männer telefonierten, gingen dazu etwas abseits auf dem akkurat geschnittenen Rasen hin und her. Die Gläser wurden nachgefüllt, eine kurze Diskussion entstand. Der Trauzeuge, der angeboten hatte, durch den Tag zu führen, drängte die angeschickerte Gästeschar zum Aufbruch, seine Freundin unterstützte ihn. Der nächste Programmpunkt wartete. Eine Dreiviertelstunde Fahrt lag noch vor ihnen, der Reisebus stand unten auf dem Parkplatz bereit. Freunde klopften dem Mann auf die Schulter, drängten ihm ein Bier auf, seiner Freundin noch ein Glas Prosecco. Geheiratet wurde schließlich nur einmal im Leben, na ja, vielleicht auch zweimal. So oder so musste gefeiert werden. Auf das Paar, auf ein langes Leben! Sektflöten und Bierflaschen klirrten. Der Trauzeuge tat es den anderen nach und zog das Jackett aus. Pfeif auf die Konventionen. Die Braut kicherte und schwankte ein wenig auf ihren hohen Absätzen, ihre Freundinnen zogen sie zu sich auf die Parkbank. Dann schrie jemand, weiter oben im Park. Es war ein langer, gellender Schrei.

7

Enzo Nava hielt beim Unkrautjäten inne. Was war das? Er richtete sich auf, horchte wieder zum Giardino Balber hinüber. Das Stimmengewirr war verstummt, das Lachen auch.

8

Die Freundinnen und Cousinen auf den Parkbänken starrten einander mit geweiteten Augen an. Ihre Männer verharrten mit der Bierflasche auf halbem Weg zum Mund. Die Gruppe bei der Fontana romana drüben lachte nicht mehr, bloß einer noch spazierte auf dem Rasen hin und her und redete, das Telefon am Ohr. Der Onkel der Braut rannte als Erster los, die Stufen zu den sechs steinernen Frauenfiguren hoch. An kugelförmigen Buchsbäumen und mit Putten verzierten Brunnen vorbei, die den Weg zu einem runden Tempelchen säumten. Auch hier nichts außer Vögeln, die aufflogen. Dem Onkel hetzten Trauzeuge und Freunde hinterher. Sie wischten sich den Schweiß von der Stirn, folgten stumm dem schmalen Weg, plötzlich in tiefstem Pflanzendickicht jetzt, schattig und schön kühl. Rechts ein Holzhaus mit Schaufenster. Sie liefen nun schneller. Ein Wimmern, es kam von etwas weiter unten. Der Trauzeuge sah es zuerst durch den Bambushain leuchten. Ein hellblaues Kleid. Er überholte den Onkel der Braut, nahm die paar Treppenstufen. Eine Frau kniete am Boden bei einem schmalen Häuschen, das wie ein ägyptischer Tempel aussah und von zwei Köpfen auf Stelen bewacht wurde, einem Löwe und einem Falke. Vor ihr ein Mann, das Gesicht verzerrt, die Augen weit aufgerissen, halb an den Tempel gelehnt, halb liegend, die Beine weit gespreizt, die Finger in den erdigen Boden gekrallt.

»*È morto*«, wimmerte sie. »*È morto.*«

9

Das Geheul der Sirenen wurde weit auf den See hinausgetragen, stieg die Hänge des Monte Arbostora hoch, an dessen Fuß Morcote lag. Es schallte unter den Arkaden wider, prallte am Palazzo Paleari und dem Torre del Capitano ab. Durchdrang den Dorfkern mit den engen Gässchen, füllte die Piazza Grande, kreiste um die Glocken im Turm der Pfarrkirche Santa Maria del Sasso. Erschütterte diejenigen der siebenhundertfünfzig Bewohnerinnen und Bewohner, die an diesem frühen Freitagnachmittag zu Hause waren. Ihre Pflanzen gossen, das Geschirr vom Mittagessen spülten, auf dem Fitnesstrainer saßen, eine Folge *Game of Thrones* guckten. Oder Souvenirs unter den Arkaden verkauften, Cappuccini servierten, *ceramiche artigianali* töpferten. Und die *turisti*. Irritiert schauten sie Polizei- und Rettungswagen nach, die sie vom Fußgängerstreifen verdrängten, die schmale Uferstraße entlangrasten. Ein Unfall? Ein Autofahrer, der die Kurve geschnitten, die Ausmaße des entgegenkommenden Lastwagens unterschätzt hatte? Eine Joggerin auf der falschen Straßenseite? Felsbrocken, die sich lösten, einfach so? Erste Fotos machten die Runde. Ein Filmchen, auf diversen Kanälen geteilt. Die Einsatzwagen waren auf dem *parcheggio* an der Riva di Pilastri stehen geblieben.

»Was ist dort?«, fragte ein Tourist.

Die Uferstraße befand sich dort. Der See. Ein Badeunfall vielleicht?

»*Dio mio!*«, rief ein Einheimischer. »Der Giardino! Der Giardino Balber!«

Ein paar Bewohnerinnen und Bewohner von Morcote eilten zum Eingang des Parks an der Riva di Pilastri. Die anderen starrten in ihre Handys, tippten Nachrichten. Sie teilten Bilder und Filmchen von festlich gekleideten Menschen, die zwischen Polizeifahrzeugen in den Parkbuchten standen. Die Frauen mit verstörten Gesichtern und barfuß, mit hochhackigen Riemchenschuhen, die an ihren Fingern baumelten. Einzelne umfassten sich schluchzend, während die Männer mit aufgekrempelten Hemdsärmeln hin und her gingen, das Handy am Ohr.

E twas Nasses weckte Emma. Rubios Nase an ihrer Wange. Sie schützte sich mit beiden Händen, wehrte die feuchte Schnauze ab.

»*No!*«

Rubios freudig wedelnder Schwanz klopfte gegen den Couchtisch, während er insistierte.

»Rubio, *no*!«

Er nahm Befehle nur auf Italienisch entgegen, ihr Beinahe-Blindenhund, der den strengen Kriterien der Ausbildung nicht genügt hatte. Untauglich, befanden die Instruktoren, zu schnell abgelenkt, um einen Menschen zuverlässig zu führen. Emma setzte sich auf, rettete eine Tasse, bevor Rubio sie zu Boden fegen konnte. Ihr war vom Schlaf ein wenig schwindelig. Sie sah aufs Handy. 13:51 Uhr. Mehrere E-Mails waren eingetroffen. Eine Nachricht von ihrem Vater, der seine Erkältung überstanden und wie zum Beweis ein Foto seiner neuen Motorsäge angehängt hatte. Eine Linkliste von ihrer Freundin Natalie mit Vorschlägen für ein Wellnesswochenende. *Wellness*. Emma seufzte. Wollte sie in heißem Dampf garen, im Ruheraum schnarchenden Männern zuhören? Sie würde die Liste später durchgehen. Ansonsten Werbemails. Emma löschte sie, tippte Newsportale an, die sie nutzte. Bei tio.ch hielt sie inne: »Unheimlicher Fund: Toter im Giardino Balber in Morcote.«

Emmas Herz begann, schneller zu klopfen. Den Giardino Balber kannte sie vom Bootsausflug mit Marco Bianchi. Der Commissario hatte sie damit überrascht. Ein

Mittagessen im Grotto am See mit Abstecher, nachdem sie den Mord an der jungen Frau aus dem Kanton Basel-Landschaft aufgeklärt hatten. Stefanie Schwendener. Die Fremdenführerin war in der Pastafabrik von Meride ermordet worden, und weil Emma im benachbarten Dorf Urlaub machte, wurde sie kurzerhand von ihrem Vorgesetzten beauftragt, die bikantonalen Ermittlungen mitzuleiten.

»Das war der erste Fall für Tschopp und Bianchi«, hatte der Commissario gescherzt und vorgeschlagen, einen Ausflug zu machen, bevor Emma mit Rubio und Campingbus endlich in den wohlverdienten Urlaub aufbrach.

»Schock während Hochzeitsfeier«, las Emma jetzt weiter. »Ein Gast wurde heute Mittag leblos im Giardino Balber gefunden. Unbestätigten Quellen zufolge soll es sich bei dem Toten um einen renommierten Schönheitschirurgen handeln. Augenzeugen sprachen von einem ›grausamen Anblick‹. Die zuständigen Behörden hüllen sich noch in Schweigen.«

Die zuständigen Behörden. Emmas Gedanken kreisten. Ein Toter im Giardino Balber, einem Lieblingsplatz des Commissario. Marco arbeitete für das Commissariato Lugano. Fiel Morcote in seinen Bereich? Sie sprang vom Sofa hoch, ging in die Küche, von der Küche wieder ins Wohnzimmer zurück. Rubio war ihr gefolgt und platzierte sich nun vor der Eingangstür. Emma tippte stehend. Dann nahm sie Rubios Leine vom Haken.

Die Antwort ging ein, als sie oben im Wald waren. Rubio verfolgte die Spur eines Eichhörnchens, die Nase am Boden. Das Tier war längst einen Baum hochgerast und sprang nun über ihnen von Ast zu Ast.

»Sì«, hatte Marco geschrieben. »*Volentieri.*«

»Rubio!«, rief Emma. »*Piede!* Los geht's!«

Gepackt hatte sie schnell. Drei T-Shirts, frische Wäsche, eine zweite Jeans. Regenjacke. Rubios Fressnapf, die Reisedecke. Emma zögerte kurz, dann ging sie nochmals zum Kleiderschrank zurück. Zog den Blazer hervor, den sie kürzlich gekauft und zu Hause mit kindlicher Freude ausgepackt und gestreichelt hatte. Sie hatte ihn angezogen, sich vor dem Spiegel betrachtet. Irgendwie cool sah sie damit aus, nicht betont hübsch gemacht, sodass es angestrengt wirkte, das mochte sie nicht. Aber so gefiel sie sich ganz gut. Dann hatte sie das Teil in den Schrank gehängt. Wahrscheinlich würde sie es nie tragen. Wann auch. Nun legte sie den Blazer sorgsam und zuoberst in den kleinen Koffer. Für alle Fälle doch noch ein viertes T-Shirt, sie neigte dazu, sich vollzukleckern. Im Necessaire Zahnbürste und Zahnpasta, eine Tagescreme. Die Reinigungsmilch fürs Gesicht war schon lange aus, und Emma versäumte seit Wochen, eine neue zu kaufen. Wasser tat's auch. Lippenstift und Wimperntusche befanden sich bereits in der Handtasche, sie gehörten zur Standardausrüstung. Hundesnacks und Ochsen-Sticks waren auf Vorrat im Campingbus. Einen Sack mit Trockenfutter stellte Emma zum Koffer. Was fehlte? Der Dienstlaptop natürlich, ohne den ging Emma nirgendwo hin. Ein Buch. Ladekabel, auch für das Handy. Powerbank, falls sie wild campierte und kein Strom da war. Die Lesebrille. Schuhe? Vielleicht auch die weißen Sneaker. Und den Schlafanzug.

Rubio verfolgte die Aktivitäten auf seiner Decke liegend, den Kopf auf den Pfoten, die Stirn in Falten. Er fürchtete Schlimmes. Diesen Campingbus, mit dem ihn Frauchen weit weg von seiner löchrigen Decke transportierte. Ihn an Orte brachte, wo bereits andere Hunde Herren waren. Wo er so tun musste, als würde er sich für Territorien interessieren. Wo er wilde Tiere schreien hörte, nachts in Wäldern und an Flüssen, bloß weil Emma Campieren liebte. Noch hoffte er, dass der Eindruck täuschte. Dass Emma sich wieder auf das Sofa legen würde. Aber nichts davon. Bloß diese Unruhe im Haus und etwas, das wie Pfeifen in seinen Ohren klang. Keines, das als Befehl gedacht war und ihm galt. Ein Pfeifen von Emma ganz für sich allein. Es tönte fröhlich.

Hacken, rupfen, hacken, rupfen. Noch drei Meter. Hacken, rupfen, hacken. Die Sirenen unten am See waren verstummt. Der Hammer in seinem Schädel klopfte unaufhörlich weiter. Hacken. Rupfen. Seine Augen brannten. Er streckte kurz den schmerzenden Rücken durch, wischte sich mit dem Unterarm über die Stirn. Noch zwei Meter, bis er am Ende des Beetes angelangt war. Bis kein Kraut mehr da war, das da nicht hingehörte. Danach würde er den Rasen zwischen den Gräbern mähen, die Buchsbäume stutzen. Den Vorplatz der Kirche vom Moos befreien. Mochte sie ihn anrufen, von da unten, wieder und wieder. Er wollte sie nicht hören, Martina, die ihn mit schriller Stimme anwies:

»Enzo, komm her! *Subito!*«

Er würde einfach immer weiterarbeiten.

Die Lage auf der Autobahn war besser, als erwartet. Zwar herrschte dichter Verkehr, aber sie kam zügig vorwärts. Erst für den Gotthardtunnel meldeten die Nachrichten Stau mit Wartezeiten bis zu einer Stunde. Emma sang mit Gianna Nannini »Hey bionda« und behielt den Typen hinter sich im Auge. Warum bloß fuhr der so nah auf? Hier waren nicht mehr als einhundertzwanzig Kilometer pro Stunde erlaubt, und exakt diese Geschwindigkeit hielt sie ein. Er zeigte ihr den Stinkefinger, als er bei nächstmöglicher Gelegenheit überholte.

»Fuck you.« Sie hob ebenfalls den gereckten Mittelfinger und presste ihn gegen die Scheibe, damit er gut sichtbar war.

»Wie kindisch du bist, Emma«, hätte Remo jetzt gesagt, ihr Ex-Mann. »Wie leicht du dich provozieren lässt. Lass den Mann doch einfach in Ruhe.«

»In Ruhe lassen?«, hätte sie gerufen. »Wenn der Typ mir fast im Kofferraum hängt? Eine Kollision riskiert? Und mir dann noch den Stinkefinger zeigt, der Arsch? Muss ich mir das gefallen lassen?«

»Du bist zu emotional, Emma.«

Dann hätte Remo vor sich auf die Straße gestarrt, als wäre jedes weitere Wort, das er an sie richtete, eine Verschwendung. Und sie sah sich selbst, wie sie jedes Mal stumm geworden war, die Hände ums Steuerrad geklammert, im Magen ein Gefühl, als hätte sie einen Stein geschluckt.

»Fuck you«, sagte sie jetzt nochmals. »Idiot. Nicht wahr, Rubio?«

Emma schaute in den Rückspiegel. Rubio erhob sich, drehte sich einmal um sich selbst, soweit es mit dem Sicherheitsgeschirr möglich war. Ließ sich abrupt fallen, um augenblicklich weiterzuschlafen. Emma lachte. Sie drehte die Musik ab und setzte den Blinker. Raststätte Neuenkirch West, kurz vor Luzern. Hier würde sie bei einem Kaffee in Ruhe zusammentragen, was sie vom Ausflug mit Commissario Bianchi noch wusste.

»DER Giardino Balber?«, hatte sie ihm per WhatsApp geschrieben. »Der Tote liegt in DEINEM Giardino? Bist du zuständig?«

»Ja«, hatte Bianchi geantwortet, auf alle drei Fragen, und auf ihre letzte, ob er Unterstützung brauchen konnte: »Ja. Gerne. Wenn es dir möglich ist?«

»Aber sicher«, hatte Emma geschrieben. »Bin um 19 Uhr dort.«

Ein Toter musste noch keinen Mord bedeuten. Unabhängig davon, was tio.ch andeutete. Tot konnte jeder und jede jederzeit sein. Ein neues Virus, verkalkte Arterien, Herzinsuffizienz, Angina Pectoris. Ein Blutgerinnsel konnte einen niederstrecken. Vielleicht war der Hochzeitsgast seinem ungesunden Lebensstil erlegen? Vielleicht auch nicht. Wie hieß der Tote? Emma klickte nochmals die Meldung an. Ein Name war nicht angegeben, logisch eigentlich.

»Ein renommierter Schönheitschirurg«, stand da geschrieben. »Beim Tempio di Nefertiti gefunden.«

Sie erinnerte sich an das kleine Gebäude, das ägyptisch anmutete, bewacht von Tierfiguren. Waren im Innern nicht Urnen mit der Asche des Paares aufbewahrt, das den Park gegründet und aufgebaut hatte? Marco hatte ihr davon erzählt, als sie wissen wollte, wie jemand auf die Idee kam, in verkleinerter Ausgabe Paläste, Tempel und Pavillons aus aller Welt nachbauen zu lassen.

»Ist es nicht zauberhaft hier? *Magico?*«, hatte er auf dem Rundgang immer wieder gefragt, während er sie auf diese und jene Pflanze mit exotischen Namen hinwies und auf seltsame Tierskulpturen aus Stein, die sich dahinter verbargen. Emma hatte über seine kindliche Begeisterung lächeln müssen und genickt. Ja, *magico* war es tatsächlich. Sie hatte zugestimmt, auf der Piazza Grande im Dorf noch einen *caffè* zu trinken. Dann war sie unruhig geworden wegen der Touristenströme, die die Sicht auf den See versperrten, und den Paaren, die hinter ihr darauf lauerten, dass sie ihren Tisch freigaben.

»*Andiamo?*«, hatte Marco gefragt und sich erhoben, nachdem sie einen Blick gewechselt hatten.

Die Fahrt zurück über den See nach Lugano hatten sie schweigend verbracht, Marco am Steuerstand des Motorbootes, das er von einem Freund geliehen hatte, Rubio mit wehenden Ohren neben Emma hinten im Cockpit.

»*Ciao*, Commissario«, hatte Emma gesagt und ihm die Hand hingestreckt, als sie vor ihrem Campingbus standen.

»Alles Gute, Emma. Es war schön, mit dir zu arbeiten.« Marco war auf dem Parkplatz stehen geblieben, Emma hatte ihn im Rückspiegel immer kleiner werden sehen. Sie merkte erst bei Lugano Nord, dass sie die falsche Autobahnauffahrt gewählt hatte. Ihr eigentliches Ziel war der Comersee, sie wollte ein wenig am Ufer entlanggondeln, campieren, wo es gerade passte. Stattdessen fuhr sie in den Norden, Richtung Gotthard. Als sie fluchend den Blinker setzen wollte, um die nächste Ausfahrt zu nehmen, zögerte sie. Sie sah wieder die Touristenströme vor ihrem inneren Auge, den Kampf um einen *caffè* an einem schattigen Plätzchen. Es schien ihr, als würde Rubio auf der Rückbank triumphierend grinsen, mit hochgezogenen Lefzen.

»Okay«, seufzte sie. »Du hast gewonnen.«

Als sie in Arisdorf ausgestiegen und Rubio mit Freudensprüngen auf die Haustür zugestürmt war, spürte sie den warmen Händedruck des Commissario noch immer.

13

Die Neugierigen hatten sich längst zerstreut, von resoluten Beamten vertrieben. Noch standen auffällig viele Dienstwagen der Polizei auf dem *parcheggio* an der Riva di Pilastri. Das hektische Hin und Her der Beamten über die Uferstraße hinauf zum Giardino Balber und wieder zurück hatte sich jedoch gelegt. Die Straße war für den Verkehr wieder ohne Einschränkungen freigegeben. Der Tote war auf einer Bahre hinuntergetragen und im Leichenwagen abtransportiert worden, der Leichenfundort akribisch dokumentiert. Jeder Quadratzentimeter untersucht und gestochen scharf verewigt. Die Hochzeitsgesellschaft wurde in den Bus verfrachtet und hatte den Nachmittag im Palazzo Comunale verbracht, in hastig bereitgestellten Räumen. Die Gäste, die dazu fähig waren, wurden befragt, während die anderen vom Care Team betreut wurden. Die Frau, die den leblosen Mann gefunden hatte, bat wieder und wieder darum, zu ihm gebracht zu werden.

»Il mio amato«, jammerte sie. *»Dov'è il mio amato?«*

Unter den Arkaden in Morcote beugten sich Touristinnen und Touristen über die Auslagen vor den Geschäften. Warteten auf das Postauto, das sie nach Lugano bringen sollte. Vergessen waren Sirenen und vorbeirasende Polizeiwagen. Die Einheimischen hingegen besetzten weiter vorne an der Riva dal Garavell die kleinen Tische vor der Caffè-Bar Vecchio Teatro und den Lounge-Bereich auf der anderen Straßenseite. Sie standen in Grüppchen am Geländer zum See und steckten die Köpfe zusammen, um das

Ereignis des Tages zu besprechen. Ein Mordfall, sagten die einen. Und das in unserem Dorf. *Ma no*, widersprachen die andern. Da war einer ganz natürlich gestorben, und man wusste auch, um wen es sich handelte. Balmelli musste es sein, der dort drüben im Park seinem Lebensstil erlegen war, kein Wunder bei so viel Maßlosigkeit. *Impossibile*, fanden die Dritten. Nicht Balmelli, niemals. Ein Schönheitschirurg sollte es gewesen sein, das stand in den *Ticinonews* geschrieben, bloß Silvio Perone kam da infrage. Der durchtrainierte Perone? Man schüttelte den Kopf. Niemals. Und wer glaubte schon, was *Ticinonews* publizierte? *Nessuno!*

Die Bewohnerinnen und Bewohner sahen wieder in ihre Handys, bis einer rief:

»Battista Armenio!«

Der Bauunternehmer aus Bissone? Aber war es nicht seine *figlia* gewesen, die heute geheiratet hatte? Der Brautvater tot, am schönsten Tag im Leben seiner Tochter? *No.* Armenio war gesehen worden, mit hochrotem Gesicht auf dem vordersten Sitz, als die Hochzeitsgesellschaft zum Rathaus gefahren wurde. Das Paar wollte, dass die Hochzeitsfeierlichkeiten weitergingen, hieß es, und nicht einfach die Gäste wieder nach Hause schicken. Was es da noch zu feiern gab? Pietätlos, fanden die einen. *Macché!*, riefen die andern. Das Leben ging weiter. Die Ersten bestellten ein zweites Bier, und alle zusammen tranken auf das Wohl des Toten, dem der schöne Giardino Balber zum Verhängnis geworden war. Gott gab und Gott nahm. Ganz, wie er wollte.

14

Ein neues Farnkraut im Campolungo. *Dryopteris villarii.* Enzo las den Artikel bis zum Ende. Wie hieß es noch mal? Er zwang seine abschweifenden Gedanken, sich wieder auf die Zeitschrift zu konzentrieren, die aufgeschlagen vor ihm auf dem Küchentisch lag. Die Fliege setzte sich wieder auf seine Hand. Er hatte vorhin das Glas umgestoßen, als er sie vertreiben wollte. Wasser bloß, aber die rechte Hälfte der *FloraCH* war nun aufgeweicht. *Dryopteris villarii.* Er trennte die verklebten Seiten vorsichtig voneinander und blätterte weiter. Da war ein Artikel über Sumpfwiesen im Bielersee- und Aaregebiet. Auf Französisch. Er konnte französische Texte normalerweise ganz gut lesen, jedenfalls besser als deutsche. Er war froh, dass die Zeitschrift dreisprachig erschien. So konnte er sich über die neusten Forschungsergebnisse informieren und nebenbei seine Sprachkenntnisse ein bisschen auffrischen. Gehirnjogging, Fitness für den Kopf. Er versuchte, sich auf den Großen Sumpf-Hahnenfuß zu konzentrieren, aber immer wieder funkte Martinas Stimme dazwischen.

»Sie werden dich befragen.«

Er hatte ihren Anruf vorhin entgegengenommen, nachdem er sein Handy den ganzen Nachmittag lang auf stumm geschaltet und Martinas Nachrichten ignoriert hatte, die immer gleich lauteten: »Ruf mich zurück! Dringend!!«

Seine Hand zitterte, als er das Handy ans Ohr führte.

»*Pronto*?«

Martina war so verblüfft, dass eine kurze Pause entstand.

»Enzo?!«, rief sie dann. »*Mamma mia*, wo steckst du

denn? Wie oft habe ich dir gesagt, du sollst den Klingelton laut stellen, damit ich dich jederzeit erreichen kann? *Sempre!*«

Er war hin und her gegangen in seiner kleinen, dunklen Wohnung. Unten in der Gasse kläffte Sammy, der Mops eines Galeriebesitzers an der Uferstraße.

»Hier ist die Hölle los!«, rief Martina. »Und du bist nicht erreichbar? Was denkst du dir eigentlich?«

Seine Hand hatte sich ums Handy gekrampft, als er Martina etwas zischen hörte. Es galt nicht ihm, es galt jemandem im *Municipio*. Eine Männerstimme antwortete. Die Stimme hob sich ab von den Geräuschen, die durch Martinas Telefon zu ihm drangen. Türenschlagen, schnelle Schritte im Korridor des Rathauses.

»Ich habe gearbeitet«, sagte er. »Ich habe gejätet, bei den Gräbern gemäht, die Buchsbäume gestutzt, Moos …«

»Sie werden dich befragen«, unterbrach sie.

»Befragen?«

»Weil du den Toten gut kennst.«

Er musste sich bereithalten. Jederzeit erreichbar sein. *Sempre.* Martina hatte das Gespräch beendet. Wieder ging er von Zimmer zu Zimmer. Still war es. Sammy kläffte nicht mehr. Die Fliege war noch da. Er hatte seine Lieblingslektüre hervorgeholt. *Dryopteris villarii.* Starrer Wurmfarn. Der Name fügte sich in den Rhythmus von Martinas Worten ein.

Sie würden ihn befragen.

Ihn befragen.

Befragen.

Die Abgase hingen über der Autobahn. Bis auf die Terrasse der Gotthard-Raststätte drangen sie nicht vor. Der Bau war mutig und modern konzipiert, ein Komplex aus Holz, wie mehrere Scheunen aneinandergefügt. Das Restaurant im Innern ein riesiger Raum, man konnte bis zum Giebel hinaufsehen. Industrial-Design-Lampen hingen von der Decke. Urig hölzern skulpturiert hingegen der Tell mit dem Walterli, vom Betonsockel herab die Reisenden begrüßend, die mit steifgesessenen Knien die Stufen in der Eingangshalle hochstiegen.

Emma hatte am Buffet Wasser für Rubio und sich geholt, einen Kaffee, ein Stück Apfelkuchen. Die Terrasse öffnete sich nach hinten zum Fluss hin. Er war türkisfarben, wirkte eisig kalt und frisch. Weiße Schaumkronen hüpften auf und ab, während sich die Wassermassen das Tal hinunterschoben. Emma konnte kaum glauben, dass dieser Strom dieselbe Reuss war, die fünfzig Kilometer weiter als träge blaubraune Pfütze durch Luzern floss, ihre liebste Stadt der Schweiz. Keine lustigen Wellenkämme dort, links und rechts bloß Ufer aus Stein und Beton. Hier hingegen ein sattgrünes Band und Büsche, die den Fluss säumten. Auf der anderen Seite eine Wand aus Felsen. Emma atmete tief ein und aus. Wie sehr sie diesen Geruch mochte. Es roch nach … Sie sog die Luft wieder ein. Es roch nach diesen Ferien damals als Kind auf der Klewenalp. Nach warmem Gras. Kuhdung. Heißem Frittieröl. Emma erhob sich von der hölzernen Bank, die am Tisch fixiert war, streifte Turnschuhe und Socken ab. Nur schnell, einmal eintauchen. Sie rannte mit nackten Füßen den kleinen Abhang hinunter. Die Wiesenhalme kitzelten, manchmal pikste ein Kraut. Rubio überholte sie, und nach einem schnellen Blick zu ihr sprang er ins Wasser und wieder heraus. Emma benetzte nur kurz die Füße, rannte dann ein Stück den Fluss entlang, schließlich den Hang wieder hoch. Die Gäste schauten von ihren Tabletts und Kaffeetassen auf. Sie lächelte dem Paar zu, das am griesgrämigsten wirkte. Es sah weg. Als sie die Schuhe wieder angezogen hatte, kribbelten ihre Füße angenehm. Sie holte nochmals Wasser für Rubio und für sich eine kleine Portion Pommes frites, setzte sich zurück auf die Terrasse. Stellte Rubio sein Nachtessen hin, eingeweichtes Trockenfutter, zur übelriechenden Pampe aufgequollen. Er schlang es hastig hinunter, leckte seine Tupperware noch aus, als längst nichts mehr da war. Emma tätschelte seine Flanken und griff zum Handy. Noch zwanzig Kilometer bis zum Gotthard. Ihre letzte Pause nördlich der Alpen, auf der Südseite wollte sie durchfahren. Keine neue Mitteilung von Marco. Logisch, er war bei der Arbeit. Was erwartete sie? Dass er sie halbstündlich via WhatsApp über den Stand der Dinge informierte? Ihr ausgerechnet auf diesem unsicheren Kanal Fakten lieferte, die intern bleiben mussten? Sie grinste. Das würde er niemals tun. Er war einfach so korrekt, der Commissario. 16:43 Uhr. Noch eine Stunde fünfzig Minuten bis Morcote. Mit Stau am Gotthard eine halbe Stunde mehr. 19 Uhr sollte sie schaffen.

»Ruf fünf Minuten vorher an«, hatte Marco geschrieben. »Ich hole dich ab.«

16

Battista Armenio bedeutete der Bedienung, noch mehr von diesem Brot zu bringen. Er hatte Hunger. Wie sollte er von einem Klecks püriertem Gemüsebrei satt werden, *porca miseria*, waren sie denn hier im Altersheim? Er leerte sein Glas, schaute in die Runde. Alle waren sie da, die Freunde und Freundinnen seiner Tochter, ein paar alte Verwandte. Alle außer dem *padrino* der Braut. Tot im Sack davongetragen. Battista Armenio seufzte und winkte der Bedienung, dass sie ihm Wein nachschenkte. Welch ein Ende, so etwas wünschte er keinem. *Porca miseria*. Bei einer Hochzeit! Es war seine Tochter, die auf der Einladung bestanden hatte, ihn gar nicht erst zu Wort kommen ließ.

»Ich weiß, *papà*«, hatte sie gesagt. »Du magst ihn nicht. Aber er ist mein Patenonkel. Der Patenonkel muss dabei sein, wenn ich heirate. *Basta*. Und überhaupt: Was sollen denn die Leute denken?«

Nichts sollten sie denken, die Leute. Gar nichts. Feiern sollten sie, Prosecco und Bier und Wein trinken. Essen, was er ihnen auftischen ließ. Diese Risottokörner, die jetzt in Schälchen so groß wie Streichholzschachteln serviert wurden. Er selbst hätte niemals ein Abendessen gewählt, bei dem sieben Gänge notwendig waren, um einigermaßen satt zu werden. Aber hier gab es nichts anderes, auf diesem Landgut namens Tenuta de l'Annunziata. Außen rural, innen schickimicki, wie er so etwas hasste. Der Bau war eine einzige Lüge.

»Aber *papà*«, hatte seine Tochter gesagt. »Ist es meine Hochzeit oder deine?«

Es war ihre, *porca miseria*. Sie war seine Prinzessin, und für sie tat er alles, das galt sowohl für sein bisheriges als auch für sein zukünftiges Leben. Für sie saß er nun auf diesem gottverdammten Landgut im Comer Wald, umgeben von Betrunkenen. Er sah zu den vier Tischen hinüber, an denen je zehn Gäste aufgereiht saßen. Die Gespräche waren wieder in Gang gekommen, bereits beim Apéro auf der Terrasse draußen mit Blick über Bäume. Die Frauen hatten ihre vom Weinen verquollenen Gesichter neu übermalt, die Männer die Hemden gewechselt. Sie hatten im warmen Abendlicht nochmals auf das Brautpaar angestoßen. Er hatte die Rede gehalten. Seiner Prinzessin und dem Glücklichen, der sie heiraten durfte, beste Wünsche überbracht. Die Gesellschaft gebeten, des armen Patenonkels der Braut zu gedenken, der in ihrem Kreis das Zeitliche segnen musste. Die Gäste waren seinem Wunsch gefolgt, einige mit Tränen in den Augen. Wenn einer improvisieren, wenn einer in jeder Situation exakt das liefern konnte, was es brauchte, dann er: Battista Armenio. Der Maurer, der es zum Unternehmer gebracht hatte. Battista Armenio, *capo* von zweihundert Mitarbeitern. Den ganzen Nachmittag hatte er Ruhe bewahrt. Mit der nötigen Bestimmtheit agiert, Chaos vermieden, Zuversicht verbreitet. An die richtigen Personen delegiert. Dafür gesorgt, dass die Tapferen die Fassungslosen trösteten. Er hatte den Beamten Beine gemacht. Auf seinem Recht beharrt, das Hochzeitsfest seiner Tochter wie geplant fortsetzen zu können. Seiner Prinzessin war er Stütze im Schock. Ihrem Mann hatte er wieder einmal vorgeführt, wie eine starke Schulter funktionierte.

Jetzt fischte er die Blumenblüten aus den Risottokörnern heraus und hob sein Glas zum Zeichen, dass man zur Gabel greifen konnte.

»Cincin, buon appetito!«

Alle Gäste stießen an, zum wer weiß wievielten Mal, zum Feiern entschlossen. Wem noch Zweifel kamen, wer wieder die Bahre mit dem langen Sack vor sich sah, die langsam die Stufen im Giardino hinuntergetragen wurde, dem würde er ein bisschen etwas vormachen. Welch ein lieber Freund ihm dieser Perone war. So verbunden, auch wenn man sich selten noch sah. Unfassbar, was heute geschehen war. Er würde gemeinsam mit seinen Zuhörern ein paar Tränen vergießen, sie würden einander umarmen und noch einen Grappa trinken. Auf das Leben.

»Viva!«

Battista Armenio spuckte eine Blüte aus und verfluchte einmal mehr den Moment, an dem Silvio Perone in sein Leben getreten war.

Sie schob den Koffer ins Entrée. Ließ die Handtasche fallen, schloss die Tür hinter sich. Stickig war es in ihrem Haus, obwohl sie die großen Schiebefenster im Wohn-Ess-Küchenbereich für eine Weile geöffnet und wieder geschlossen hatte, bevor sie losgefahren war. Erst vierundzwanzig Stunden war das her. Gestern, am Donnerstag, war sie für ein verlängertes Wochenende abgereist, nachdem sie früh Feierabend gemacht hatte. Für drei Tage wollte sie ausspannen, in der Villa Vittoria am Lago di Como, zwei Stunden Fahrt von hier. Sie brauchte Erholung. Ihre Arbeit als General Managerin im neuen Retreat war anspruchsvoll, ein Tagespensum von zwölf Stunden üblich. Selbstverständlich liebte sie ihren Job. Sie ging darin auf. Noch viel mehr, seit sie allein in diesem Haus lebte, nachdem ihr Mann ausgezogen war. Sie nahm das Handy aus der Tasche, ging ins Wohnzimmer hinüber und schob die Fenster auf. Ja, es war ein Privileg, hier in Morcote am Hang über der Uferstraße zu wohnen. Jeden Morgen den See zu begrüßen. Sie schätzte auch die Nachbarschaft des Giardino Balber, die Aussicht auf das vielfältige Grün nebenan. Dass nun Silvio … Dass ihr Mann … Hier schnürte sich ihre Kehle zu. Ex-Mann, um es korrekt zu sagen. Sie musste sich noch immer an diese Bezeichnung gewöhnen. Dass ihr Mann ausgerechnet hier im Park, unmittelbar an dem Ort, wo sie zusammen elf Jahre gelebt hatten. Elf von insgesamt fünfundzwanzig gemeinsamen Jahren. Keine Kinder, nein, aber eine tiefe Verbindung hatte auch ohne Nachwuchs bestanden. Nach so langer Zeit. An dieser Stelle würde ihr die Stimme versagen.

Sie ging zum Kühlschrank, schenkte sich ein Glas Prosecco ein und griff zu ihrem Handy. Der Zuständige vom Commissariato hatte sich seit dem Anruf von heute Nachmittag nicht mehr gemeldet. Gut so. Sie hatte die Todesnachricht entgegengenommen, wie gelähmt, aber nach dem ersten Schock ihre Sprache wiedergefunden und einem Gespräch mit der Polizei am nächsten Vormittag zugestimmt.

»Morgen habe ich mich etwas gefasst«, hatte sie gesagt. »Ich breche jetzt meinen Kurzurlaub ab und fahre zurück nach Hause.«

»Signora Perone«, hatte der Mann geantwortet. »Ich kann jemanden zu Ihrer Unterstützung vorbeischicken. Melden Sie sich jederzeit.«

Sie trat auf die Terrasse, schaute zum Giardino hinüber. Er war der Grundstücksgrenze entlang dicht bewachsen. Bei Feiern und Führungen drangen oft Stimmen zu ihrem Haus, Gelächter. Menschen waren nie zu erkennen. Die Besucherinnen und Besucher leuchteten manchmal als bunte Punkte auf, die sich hangauf- und hangabwärts bewegten. Jetzt war es ruhig drüben.

»*Salute.*«

Sie hob das Glas, trank es in einem Zug leer und ließ es über die Brüstung fallen. Klirrend schlug es auf dem Vorplatz unten auf.

»Für dich, Silvio«, murmelte sie. »*Riposi in pace.*«

*F*ratellino, wie geht es dir?«

Die Stimme an seinem Ohr klang warm und vertraut. Enzo lächelte. Er blieb das Brüderchen für seine Schwester, auch mit siebenundfünfzig Jahren. Einmal bloß hatte er dagegen protestiert, als Kind. »Ich bin nicht dein *fratellino*!«, hatte er geschrien, als Ina ihn von den Kindern im Dorf wegzerrte, den steilen Waldpfad hoch nach Hause. Als ob er bewahrt werden musste vor ihren bösen Worten, der Spucke, den Hieben. Als ob er nicht stark genug war, ihre Häme einzustecken. Lächerlich gemacht hatte sie ihn, dafür hatte er sie gebissen. Seine Zähne in ihre weiche Hand gebohrt, bis er auf knochenharten Widerstand stieß. Ina hatte aufgeschrien vor Schmerz, sich später am Tisch verstohlen die Tränen aus dem Gesicht gewischt und mit der unversehrten linken Hand die rechte verborgen.

»*Merda!*«, hatte der Vater gebrüllt. »Die rechte Hand gehört auf den Tisch! *Stùpida!*«

Enzo hatte weggeschaut, ihn bloß gehört, den dumpfen Schlag ins Gesicht seiner Schwester. Dazu den Geruch wahrgenommen, der immer da war, wenn ihr Vater ausholte. Ein bisschen süß und ein bisschen so, wie wenn die Äpfel unter dem Baum vor dem Haus faulten.

»*Fratellino*, alles okay bei dir?«

Enzo hatte dagesessen und auf die graue Brotkante vor sich gestarrt. Er musste sie hinunterwürgen. Die Mutter ließ ihn nie vom Tisch aufstehen, bevor der Teller leer war.

»*Tutto bene*. Und bei dir?«

Nicht einmal zum Bretterverschlag durfte er gehen, der

bei ihnen zu Hause das Klo war. Dort hätte er die ein-gespeichelten Brocken wieder hochwürgen können. Die Mutter hatte ihn dort einmal spucken gehört und heraus-gezerrt.

»*Fratellino?* Du hörst mir gar nicht zu. Es gab einen To-ten bei euch?«

Die Mutter hatte nach dem Vater gerufen, der Vater nach der Schwester. Er ließ sie den ledernen Riemen holen. Enzo hatte ihr blasses Gesicht gesehen.

»Ja.«

Der Geruch nach faulen Äpfeln überall. In der Küche und aus der Kammer, in der die Eltern schliefen.

»Das tut mir leid.«

Faulige Süße drang von dort durch die Ritzen der Holzwand bis zur Matratze, auf der Enzo einschlief, seine Füße an die warmen Beine von Ina gepresst.

»Du bist nicht gerade gesprächig heute, *fratellino*.«

Ihr Gutenachtlied gegen das Gebrüll nebenan, ihre kühle Hand gegen den brennenden Schmerz an Rücken und Gesäss.

»Nein, heute nicht.«

»*Bene*. Ich lass dich in Ruhe. *Buona serata.*«

Er horchte der Stimme seiner Schwester nach. Dann legte er das Handy weg und erhob sich.

19

Der See spiegelte den orangeroten Abendhimmel, von Kräuselwellen durchsetzt. Am gegenüberliegenden Ufer gingen erste Lichter an. Das musste Brusino Arsizio sein. Darüber erhob sich dunkelgrün der Monte San Giorgio. Emma erlaubte sich hin und wieder einen Blick weg von der Straße, die direkt am Ufer des Lago di Lugano entlangführte, seit Emma bei Melide die Autobahn verlassen hatte. Noch vier Minuten bis zum Ziel.

»Rubio!«, rief Emma. »Aufwachen!«

Am Autosilo Garavello fuhr sie vorbei, dann mit dreißig die Uferstraße entlang. Rechts die vorderste Häuserzeile von Morcote. Links der See, Boote, Restaurantterrassen.

»Hinter dem Dorf. Auf dem Parkplatz gleich bei der Bushaltestelle Giardino Balber«, hatte Marco gesagt. »Ich warte.«

Da vorn links stand er, groß und schlank, sein wie immer weißes Hemd ein heller Fleck. Und neben ihm? Wer war das? Emma kniff die Augen zusammen. Sie hupte und lenkte ihren Camper auf den Parkplatz neben die beiden Männer. Rubio hatte sich aufgerappelt und kreiste schwanzwedelnd um sich selbst, während Emma ausstieg.

»*Buona sera, signori.*«

»Signora Tschopp? Was machen *Sie* denn hier?«

Emma verkniff sich ein Lachen, als sie den entsetzten Blick von Bruno Costa sah, jenem Mitarbeiter von Marco Bianchi, der bei der Aufklärung des Falls in Meride beteiligt gewesen war und sie dabei nicht gerade ins Herz geschlossen hatte.

»Authentische Tessiner Dörfer erkunden. Zufällig hier um die Ecke. Als ich vom Mord hörte«, Emma deutete vage Richtung Giardino auf der anderen Straßenseite, »machte ich einen …«

»Mord?«, zischte Costa. »Weshalb sprechen Sie von Mord? Und was zum Teufel mischen Sie sich schon …«

»*Piano, piano*.« Marco Bianchi trat einen Schritt auf Emma zu und streckte ihr die Hand hin. »*Benvenuta*, Emma.«

Seine Stimme. Sie war einfach schön, noch schöner als am Telefon. Das Lächeln fast schon vertraut, die braunen Augen. Die Haare trug er zurückgekämmt wie immer, mit etwas weniger Gel, wie Emma schien. Vielleicht waren seine Locken während des langen Arbeitstages auch nur etwas aus der Form geraten.

»Dann mache ich mal Feierabend.« Costa, giftig. Er schloss einen Wagen auf, der zwei Autos weiter geparkt war.

»Mach das, Bruno.« Der Commissario nickte. »Vielen Dank für deinen Einsatz heute. Bis morgen, ich melde mich.«

Costa schlug die Autotür zu, der Motor heulte auf.

»So ein Zufall«, sagte Bianchi. »Dass du ausgerechnet hier in der Gegend bist.«

Emma zog ihre Hand zurück. »Gibt es hier irgendwo eine gute *bistecca*?«

»*Certo*. Ich habe einen Tisch reservieren lassen.«

»Perfekt.« Emma lächelte. »Aber das Fleisch muss noch ein wenig warten. Gehen wir spazieren, Commissario?«

Sie wandte sich dem Camper zu, wo Rubio die Nase ans Fenster presste. »Ich habe jemanden dabei, der dringend den Giardino besuchen will.«

Die Tafel mit den Abbildungen der Eissorten empfing sie am Eingang zum Park, gleich nach dem Absperrband der Polizei. Cornetto Royal oder Cornetto Special, Magnum Mandel oder Magnum Classic, Rakete, Pralinato. Schön bunt der Strauß an Möglichkeiten. Wie oft hatte Emma als Kind vor einer solchen Tafel gestanden. Sie spürte das klebrige Wasser an den Fingern, den Geschmack von Holz, während ihre Zunge hastig den süßen Fluss dem Stiel entlang zu stoppen versuchte. Neben der Tafel hing ein Schild an der Steinmauer, von Hand beschrieben. *Minerale naturale* und *frizzante* für drei Franken, Cola ebenso, *caffè* für einen Franken. Das Steinhaus gleich gegenüber war nun verriegelt. *Cassa*, sagte der Pfeil. Bei ihrem Besuch im Juli waren Marco und sie in einen halbdunklen und angenehm kühlen Raum getreten, aus dem plärrende Fernsehstimmen nach draußen drangen. Auf Rai 2 hüpfte ein Moderator über den Bildschirm, der neben der Eingangstür montiert war. Am Tisch gegenüber saß eine Frau, ein Gesicht wie ein Mädchen und Hände wie eine ältere Dame. Die Frau hatte ihnen entgegengelächelt, das Häkelzeug abgelegt und den Ton leiser gestellt. Marco sprach mit ihr über Kamelien. Emma folgte dem vertrauten Hin und Her der beiden. Etwas mit diesen Kamelien schien diesen Sommer *eccezionalmente, davvero*. Emma hatte zwei Eintritte gelöst. *Con riduzione*, hatte die Kassenfrau augenzwinkernd versichert. *Come sempre*, wenn ihr Lieblingsgast Marco den Giardino besuchte. Rubio durfte gratis mit, jedoch ausschließlich an der Leine.

Obbligatorio, signora, capisci? Emma hatte genickt und gelächelt. Marco hatte sie vorgelassen, sie war hinter Rubio die aus großen Steinquadern geformte Treppe hochgestiegen.

Jetzt ging Marco voraus. Vorbei an der ersten kleinen Terrasse mit dem steinernen Rundbrunnen. Weiter hoch zu den beiden großen Löwen, die sie mit aufgerissenem Maul links und rechts der Treppe begrüßten. Rubio beeilte sich, an ihnen vorbeizukommen, an Emmas Beine gepresst. Zwei liebevoll bemalte Täfelchen am Wegrand baten mit Bildern darum, keine Zigaretten wegzuwerfen und nichts zu pflücken. Ihr Orange hob sich in der Abenddämmerung ein wenig ab. Bald würde Emma nicht mehr viel sehen. Noch immer stieg sie Treppen hinter Marco hinauf, an Putten vorbei, die sich neckisch auf Backsteinsockeln tummelten, die eine auf der Schulter der anderen balancierend, die Augen zum Himmel verdreht. Dann einen Schieferplattenweg entlang. Eines der Engelchen bot Weintrauben an. Dann eine nackte Frau, die sich rekelte, ihren Ellenbogen lässig abgestützt, die Hand auf einen Strauß aus steinernen Rosen und Äpfeln gelegt. Ein junger Mann mit krausem Haar, der sanft zwischen Zweigen hervorlächelte. Ein Monster mit riesigen Zähnen wie ein Hase, zwischen den Klauen ein Lamm. Rubio knurrte, wollte stehen bleiben. Emma musste ihn weiterziehen, dem Commissario hinterher, der zügig voranschritt, eine Umhängetasche an seiner Hüfte baumelnd. Links ein kleiner Sitzplatz mit Tisch und zwei Stühlen, der in einen schmalen Weg aus Flusskieseln mündete. Er führte ins Dickicht und zu einem geschwungenen Bassin, hellblau gestrichen, mit Wasser gefüllt. Mittendrin Putten, einen kleinen Springbrunnen über ihren Köpfen stemmend. Ein lustig plätschernder Wasserstrahl.

Fontana romana stand auf einem Schild geschrieben, das zwischen fleischigen Blättern im Boden steckte. Dahinter öffnete sich eine Grotte in den Hang hinein. Es war in der Zwischenzeit zu dunkel geworden, um noch zu erkennen, was sich darin befand. Rubio zog Emma weiter, vier Stufen hoch, an Statuen auf Säulen vorbei, noch zwei Stufen, links und rechts je von einer Sphinx gesäumt. Die Figuren drehten der Fontana romana den Rücken zu. Vor Emma breitete sich eine große Terrasse aus, mit gepflasterten Wegen und akkurat geschnittenem Rasen, das Belvedere. Die Sicht von hier aus war tatsächlich schön. Nach vorn der blaurot-silberne See, von dunklen Bergzügen gesäumt. Darüber ein violett leuchtender Himmel, erste funkelnde Sterne. Zum Hang hin eine Wand aus Grün, von Statuen durchsetzt. Davor alle paar Meter eine Sitzbank. Auf der hintersten saß bereits Marco und zog einen Laptop aus seiner Tasche. Emma setzte sich zu ihm.

»Willst du ihn sehen?«, fragte er, ohne aufzublicken.

Natürlich wollte sie.

Emmas Verhältnis zu Leichen war angespannt, in diesem Punkt hatte sie den falschen Beruf gewählt. Jedes Mal starrte sie fassungslos auf den Körper, der noch vor Stunden weich und warm gewesen war. Mit einem Mund, der reden, Augen, die etwas vermitteln konnten, Beinen und Füßen, die einen aufrecht hielten. Und die Hände. Die Haut. Jedes Mal spürte Emma ein Brennen im Hals, wenn sie sah, was der Tod bewirkte. Schön war es nie. Auch jetzt nicht. Emma schloss kurz die Augen, öffnete sie wieder. Ein Mann, an eine Wand gelehnt wie eine Puppe. Die Beine gespreizt, die Arme ebenso, mit Händen, die sich in den erdigen Boden gekrallt hatten. Das Gesicht erhoben, ekstatisch verzogen, der Kiefer erstarrt. Die Anzughose hochgerutscht, das Hemd aufgerissen, die gelöste Krawatte wie eine weite, lockere Schlinge über der Brust. Das Jackett halb ausgezogen. Das Opfer wirkte wie ein Mann beim Liebesspiel auf dem Weg zum Höhepunkt, auf den ersten Blick zumindest. Jeder nach seiner Fasson, mochte man denken und sich peinlich berührt abwenden. Wenn da nicht diese Farbe im Gesicht wäre. Tiefblau die Lippen und Wangen, Nase und Stirn. Emma setzte sich aufrecht hin, atmete tief ein und wieder aus.

»Er ist erstickt.«

»Ja. Atemlähmung.«

Emma sah es vor sich. Wie der Mann zuerst die Krawatte lockerte, hastig, mit zwei Fingern. Dann die Schlinge weiter löste, das Hemd aufriss, weil ihm so eng wurde in Brust und Kehle. Luft. Wo blieb die Luft? Die Augen geweitet beim Versuch, es zu verstehen. Und was machten die Beine? Sie trugen ihn nicht mehr, knickten ein. Gut, dass da diese Wand war, die ihn stützte. Er versuchte, das Jackett auszuziehen, dieses Stück Stoff, das ihn so einengte. Vergeblich. Er ging zu Boden, suchte krampfhaft Halt in der harten Erde. Dann versagten auch Arme und Hände. *Aiuto!*, wollte er zum Himmel schreien. Hilf mir! Aber die Luft blieb weg. Tonnen waren da, die sich auf ihn legten. Kein Aufbäumen half, bloße Materie noch Lunge und Herz, hirnlose Klumpen Fleisch, vor sich hin zuckend, wenige Minuten.

»Erstickt woran?«

Der Commissario hob die Schultern, ließ sie fallen. Emma spürte die Bewegung mehr, als dass sie sie sah. Es war jetzt fast dunkel. Sie wandte sich ihm zu. Im Licht des Laptops sah Marco hart gezeichnet aus, schwarz die Ringe unter den Augen. Sie sah wieder auf den Bildschirm und wies mit dem Finger auf das Jackett des Toten.

»Und das hier?«

Eine dunkle Stelle auf dem linken Oberarm, etwa fünf-zehn Zentimeter hoch.

»Blut.«

»Eine Wunde?«

»Keine Wunde.«

»Auch an keiner anderen Stelle?«

»Nirgendwo.«

Emma ließ sich gegen die Lehne der Bank zurückfallen. »Erzähl alles, was du weißt.«

»Zuerst die Regeln. Damit wir bei den Ermittlungen korrekt bleiben.«

»*Certamente*.« Emma verdrehte die Augen. »Die sind ganz einfach: Ich bin eine Kollegin, die zufällig privat hier in Morcote ist.«

»Weil du authentische Tessiner Dörfer so liebst.«

»So ist es.«

»Alle Informationen, die ich dir weitergebe, sind streng vertraulich.«

»Absolut. Ich mische mich nicht proaktiv in die Ermitt-lungen ein.«

»Nur passiv. Du denkst mit.«

»Vielleicht unterhalte ich mich ein bisschen mit den Menschen hier.«

»Unterhalten geht. Handeln nur, wenn die Umstände es zwingend erfordern.«

Klang er ein bisschen besorgt? Emma musste lächeln, aber das konnte er nicht sehen.

»Abgemacht, Commissario. Und jetzt zu dem, was ihr bisher zusammengetragen habt.«

21

Der Tote hieß Silvio Perone, geboren am 09.08.1963,
und wohnte im Stadtteil Brè-Aldesago von Lugano.
Er verdiente sein Geld als Ästhetischer Chirurg mit eigener
Praxis an der Riva Antonio Caccia. Von seiner Frau Gaia
Perone war er seit knapp einem Jahr geschieden. Das Paar
hatte keine Kinder. Zur Hochzeit von Alessandra Armenio war er eingeladen, weil er ein guter Freund des Braut-
vaters war, den er von der Rekrutenschule kannte, und
Patenonkel der Braut. Silvio Perones Begleiterin bei der
Hochzeitsfeier war seine neue Partnerin, Daniela Dazzo,
die mit ihm zusammenwohnte und ihn beim Tempio di
Nefertiti im Giardino Balber entdeckt hatte. Ihrer Aussage zufolge hatte Silvio Perone keine gesundheitlichen
Probleme, sie wusste jedenfalls von keinen Beeinträchti-
gungen. Zur Hochzeitsfeier waren sie in guter Stimmung
aufgebrochen. Beim Apéro nach der Trauung stellte er sie
ein paar Bekannten vor, dann ging sie zur Toilette beim
Eingang zum Park. Als sie zurückkam, suchte sie Silvio
kurz unter den Gästen; da sie ihn nicht finden konnte,
rief sie ihn auf seinem Handy an. Er antwortete nicht. Sie
nahm an, dass er nach der Zeremonie vergessen hatte, den
Lautlos-Modus zu deaktivieren. Als er auch nach mehre-
ren Anrufen nicht antwortete, wurde sie unruhig und begann zu suchen. Zuerst ging sie hinunter zu den Toiletten
und rief nach ihm, schritt alle Wege ab, bis sie wieder zur
Hochzeitsgesellschaft zurückkehrte. Dann stieg sie den
Park weiter hinauf, bis sie ihren Lebensgefährten beim
Tempio di Nefertiti fand. Ab da begann Daniela Dazzo,

sich in Widersprüche zu verwickeln. Mal behauptete sie, dass sie eine Ewigkeit bei ihrem Geliebten gesessen hatte, bis jemand kam, mal wäre nur ein kurzer Augenblick verstrichen. In jedem Fall war sie sich sicher: Er war tot, als sie bei ihm ankam. Zum letzten Mal hatte Daniela Dazzo ihren Partner gegen 12:15 Uhr auf der Terrasse Belvedere gesehen, entdeckt haben musste sie ihn um plus minus 13 Uhr. Das hieß: Silvio Perone starb ungefähr zwischen 12:15 und 13 Uhr.

Den Befragungen der Hochzeitsgäste zufolge hatte niemand darauf geachtet, dass er sich von der Terrasse entfernte. Der Apéro war in vollem Gange. Der Notruf ging um 13:06 Uhr ein. Als die Polizei eintraf, befanden sich der Trauzeuge, der Onkel der Braut und zwei weitere Gäste beim Toten. Battista Armenio, Vater der Braut und Gastgeber, hatte seiner Aussage nach schnell gehandelt und verhindert, dass weitere Gäste zum Leichenfundort gingen. Er hatte sie zum Ausgang dirigiert und gebeten, auf dem Parkplatz auf weitere Informationen zu warten und Ruhe zu bewahren. Commissario Bianchi holte sofort die Spurensicherung dazu, der Tote wurde ins gerichtsmedizinische Institut nach Lugano gebracht. Die Hochzeitsgesellschaft erhielt die Erlaubnis, nach den Befragungen weiterzufeiern. Alle Beteiligten waren jedoch dazu verpflichtet, sich jederzeit zur Verfügung zu halten. Die Ex-Frau war über den Tod ihres Mannes informiert, die Befragung für den nächsten Tag vereinbart worden. Gaia Perone hatte ihr ursprünglich geplantes langes Wochenende abgebrochen und war noch am Spätnachmittag zurückgekehrt. Commissario Bianchi hatte sie um 13:35 Uhr auf ihrem Handy erreicht. Sie schien tief getroffen, aber gefasst, und lehnte die ihr angebotene psychologische Unterstützung ab. Um 17 Uhr kam der erste Bericht aus dem *istituto*. Silvio Perone war an einer Atemlähmung gestorben. Der Tod muss innerhalb weniger Minuten eingetreten sein. Es gab keinerlei Spuren von Gewaltanwendung.

»Also ist auch ein natürlicher Tod möglich«, sagte Emma.

»Das liegt sogar nahe.« Der Commissario klappte den Computer zu.

»Das Institut wird es uns sagen. Ich habe eine Autopsie beantragt.«

»Das Blut am Ärmel des Jacketts«, sagte Emma. »Weiß man da schon etwas dazu?«

»Ja. Es stammt von einer Katze.«

22

Enzo sah sie nicht, aber er konnte sie hören. Die Stimme des Mannes, über längere Zeit. Die Frau, die ab und zu etwas sagte. Wahrscheinlich hatten sie sich auf eine Bank gesetzt. Er musste trotzdem da hinein. Er erhob sich halb aus der Hocke, zögerte. Das schmale Sträßchen oberhalb des Giardino blieb meist ungenutzt, auch heute Abend. Keiner konnte ihn hier sehen. Er erhob sich vollständig, um das Gittertor aufzuschließen, ganz leise. Er hatte das Scharnier stets gut geölt, es quietschte kein bisschen, als er das Tor hinter sich zuzog und es wieder verschloss. Dann umklammerte er den Schlüsselbund mit seiner Faust. Ging ein Stück hinunter, den Stimmen entgegen. Wie hart der Boden war. Heute hätte er den Rasen bewässern müssen, auch die Buchsbäumchen und Azaleen. Er schlich am Erechtheion vorbei, setzte seine Füße sachte auf. Sein Herz hämmerte. Sie musste da wieder weg. Ein Fehler, sie dort hinzubringen. Die Schlüssel schnitten ihm ins Fleisch, so fest ballte er seine Hand zur Faust.

23

*N*o!«

Rubio wurde von der Leine zurückgerissen, die Emma an der Bank befestigt hatte. Er bellte und knurrte im Wechsel, das Fell im Nacken gesträubt. Emma spürte es, während sie ihn zu beruhigen versuchte. Ihr Herz klopfte heftig, Rubio hatte sie erschreckt.

»*No! Sed!*«

Er setzte sich widerwillig, schnaubte und war dann still. Marco hatte ein paar schnelle Schritte in die Dunkelheit gemacht, kehrte zurück. Sie verharrten nun alle drei und horchten. Emma und Marco hoben gleichzeitig den Arm und zeigten den Hang hoch. Rubio sprang erwartungsfroh auf.

»*No!*«, zischte Emma.

Dort oben bewegte sich etwas. Zweige knackten, trockenes Laub raschelte. Vergeblich der Versuch, nicht daraufzutreten. Emma widerstand dem Impuls loszurennen, dem Geräusch hinterher. Sie würde zu langsam sein, und das Wesen, ob Tier oder Mensch, längst auf und davon. Sie hörte den Geräuschen nach, bis sie ganz verklungen waren.

»Da ist ja echt etwas los bei dir, Commissario«, flüsterte sie. »Wie wär's jetzt mit der *bistecca*?«

24

Gaia Perone horchte auf. Realisierte nicht sofort, was sie irritiert hatte. Das Gebell. Das musste es sein. Hunde im Giardino drüben konnte sie nur tagsüber hören, kleine Kläffer an der Leine ihrer Frauchen. Große Köter, die sich kaum mehr beruhigten.

»Tötet euch doch«, murmelte sie dann, fasziniert und genervt zugleich von so viel Aufruhr rund um Rudel und Revier. »Los, nur zu.«

Der Hund jetzt hatte nur kurz angeschlagen. Gaia füllte ihr Glas aufs Neue, erhob sich vom Sofa, ging zur Terrassentür, die sie offen stehen hatte. Da war bloß Dunkelheit, wenn sie zum Giardino hinüberschaute. Wenn sie etwas länger hinsah, zeichnete sich der Umriss der Hecke vor dem sternenklaren Himmel ab. Jetzt war es wieder still, nur das zu hören, was ihr bekannt vorkam: Autos auf der Straße unten, Partymusik vom See her. Gaia schloss die Tür. Ihr Gesicht spiegelte sich, da hatte ihr Putzmann wieder ganze Arbeit geleistet. Er verstand sein Handwerk. Gaia hob das Glas, prostete sich zu. Trank. Ging näher zur blanken Scheibe hin, sog den Duft des Putzmittels ein. Ihre Nase berührte die kühle Scheibe, hinterließ einen schwachen Fettfleck.

Gaia machte einen Schritt zurück. Ein schönes Gesicht, das ihr entgegenblickte. Die hohe Stirn, die sanft geschwungenen Brauen über mandelförmigen Augen. Die markanten Wangenknochen. Eine schmale Nase über vollen Lippen, ein neckisches Kinn. Die Mittelgesichtsregion problemlos, Unterkieferlinie und Kinn-Hals-Winkel perfekt. Verlorengegangenes Volumen aufgepolstert, Konturen modelliert, im Nanobereich operiert. Die Stirn geglättet. Rund um den Mund kleine Depots gesetzt, lineare Injektionen, alle sechs Monate wiederholt. Gaia spitzte den Mund, drückte ihre Lippen gegen das Glas. Betrachtete den Abdruck auf der Glasscheibe. Perfekt konturiert. Sein Werk. Ein Meister seines Fachs, ihr Ex. Herr über Messer, Nadel und Ultraschall, über Botulinumtoxin und Hyaluronsäurefiller. ›Gesichtsarchitekt‹, so hatte er sich genannt. Wieder und wieder die Geschichte erzählt vom Gymnasiasten, der seine gesamte Schulzeit lang sowohl von der Baukunst als auch vom Körper gleichermaßen fasziniert war. Hin und her gerissen nach der Maturität, ob er Medizin oder Architektur studieren wollte. Wie er sich für Medizin entschied, in der Plastischen Chirurgie dann aber die perfekte Verbindung seiner beiden Leidenschaften gefunden hatte. »*Plastische* Chirurgie«, wie er immer betonte.

»Schönheitschirurgie?«, hatte er jene gefragt, die ihm im cremefarbenen Sprechzimmer gegenübersaßen, Klientinnen und Journalistinnen, hörig zugewandt oder mit skeptischer Distanz. »Sie reden von Schönheit?« Und dann hinzugefügt, bedauernd im Ton: »Nein. Für die Schönheit bin ich nicht zuständig.«

Ihr Ex-Mann, Schöpfer von druckreifen Sätzen. Besonnen platziert überall dort, wo sie gut passten. Bei den einen, die sich in den Tiefen der hellblauen Augen mit den Lachfältchen verloren. Den anderen, die seine silbernen Stoppeln im braun gebrannten Gesicht attraktiv fanden, die zarte Andeutung einer Zornesfalte zwischen den Brauen. Nicht geglättet. So authentisch, der Herr Doktor. In allen Bereichen.

»Gehen Sie zum Psychologen«, hatte er mehr als einer

Klientin auf den Weg mitgegeben und sie weggeschickt. »Eine neue Nase kann Ihnen nicht helfen.«

Gaia kicherte. Oh ja, er war schillernd. In all seinen Facetten faszinierend. Auch für sie. Immer schon, vom ersten Tag an, als sie aufeinandertrafen, im dritten Semester Humanmedizin. Er wurde eine Koryphäe in der Ästhetischen Chirurgie und Gaia unentbehrlich für ihn. Bis Gaia die Chirurgie zugunsten der Praxisleitung aufgab, hatten sie Wand an Wand Fett hinzugefügt oder abgesaugt, Brüste vergrößert, Augenlider und Bäuche gestrafft, Brüste verkleinert, Gesäße vergrößert, Nasen neu gemacht. Ihr Reich über Jahre gemeinsam aufgebaut, von der Praxis im Mietshaus zur Villa am Ufer des Lago di Lugano. Einen Ort zum Wohlfühlen geschaffen. Inventar und Atmosphäre strategisch angelegt, warm und sachlich zugleich. Klientinnen glücklich gemacht, Klienten mit dazu, die sich nach und nach auch nicht mehr gefielen. Der Vergänglichkeit ein Schnippchen geschlagen. Wie hatte es ihr Ex formuliert?

»Ich kann bloß dem Zahn der Zeit etwas Einhalt gebieten, aber das ziemlich gut.«

Gaia zeichnete die Kontur ihres Lippenabdrucks auf dem Fenster mit dem Finger nach. Wie wahr. Er war der Gesichtsarchitekt. Und sie die Königin an seiner Seite.

»Warum?« Sie presste ihren Mund wieder auf das Glas. »Warum bloß hast du mich verlassen?«

25

Emma ging hinter dem Commissario die Riva di Pilastri entlang. Der Gehsteig war zu schmal für zwei Personen und einen Hund. Es war dunkel und kühler geworden. Sie hatte den Blazer aus dem Koffer geholt, den Campingbus auf dem Parkplatz bei der Bushaltestelle Giardino Balber stehen lassen. Nun mündete die Riva di Pilastri in die Riva da Sant Antoni. Rechts eine Zeile mit ziegelgedeckten Häusern, dazwischen klafften vereinzelt Lücken, die den Blick auf kleine Gärten freigaben und den See dahinter. Nur eine weiße Linie trennte Gehsteig und Straße voneinander, kreuzten sich zwei entgegenkommende Fahrzeuge, wurde es eng. Die Straßenbeleuchtung war spärlich. Autos mit Schweizer und italienischen Kennzeichen schlängelten sich mit unverminderter Geschwindigkeit zwischen allen Hindernissen durch. Ab und zu ließen die Scheinwerfer zerbeulte Karosserien von Kleinwagen aufleuchten. Meist jedoch waren Limousinen unterwegs, auf Hochglanz poliert.

Emma machte sich ein Spiel daraus, wenn ausnahmsweise ein Fahrzeug abbremste: italienisches Kennzeichen? Ticino? Eins aus der Deutschschweiz oder Deutschland? Die deutschsprachige Schweiz war beim Bremsen obenauf, meist saßen ältere Herren am Steuer. Emma grinste. Sie mochte Vorurteile nicht, aber manchmal trafen sie einfach zu. Und in dieser Limousine aus Hamburg, saß da etwa Dieter Bohlen auf Wohnungssuche? Morcote hatte früher einmal auf seiner Wunschliste gestanden, das hatte Emma gelesen. Das ehemalige Fischerdorf als Promi-Idylle. Peter

Alexander hatte hier gelebt, im Zehnzimmerhaus mit eigenem Wäldchen. Romy Schneider war vor sechzig Jahren da, mit Alain Delon, auf dem Anwesen ihrer Mutter am See. Emma hatte lange die Bilder von der Verlobungsfeier betrachtet. Romy und Alain auf der Hollywoodschaukel. Romy und Alain im Motorboot. Romy und Alain Hand in Hand, am Seeufer spazierend. Alain, wie er Romy küsste. Auf einem Bild waren am Rand die Fotografen zu sehen, die dem Paar mit ihren Kameras folgten. Als hätte man vergessen, sie wegzuschneiden, zu verbergen, was dieses Idyll war: ein Shooting, nichts als Posieren, eine Dienstleistung für das Publikum. Emma hatte sanft über den Handybildschirm gestrichen, über die Wangen der jungen Frau. Einundzwanzig Jahre alt war Romy damals, vier Jahre später würde ihr Verlobter sich auf und davon gemacht haben.

Emma hatte mit einem Seufzer die Bilder weggewischt und war zu ihrer Recherche über Morcote zurückgekehrt. Vor drei Jahren hatten in einer Online-Abstimmung 31 000 Personen Morcote zum schönsten Dorf der Schweiz gewählt. Aktuell lebten etwas mehr als siebenhundert Menschen das ganze Jahr hier. Der Ort wurde vor mehr als tausend Jahren zum ersten Mal in einer Urkunde erwähnt. Früher wichtiger Warenumschlagplatz und größter Hafen am Luganersee, bis 1847 der Seedamm von Melide gebaut wurde. Große Söhne hatte die Gegend hervorgebracht, stand in einem Artikel geschrieben. Das nahe gelegene Bissone den weltberühmten Francesco Borromini – der war doch früher auf der Hunderternote abgebildet? –, und Morcote die Architektenfamilie Fossati, deren letzter Nachkomme Gaspare Paläste in Konstantinopel errichtete und die Hagia Sophia restaurierte. Emma hatte den Kopf geschüttelt. Große Söhne. Große tote Söhne. Die großen

Töchter waren als Kategorie gar nicht erst existent. Die einzige weibliche Größe bildete Maria. Die heilige Maria natürlich, für den sakralen Teil von Morcote zuständig. Ihr war die Pfarrkirche Santa Maria del Sasso geweiht, vierhundertvier Treppenstufen den Berg hoch. Auf dass die Frau die Sorgen der Menschen teilte und sie vor Gott und Christus trug. Welche Aufgabe. Emma grinste in sich hinein. Dann lieber Polizistin bei der Kriminalpolizei Basel-Landschaft und Hobby-Ermittlerin im Tessin, was sie sich selbst eingebrockt hatte. Vielleicht konnte sie daraus ein Businessmodell entwickeln. Sich neu orientieren. Weg von der Befehlsempfängerin, hin zur selbständigen Ermittlerin. Den Behörden beratend zur Seite stehen, projektbezogen, sozusagen. Ein Mandat pro Mord.

Rubio riss Emma aus ihren Gedanken. Sie hielt ihn ausnahmsweise straff an der Leine. Wieder hatte er abrupt bei einem geparkten Auto gestoppt, das den schmalen Streifen für Fußgängerinnen und Fußgänger versperrte. Beschnupperte ausgiebig jeden Reifen, setzte neue Markierungen. Emma sah währenddessen auf den See hinaus, der nun schwarzblau war, von Lichtpunkten durchsetzt. Vergnügungsschiffe, die von Lugano aus zu ihren abendlichen Rundfahrten starteten. Manchmal waren stampfende Rhythmen zu hören oder auch eine Melodie, vom leichten Wind ans Ufer geweht. Gejohle an Deck von jenen, die feierten. Eine Arbeitswoche vorbei, die Sommersaison auch. Vor sich ein paar Tage zur Erholung, bevor Herbst und Winter Einzug hielten. Ein letztes Mal Party an Bord für all jene, die einen Sommer lang an Tessiner Seeufern *turisti* bedient hatten und bald aufbrachen, um das Gleiche anderswo zu tun. In Bergresorts im gleißenden Schnee, mit Sonnenterrassen und Sesseln mit Lammfellbezug. Emma summte eins der Lieder vom See draußen, ein Sommerhit, etwas mit *Señorita* und viel Schmalz. Der schmale Streifen hatte sich zu einem richtigen Gehsteig gewandelt, etwas erhöht, und Rubio schloss schwanzwedelnd zum Commissario auf, der stehen geblieben war und auf die andere Straßenseite wies. Dort erstreckte sich eine Art Loggia, aus grob behauenen Steinen errichtet, unterbrochen von einem stattlichen gelben Haus mit zwei Geschossen, einem Torbogen als Eingang, Fries und Aufsatz mit Giebel. Schlossartig beinahe schon, streng symmetrisch gebaut. Einladend einzig die warme Farbe und die hohen Fenster im oberen Geschoss, von grünen Fensterläden gerahmt. Je ein Kandelaber an der Fassade links und rechts des Eingangs spendete etwas Licht. Drei Fahnen an Stangen, die aus dem Fries oben ragten. In der Mitte das weiße Kreuz auf Rot, links die blaurote Tessiner Fahne, rechts ein Motiv in Grün, Weiß und Rot, das nur zum Teil zu erkennen war. Der Kopf eines Schweins?

»Das Rathaus von Morcote«, sagte Marco.

Er bückte sich, um Rubio über den Kopf zu streichen. Emma sah an der Fassade hoch. Hinter einem der Fenster schien der Raum von einem schwachen Licht erhellt, wie vom Bildschirm eines Computers. Hinter diesen Mauern hatten also heute Nachmittag die Hochzeitsgäste gesessen. Wie wohl dem Brautpaar zumute war? Sich über Monate gefreut auf diesen Tag. Tausend Dinge überlegt und vorbereitet, Punkt für Punkt abgehakt: Den Ort gesucht und gefunden, sich auf einen Trauzeugen und eine Trauzeugin geeinigt. Muster von Einladung und Deko besprochen, das Programm, das Menü. Den Strauß für die Braut, die Schuhe. Das Kleid. Kurz oder lang, weiß oder nicht? Haare aufgesteckt, in Locken gedreht, mit Perlen versehen? Und die Ringe. Schlicht und schlank oder breit, mit Stein oder ohne, mit Gravur und wenn ja, mit welcher Inschrift? Den Fotografen fast vergessen. Bonbons zum Werfen und Luftballons für gute Wünsche, die in den Himmel aufsteigen sollten, dazu das kleine Geschenk für jeden Gast beim Abschied, als Erinnerung. Emma schüttelte sich. Diese harten Zuckerdinger im Silberdöschen. Die ihr Zahnfleisch und Zunge wund scheuerten, weil sie sie trotzdem jedes Mal gegessen hatte, wenn wieder eine ihrer Cousinen heiratete. Das Döschen zu ihrer Trauung hingegen schmiss Emma ungeöffnet weg, aus Wut darüber, dass sie es nicht geschafft hatte, sich ihrem Vater und seinen italienischen Bräuchen zu widersetzen. Die Erinnerung an die eigene Hochzeit entsorgt, den Ehering Jahre später auch. Alles im Eimer.

Emma begegnete Marcos aufmerksamem Blick. Er hatte ihr sein Gesicht zugewandt, die Augenbrauen hochgezogen. Hatte sie Selbstgespräche geführt? Sie lächelte ihm kurz zu. Schaute wieder zum Fenster hoch, kehrte in Gedanken zur Hochzeitsgesellschaft zurück. Sah sie im Rathaus von Morcote sitzen und Auskunft geben dazu, wie sie die letzten zwei Stunden verbracht hatte. Was jeder und jede gemacht, gesehen und gehört hatte. Wer mit wem wann wo geredet. In welcher Beziehung sie zum toten Gast standen.

Marco hatte vorhin erwähnt, der Mann sei der Patenonkel der Braut gewesen. Was für einen Menschen hatte die Braut verloren? Einen *padrino*, der sie seit der Taufe ihr Leben lang begleitet hatte? So ein richtiger *padrino*, der mit dem nötigen Ernst an den Sakramenten teilnahm und beim Fest danach Schabernack trieb, zur Irritation der Eltern und Freude der Patentochter? Einer mit perfekten Geschenken, solche, die den Eltern niemals in den Sinn kamen? Oder hielt er es eher wie der Götti von Emma, der einmal da war – zur Taufe und anschließenden Feier, Emma hatte keine Erinnerung daran – und dann nie wieder? Der ihr alle zwei Jahre eine Karte von irgendwo auf der Welt schickte mit der Mahnung, ein Leben mit Gott zu führen?

»Dein *padrino*«, sagte Emma. »Hast du einen? Einen, der noch lebt?«

Sie hatte sich wieder dem Commissario zugewandt und gab ihm ein Zeichen, weiterzugehen.

»Ja.«

Emma sah seinen erstaunten Blick, bevor er sich umwandte und den Weg fortsetzte. »Und, wie ist er?«

»Wie meinst du das?«

»Einfache Frage, einfache Antwort reicht.«

»Ein lieber Mensch. Ein sehr lieber Mensch.«

Sie ließen rechts eine Restaurantterrasse hinter sich, auf Stelzen ins Wasser gebaut. Ein Kellner balancierte ein Tablett über die Straße. Nur wenige Gäste saßen draußen.

»Bei deiner Hochzeit«, sagte Emma. »Wenn dein *padrino* tot umgefallen wäre: Hättest du weitergefeiert?«

»Ich habe nie geheiratet.«

»Dann stell dir die Hochzeit vor. Mit totem *padrino*.«

Wieder ein Restauranthäuschen im See zu ihrer Rechten, mit deutlich mehr Gästen. Es gehörte zum Albergo della Posta, einem schmucken Haus mit zwei Geschossen auf der gegenüberliegenden Straßenseite. Marco war stehen geblieben.

»Hättest du weitergefeiert?«, wiederholte Emma.

»Nein. Niemals.«

Lachen und Gläserklirren von der Terrasse her, der Geruch eines Holzfeuers in der Luft. Emmas Magen knurrte, als sie die Straße überquerten und das *ristorante* betraten. Zumindest ein Punkt war geklärt.

26

Fünf Gehminuten weiter wurde in der Caffè-Bar Vecchio Teatro die letzte Runde ausgerufen. Um 21 Uhr war Feierabend. Den Loungebereich am Seeufer hatte Wirt Alfredo bereits geschlossen. Die Sitzpolster weggeräumt, Sonnenschirme geschlossen, das Mobiliar mit Ketten gesichert. Vier Bierchen noch gezapft, drei Gläser Merlot Bianco ausgeschenkt, dann kassiert. Der Tagesumsatz war zufriedenstellend. Bestimmt höher als an einem normalen Freitag Ende September, wo die Tagestouristen weniger wurden, seine vegetarische Focaccia kaum noch Absatz fand. Der Tote im Giardino hatte den Umsatz angekurbelt, falls denn ein solcher Gedanke überhaupt erlaubt war. Alfredo schlug rasch das Kreuz über seiner Brust. Fünf Männer und zwei Frauen saßen noch an den Tischchen vor dem Eingang. Sie hatten keinen Grund, nach Hause zu gehen. Keine *moglie*, die zwei Teller auf den Tisch knallte, *arrabbiata, molto arrabbiata*, weil sie sich nie daran gewöhnen würde, dass ihr Mann einfach die Zeit vergaß. Keiner zu Hause, der zumindest den Blick hob, ein »*ciao tesoro*« murmelte, bevor er sich wieder dem Bildschirm zuwandte. Höchstens Wellensittiche da oder Zierfische dort, eine Katze vielleicht und Netflix. Aber die Gandalf-Bar bot sich als nächste Station an. Sie schloss erst um Mitternacht. Tischchen unter den Arkaden und auf der Piazza draußen unter freiem Himmel. Drinnen Sofas unter einer tief gewölbten Decke. Ein bisschen Gebrauchtmöbel-Chic vom Brockenhaus für Designverwöhnte von auswärts, ein bisschen Wohnzimmer für die Einheimischen, die ein zweites gut gebrauchen konnten. Sechs der sieben Männer und Frauen einigten sich vor Alfredos Restaurant wortlos, mit einem Nicken Richtung Piazza Grande. Sie leerten ihre Gläser, erhoben sich, fassten den Siebten in ihrer Runde unter den Armen. Zwangen ihn sanft aus seinem Stuhl, den guten alten Stefano, der wieder einmal nervte mit seinen ewig gleichen Geschichten.

27

Sein *zio* hatte es immer schon gewusst. »Verflucht ist der Giardino«, sagte der *zio*, »das könnt ihr mir glauben.« »Wenn einer das weiß, dann bin ich es!«, rief der *zio* und zeigte auf seine Beine, die bei den Knien aufhörten. Die Hose umgeschlagen und unter die Oberschenkel gestopft und dort, wo andere Menschen Unterschenkel und Füße haben: nichts. Dafür hatte der Onkel Hände so groß wie Schaufeln und dicke Finger, die sich um die Rollstuhlräder legten. Unterarme wie Bubenbeine und Oberarme wie Baumstämme. Eine Brust so breit, dass der kleine Stefano sie nicht umfassen konnte, wenn er dem *zio* auf den Schoß klettern durfte. Muskeln aus Granit und Haut an den Händen wie Horn. Weiche Wangen, wenn der Onkel weinte und Stefano ihm die Tränen wegwischte. Eine Stimme wie ein Donnergrollen. »Verflucht ist der Giardino!«, schrie der *zio*, wenn das Weinen vorbei und die Wut wieder da war. Ein Monster aus Stein hatte seine Beine zu blutigem Brei geschlagen, hatte sich oben gelöst, als er unten seine Arbeit machte. Niemand konnte sich das Unglück erklären. Kein Blitzschlag, der die Figur spaltete, kein Erdrutsch, der sie ins Wanken brachte. Heiter der Himmel an jenem Tag, als das Monster seinen *zio* zum Krüppel machte.

»Verflucht ist dieser Giardino!«, rief Stefano und klammerte sich an sein Glas, das ihm jemand wegnehmen wollte. »Mein *zio* sagte es immer schon.«

28

Meistens konnte Enzo das Gekläffe von Sammy in der Streccia di Caccia unten überhören. Aber heute Abend irritierte es. Er presste die rechte Hand ans Ohr, legte mit der anderen Papierstücke auf dem Tisch aus. Zeitungspapier, weich und leicht gelblich geworden in den vergangenen acht Jahren. Er hatte die Ausschnitte in den letzten Tagen mehrmals aus dem Plastikmäppchen geholt. Die Berichte wieder gelesen, die Schlagzeilen dazu, von sensationshungrigen Journalisten mit Wonne verfasst.

»Schon wieder: Besucherin im Balber kollabiert!«
»Sabotage-Serie im Giardino Balber!«
»Wie lange kann sich der Giardino noch halten?«

Sein Herz hatte sich zusammengezogen, das Pochen im Kopf von Neuem begonnen. Er betrachtete das Foto im *Corriere del Ticino.* Von einer Besucherin gemacht, die schnell reagierte, als eine andere bloß kreischte. Den Schnappschuss der Tageszeitung für ein Butterbrot überlassen. Das Bild zeigte eine der drei nubischen Sklavinnen. Seine Lieblingsstatue im Giardino. Ihre schönen schwarzen Schultern bedeckt mit etwas, das sonst nicht da war. Auf den ersten Blick kaum zu erkennen. Man hätte weitergeblättert, wenn die Zeile über dem Foto nicht schreien würde:

»Gruselfund im Giardino Balber:
Katze ohne Haut als Halsschmuck!«

Seine Hände zitterten, als er die Artikel zusammenraffte und ins Mäppchen zurücklegte. Er erhob sich, ging von der Küche ins Wohnzimmer, über den schmalen Korridor ins Schlafzimmer, von da zurück in die Küche. Das Plastikmäppchen brannte zwischen seinen Fingern, schien seine Haut zu versengen.

29

Emma fläzte sich auf den Stuhl, so gut es ging, um ihrem vollen Magen etwas Raum zu gönnen. Die dunkel gebeizten Rückenlehnen im Ristorante della Posta zwangen zu aufrechter Haltung. Warum bloß waren diese geflochtenen Sitzflächen immer so knapp bemessen, dass sie einem ins Oberschenkelfleisch schnitten? Nur noch wenige Gäste saßen an den weiß gedeckten Tischen. Emma sah sich um. Grob verputzte Wände, Durchgänge mit Sichtbacksteinen. Holzbalken, die als Schmuck dienten, nicht als Stütze. Der untersetzte Kellner, der sich trotz seiner Köperfülle flink zwischen den Tischen bewegte, hatte ihnen resolut diesen Platz zugewiesen, im ersten Stock drinnen. Draußen sei es *troppo freddo*. Emma hatte sich gefügt. Die Terrasse mit den roten Geranien würde sie am nächsten Tag besuchen, am Geländer vorn sitzen, auf den See hinausschauen. Der Kellner hatte vor einer Weile abgeräumt, die Brauen ein wenig hochgezogen, als er ihren Teller sah. Emma hatte nur den belegten Teil der Pizza gegessen, die Ränder sauber abgeschnitten.

»*Non era buona?*« Und verschwörerisch Marco zugeneigt, mit einem Augenzwinkern: »Sie achtet auf ihre Linie, *la vostra accompagnatrice*.«

Emma überlegte kurz, dem Mann zu zeigen, wozu eine Frau fähig ist, die auf ihre Linie achtet, zwang sich dann aber Zurückhaltung auf. Nicht unangenehm auffallen, Emma. Natürlich war die Pizza gut, Himmeldonner, sehr gut sogar. Der Teig perfekt gebacken, der *prosciutto di Parma* großzügig ausgelegt, der *mascarpone* schön cremig, der Rucola kräftig. Es war einfach nur zu viel. Viel zu viel. Jeder *pizzaiolo*, dem sie je begegnet war, meinte es gut mit seinen Portionen, auch derjenige vom Ristorante della Posta vor dem rotgekachelten Holzofen. Emma hatte ihn beim Eintreten gebückt dort stehen sehen, ein Hüne, den Teigrondellen vor sich auf der Arbeitsfläche zugewandt, sie liebevoll mit *sugo di pomodoro* bestreichend.

»Nun doch keine *bistecca* für dich?«, hatte Marco gefragt, als sie die Bestellung aufgaben.

»Lieber Pizza«, hatte Emma gesagt. »Oder änderst du deine Pläne nie spontan?«

»Nein.« Der Commissario hatte zur Weinkarte gegriffen. »Ich bin ein Langweiler. Ein bisschen farblos.«

Emma musste lachen. »Okay. Du kannst ja noch dazulernen.«

Marco kam zurück, setzte sich wieder Emma gegenüber.

»Neuigkeiten?«

Er schüttelte den Kopf. Sie hatten während des Essens kaum miteinander gesprochen, was Emma zuerst etwas irritierte, dann ganz gut gefiel. Sie schaute hin und wieder Messer und Gabel zu, von Marco ruhig und präzise geführt, das Fischfleisch von den Gräten trennend. Sie hatte versucht, sich auf die Pizza zu konzentrieren. Keinesfalls danach zu fragen, wie die Polizia giudiziaria nach ihrem Abschlussbericht im Fall Stefanie Schwendener gehandelt hatte. Ein laufendes Verfahren, Emma, außerhalb deiner Zuständigkeit. Du bist ein Profi, und du bleibst es auch. Ihr lief ein Schauder über den Rücken, wenn sie an die Tage auf der Waldlichtung über Arzo dachte. Emma griff zum Glas, spülte die Erinnerungen zusammen mit dem Wein hinunter. Konzentrierte sich wieder auf Marcos Hände, die das Besteck auf den Teller legten, wo ein blank geputztes

Fischskelett übrig geblieben war und eine Schuppenhaut, säuberlich gefaltet. Marcos Finger waren unbehaart, das war Emma bisher noch nicht aufgefallen. Oder sie hatte es wieder vergessen. Aber jetzt sah sie es. Ein Kichern kitzelte in ihrer Kehle. Himmeldonner, sie war einundfünfzig Jahre alt und betrachtete stumm versunken Männerfinger ohne Behaarung. Dabei könnten Marco und sie miteinander *reden*. Mal über etwas anderes als tote Menschen. Über den Commissario. Über Emma. Was er und sie im Leben taten, wenn sie nicht im Dienst waren. Sollte Emma nach einer Lebenspartnerin fragen, nach Kindern? Einem Geliebten? Nach den Orchideen auf dem Monte San Giorgio, die er gut kannte? Er hatte ihr ein Foto von einem seltenen Exemplar geschickt, ein paar Tage, nachdem sie wieder zu Hause in Arisdorf war. Als Antwort erhielt er ein Bild vom Mosaik auf ihrem Sitzplatz als Beleg dafür, dass Emma tatsächlich gerne Steinchen an Steinchen fügte, auf dem harten Boden kniend. Aber wollte sie mit Marco darüber *reden*? Über Hobbys? Familienverhältnisse? Über ihren Ex? Nein. Auf keinen Fall.

»Das Katzenblut«, sagte Emma nun. »Es geht mir nicht mehr aus dem Sinn.«

Marco nickte.

»Wurde irgendwo im Giardino eine Katze gefunden?«

Er schüttelte den Kopf. »Nein. Auch nicht die Spuren einer blutenden Katze.«

»Dann ging der Tote in einem Jackett zu der Feier, das bereits Flecken hatte.«

»Ein Arzt für Ästhetische Chirurgie? Mit Katzenblut am Ärmel?«

»Niemals«, sagten sie gleichzeitig. Sie mussten beide lachen, und Emma hob die Hand, um *caffè* zu bestellen, einen für ihren *accompagnatore* und einen für sich.

30

So gefiel es ihm schon besser. Die sieben Gänge waren gegessen, das ganze Schickimickizeug abgeräumt. Tische und Stühle an den Rand des Speisesaals gestellt. Bloß Flaschen und Gläser waren noch da und genügend Raum für den Tanz. Auf dieser Tenuta de l'Annunziata. Battista Armenio, vor sich eine Flasche Wein, winkte der Bedienung. Noch einen *caffè*, dazu einen Grappa. Unterdessen tanzte die ganze Hochzeitsgesellschaft. Die Hemden der Männer durchsichtig vom triefenden Schweiß, die Gesichter der Frauen speckig. Ein wildes Durcheinander von Armen und Beinen, dazwischen wenige Paare, die noch wussten, wie man tanzte. Viel zu laute Musik aus Lautsprechern. So wollte es die Braut, dabei hatte Battista Armenio sich bereiterklärt, eine anständige kleine Band zu engagieren. Aber egal. Hauptsache, alle amüsierten sich bei der Hochzeit seiner Prinzessin. Wo war sie denn, die Tochter? Da. Einen Stuhl hatte sie sich geholt, nun kämpfte sie sich damit in die Mitte des Raumes. Kletterte auf die Sitzfläche. Erhob sich zu ihrer vollen Größe. Ha, da war sie, eine richtige Armenio. Schön und stark. Bodenständig. Der künstliche Turm auf ihrem Kopf hatte sich gelöst, ihre langen Haare fielen, wohin sie wollten. Auch das Kleid war wieder normal, keine weißen Stoffmassen mehr, mit Plunder verziert. Die Tochter, wie Battista Armenio sie kannte. Jetzt streckte sie gebieterisch einen Arm in die Höhe. Die Musik verstummte. Kurz noch war Keuchen und Gekicher zu hören, dann wurde es still. Nur ihre glasklare Stimme ertönte im Saal. Alessandra dankte ihm,

dem *papà*, dankte dafür, was er in seinem Leben für sie getan hatte. Besonders dafür, dass er ihr *papà* und *mamma* in
einem war, seinen Schicksalsschlag überwunden hatte, den
frühen Tod seiner Frau. Dass er immer für sie da war. *Gra-
zie mille, papà*. Die Gäste johlten und applaudierten. Ein
Hoch auf den Vater der Braut, und noch eines. Als es wieder still war, sang sie ihr Lied aus der Kindheit, das sie gemeinsam gesungen hatten. Plötzlich sah er nicht mehr klar,
spürte einen Druck in der Kehle, der nicht mehr weichen
wollte. Selbst wenn er einen Schluck trank, das ganze Glas
in einem Zug leerte. Nachdem er sich die Augen gerieben
hatte, sah er sie wieder. Seine Tochter. Genau so hatte sie
auf einem Stuhl gestanden, seine kleine Prinzessin, damals,
vor langer Zeit. Sieben Jahre war sie alt gewesen, er wusste
es genau, es war im Sommer 1994. Gesungen hatte sie. *Ci
vuole un fiore*. Battista Armenio schluckte und schenkte
nach. Dieselben hochroten Wangen wie jetzt hatte sie damals. Er sah alles ganz genau vor sich.

Sie stand auf einem Stuhl, und der Stuhl stand in der Alp-
hütte Capanna La Ginestra im Gastraum. Luigi, Pietro,
Marcello, Carlo und Silvio saßen da, alle grölten und ap-
plaudierten. Was hatten sie gelacht, als Alessandra, auf
den Knien ihres Patenonkels sitzend, ein Stück Zucker ins
Grappaglas getunkt und verzückt den sich auflösenden
Würfel abgeleckt hatte. Ihre Wange brannte an Battista
Armenios Schulter, als er sie später die Treppe hochtrug
zu den Schlafräumen, zwei für Frauen, zwei für Männer.
Mit ihrem Plüschhasen Pepsi hatte er sie ins Bett gebracht.
Nur kurz hatte sie darum gebettelt, nicht allein im dunklen
Raum zurückgelassen zu werden. Schnell hatte er sie da-
von überzeugt, dass sie ein großes Mädchen war, das sich
vor nichts zu fürchten brauchte. Dann war er wieder nach

unten gestiegen, zu seinen Freunden. Später am Abend, er wusste nicht, wie viele Stunden danach, war er vom Tisch hochgeschreckt und zur Treppe getaumelt. Er sah nackte kleine weiße Füße auf der Stufe oben stehen, hörte seine Tochter weinen, so laut wie noch nie zuvor. Er war nach oben gestiegen, sich ans Geländer klammernd. Hatte sie an sich gedrückt, sie zu beruhigen versucht. Sie war auf der Suche nach Pepsi, immer wieder presste sie den Namen hervor. Ohne ihren Plüschhasen kein Schlaf, das wusste er. Er legte sie wieder ins Bett, suchte in jeder Spalte rund um ihr Lager, drehte dann jede Matratze im ganzen Schlafraum um, wühlte sich durch staubige Decken. Aber da war kein Hase. Bis seine Tochter nach ihm rief, von nebenan, aus dem Matratzenlager der Männer. Da war Pepsi, und neben dem Tier lag laut schnarchend Silvio Perone.

Tausend Fragen hatte Battista Armenio seiner Tochter in dieser Nacht gestellt. Im Traum wohl nur, denn er konnte sich am nächsten Morgen an nichts erinnern. Mit Ausnahme einer Szene: Sein bester Freund mit dem Hasen seiner Tochter, im Matratzenlager liegend, die Stirn ans Plüschtier gedrückt. Neben sich eine zerwühlte Decke, die noch warm war und so roch wie seine kleine Prinzessin. Was hatte Silvio geantwortet, als Battista Armenio ihn am nächsten Morgen zur Rede stellte? Dass die Kleine in der Tür des Männerschlafraums stand, kaum dass er stockbetrunken auf seine Matratze gesunken war. Dass sie sich geweigert hatte, allein im Lager nebenan zu schlafen. Dass er zu kaputt war, um nochmals aufzustehen und ihn, den Vater, zu rufen. Dass er die nächstbeste Decke geschnappt hatte und um die Kleine gelegt, die bereits da war, neben ihm, mit diesem schmutzigen Plüschvieh im Arm, und dass er dann eingeschlafen war.

»Battista«, hatte Silvio an jenem frühen Morgen in der

Alphütte gestöhnt. »Mein Schädel zerspringt gleich in tausend Stücke, lass mich mit deinem Scheißverhör in Ruhe. Ich habe *geschlafen*, gottverdammt, was glaubst du?«

Was Battista Armenio glaubte, hatte er für sich behalten. Von jener Nacht an beobachtete er seine kleine Tochter. Registrierte jedes Lidzucken, suchte im Verhalten des Mädchens nach Auffälligkeiten, einer Störung in der kindlichen Seele. Aber Alessandra gedieh prächtig. Und was den Patenonkel betraf, gehörte er für sie zur Familie. Wie immer. Wenn Battista Armenio versuchte, ihn außen vor zu halten, fragte sie nach ihm. Erst über die Jahre hinweg, als sie größer wurde, gelang es Battista Armenio, die Zusammenkünfte mehr und mehr zu verhindern. Seine Tochter blieb dabei: Schlecht geträumt hatte sie in jener Nacht auf dem Berg oben. Das wiederholte sie, wann immer Battista Armenio es nicht lassen konnte, sie danach zu fragen. Was im schlechten Traum vor sich ging, wusste sie nicht mehr. In Battista Armenios Kopf hingegen schlug der Hammer weiter, er trichterte ihm seit dem Erwachen in der Alphütte immer dasselbe ein: Dass sein bester Freund einer war, der sich nahm, was ihm gefiel. Und wenn es ein siebenjähriges Mädchen war, auf dessen schmale Schultern er seine manikürten Hände legen konnte, während es tat, was der liebe Patenonkel von ihm wünschte.

Die Musik hatte wieder eingesetzt. Harter Rock, die Gäste hopsten, die Fäuste in der Luft, die Gesichter schweißnass. Die Braut in ihrer Mitte. Battista Armenio sah ihnen zu, der Bass hämmerte in seinem Kopf, aber angenehm. Vielleicht war Musik aus der Konserve gar nicht so schlecht. Passend zu dieser Generation hier, die nun den Refrain mitgrölte. Armenios Blick blieb an zwei nackten Füßen hängen. Ganz kleine Füße. Nicht die einer Frau, die

die Schuhe abgestreift hatte, damit sie bequemer tanzen konnte. Die Füße gehörten zu einem Kind, das im Schlafanzug zwischen den Tanzenden umherirrte. Battista Armenio stemmte sich am Tisch hoch. Noch hatte keiner das Kind bemerkt. Es weinte, das zarte Gesicht verzerrt und nass von Tränen. Einer der Tanzenden beugte sich hinunter und lotste es aus der Menge, sich ratlos umsehend. Armenio erkannte es nun, es war der Junge des Trauzeugen, ein Stofftier umklammernd. Armenio ging in die Hocke und gab dem Mann ein Zeichen, den Trauzeugen zu suchen.

»Das Bonbon!«, brüllte ihm der Junge ins Ohr. »Mau muss sterben!«

Armenio nahm das nächstbeste Jackett, das über einer Stuhllehne hing, legte es dem Kind um, nahm es auf den Arm und ging hinaus auf die Terrasse. Dort kam ihm der Trauzeuge entgegen, seine Freundin hinter sich herziehend.

»*Babbo*«, schluchzte das Kind, »Mau muss sterben!«

Ein schlechtes Bonbon habe sein Känguru gegessen, wiederholte der Junge immer wieder. Er bestand darauf, auch wenn der Trauzeuge versicherte, dass er bloß schlecht geträumt hatte, dass Bonbons nie schlecht waren und schon gar nicht tödlich. Der Junge wand sich im Arm seines Vaters und weigerte sich, wieder hoch zurück ins Bett gebracht zu werden, wo Mau neben ihm sterben würde. Und er selbst würde auch sterben, stieß der Junge hervor, von Schluchzern geschüttelt, zusammen mit Mau, weil auch er ein schlechtes Bonbon gegessen hatte von diesem Mann. Dann begann der Junge zu husten, so, als ob er etwas von tief unten heraufwürgen wollte. Dem Trauzeugen war es peinlich, seine Freundin verdrehte die Augen.

Battista Armenio fragte: »Welcher Mann?«

31

Eine Flasche musste noch da sein. Gaia wankte zum Kühlschrank, öffnete die Tür. Da war sie. Gut gekühlt. Gaia nestelte am Verschluss, rupfte die Folie ungeduldig vom Flaschenhals ab. Drehte den Korken heraus. Wie sie dieses Geräusch liebte, wenn sich der Verschluss aus seinem engen Dasein befreite. Mit einem kräftigen Plopp ankündigte, was danach kam: fröhliches Gluckern beim Einschenken, der Griff ums kühle Glas. Die Bläschen, die kurz in die Nase stiegen. Dann der erste Schluck. Wärme im Mund, Hals, Bauch. Ein Blitz, der ins Hirn fuhr, fein elektrisierend. Gerade so, dass sie hellwach wurde und entspannt zugleich. Ihr Zaubertrank für den Feierabend. Wenn sie ihren Zweiteiler abgelegt hatte, nach einem Zwölfstundentag im Health Wellness Retreat mit 5000 Quadratmetern Medical Spa. Diesem Detox-Palast mit seinen erholungsuchenden Gästen, die in Kaschmirbademänteln über nackter Haut oder perlenbestickten Ganzkörperschleiern umherschlurften, von Behandlungsraum zu Behandlungsraum, die Biochemistry Lab, Hydrocolon Therapy oder IV-Therapy hießen. Da wurde Blut mit Ozon gewaschen, oxidativer Stress gemessen, das biologische Alter der Gefäße untersucht. Ein Programm für sieben Nächte und sechs Tage, abgestimmt auf den individuellen Zerfall jedes einzelnen Gastes, für 7000 Franken. Zimmer exklusive, versteht sich. Kundenausrichtung galt als oberstes Gebot, täglich eingetrichtert vom Chief Operating Officer. Gleichbleibende Qualität bei immer niedrigeren Kosten. Lean Management hielt das Unternehmen schlank, Strukturen und Prozesse wurden entschlackt wie die Klientel. Dafür hatte Gaia zu sorgen, mit einem Dauerlächeln auf dem Gesicht. Selbst wenn sie die Gänge entlanghastete, um das eine unter hundert Behandlungszimmern zu finden, in dem sich genau diejenige Wissenschaftlerin versteckte, die sie dringend brauchte.

»Wissenschaftler«, murmelte Gaia. »Lächerlich.«

Laboranten und Physiotherapeutinnen mit Zusatzausbildung waren das dort, mit weißen Ärztekitteln verkleidet. Sie hockten in ihren Behandlungszimmerchen, starrten auf Bildschirme und taten so, als würden sie dort Bedeutsames finden.

»Ah«, sagten sie, wenn Gaia sie endlich aufgespürt hatte. »Du hast mich gesucht?«

Ein uraltes Spiel spielten diese Angestellten. Gaia war es vertraut. Vor zweiundzwanzig Jahren hatte sie es kennengelernt, als sie mit ihrem Mann die gemeinsame Praxis Curabell eröffnet und erste Mitarbeiterinnen eingestellt hatte. Das Spiel ging so:

»Wer bringt als Erste die Chefin zum Weinen?« Oder: »Wer ihren wunden Punkt entdeckt, kriegt eine Woche lang das Glas Wein nach Feierabend spendiert.«

Damals verschwanden Dossiers von Klientinnen und tauchten wieder auf, aber erst, nachdem Gaia einen Tobsuchtsanfall hatte, der in Tränen endete. Unterlagen für die Steuerabrechnung befanden sich in genau jener digitalen Ablage, die nicht mehr wiederhergestellt werden konnte. Gaia brach sich den großen Zeh, weil sie vor Wut gegen den Schreibtisch trat. Und was geschah? Die digitale Ablage war wieder da, strahlend präsentiert von Brigitte. Diese Schlange. Brigitte hatte Gift in den Praxisalltag gebracht. Und Astrid. Astrid mit den langen Beinen war jene Angestellte gewesen, die das Glas Wein nach

Feierabend spendiert erhielt. Das Flittchen hatte zielsicher den wunden Punkt von Gaia getroffen, und das war Silvio, ihr Ehemann. Oh, wie er Astrid nachschaute, jeden Tag ein wenig mehr. Seinen Blick dahin richtete, wo kein Stoff mehr ihre Oberschenkel bedeckte. Nette Worte mit ihr tauschte, die auch mal etwas persönlicher sein durften. Wie Astrid ihr Wochenende verbracht hatte, ob ihr Hund wieder gesund war? Astrid schäkerte mit dem Chef und diente der Chefin fehlerfrei. Gaia brauchte zwei Jahre, bis sie die Schlampe loswerden und eine Praxishilfe einstellen konnte, die kurze Beine hatte und den Blick senkte, wenn der Chef das Wort an sie richtete. Was er jedoch eher selten tat. Überhaupt erwies es sich als gewinnbringend für den Ehemann, wenn er Gaia das Management von Personal und Praxis überließ und sich darauf konzentrierte, an seinem Ruf zu arbeiten. Sie ebnete die Stufen, auf denen er emporstieg, um zu *dem* Plastischen Chirurgen südlich der Alpen zu werden. Wozu sollte er sich mit Angestellten herumschlagen, Leute rekrutieren, sie führen? War er dazu da, für ein gutes Arbeitsklima zu sorgen? Sich um Putzfrauen zu kümmern? Löhne auszuzahlen, Jahresabschlüsse zu machen? Silvio und *Buchhaltung*? Und die Infrastruktur: Sollte er etwa Brustspreizer bestellen, Nasenraspeln, Wundhaken? Für die neuen Räume Möbel wählen, Wandanstriche, Bodenbeläge? Wozu sollte er sich mit so etwas befassen, wo doch seine Frau übernehmen konnte? Also führte Gaia im Reich der Praxis Curabell das Zepter. Opferte der Regentschaft ihre Kunst in der Plastischen Chirurgie, die sie immer gemocht hatte. Dafür wurde sie auf dem Thron Jahr für Jahr souveräner, und wenn sich zu Beginn noch vorlaute Mitarbeiterinnen erdreisteten, an ihrer Macht zu rühren, so wagten es deren Nachfolgerinnen gar nicht erst. Gaia war die Königin. Die Klientinnen und Klienten begaben sich vertrauensvoll in ihre Obhut, die Mitarbeiterinnen anerkannten ihre Souveränität, ihr Mann trug sie auf Händen und hielt sich an Gaias Regel: Wenn ihm nach Oberschenkeln war, die nicht seiner Frau gehörten, musste er in weit entfernten Gefilden jagen. Die Praxis Curabell war tabu, das hatte er seiner Frau geschworen. In ewiger Dankbarkeit dafür, was sie seinem großen Namen und dem gemeinsamen Reich geopfert hatte: Kinderwunsch und eigene Karriere als Chirurgin. Und jetzt? Was war jetzt aus ihr geworden? Eine Dienerin im Detox-Palast. Untertanin von Gästen in Zehenschlappen aus Pythonhaut, denen sie die Füße küssen musste. Diesem Chief Operating Officer unterworfen, dem verlängerten Arm der Eigentümer-Gruppe mit einem Executive MBA. Gaia füllte ihr Glas von Neuem. Der Schaum quoll über, sie schlürfte gebückt die Pfütze von der blank polierten Küchenkombination. Torkelte zur Terrassentür zurück, zu den Fettflecken, die ihre faltenfreien Lippen abbildeten. Presste ihre tränenfeuchte Wangen ans kühle Glas, zeichnete mit den Fingern Herzen und Pfeile und Buchstaben – S + G, G + S – aus Rotz und Wasser, bevor sie alles mit der geballten Faust verschmierte, kreuz und quer, über die ganze große Glasscheibe.

32

Marco hatte wieder einen Anruf erhalten und war mit einer entschuldigenden Geste bei der Schiffsanlegestation stehen geblieben. Emma schlenderte mit Rubio weiter. Unter den Arkaden waren Tische und Stühle der *ristoranti* bereits mit Ketten gesichert, vor nächtlichem Diebstahl bewahrt. Ristorante Al Battello, Ristorante-Pizzeria della Torre. Der mittelalterliche Torre del Capitano stand nicht frei, wie Emma ihn sich vorgestellt hatte, sondern war in die Häuserzeile integriert, schön verziert, mit Rund- und Spitzbogenfenstern versehen. Einzelne Einheimische kamen ihnen entgegen, auf vertrauten Wegen, an der einen oder anderen Ecke im Gespräch verharrend. Die sportlichen Radfahrer im neonleuchtenden Dress waren längst verschwunden. Die Touristinnen mit Designertaschen auch, die tagsüber auf hohen Absätzen die Promenade entlangtrippelten, sich mit erhobenem Handy filmend, in die Kamera redend. Rechts von ihr, direkt am Ufer, eine lauschige Terrasse, von schmiedeeisernen Geländern umgeben. Sie gehörte zur Osteria La Terrazza sul Lago auf der anderen Straßenseite. *Storie di Cibo e di Vino*, stand auf dem Schild geschrieben. Bestimmt ein Vergnügen, an einem warmen Sommertag im Schatten dieses Baumes zu sitzen, ins türkise Wasser zu schauen, am Weißwein nippend. Eine Treppe führte zu einem Motorboot hinunter. Streccia wurden hier die engen Gässchen genannt, die von der vordersten Häuserzeile den Berg hoch führten. Streccia di Pessatt hieß eins weiter vorn, Streccia di Caccia dieses hier neben der Osteria. Emma hatte die Straßenseite gewechselt, blickte ins Schaufenster einer kleinen Galerie, ging dann weiter. Ristorante Oasi, La Bottega del Vino, Caffè-Bar Vecchio Teatro. In diesem Dorf saß man wirklich nicht auf dem Trockenen. Wie es hier wohl im Winter aussah? Wenn all die Betriebe geschlossen waren, die Türen versperrt, Tische und Stühle ins Depot geräumt, die Sonnenschirme auch? Geranien gestutzt im Keller, die Oleanderbäume vor frostigen Nächten geschützt? Wenn die Einheimischen unter sich waren? Die Nummer 18 in der Häuserzeile stach hervor. Ein Palazzo beinahe, gelber Sandstein mit dunklem Sgraffito, züngelnde Drachenwesen und Blätterornamente in den Putz gekratzt, Fenster und Balkone kunstvoll vergittert. Wer wohl hier residierte? Einer der vielen Zugezogenen aus der Deutschschweiz oder aus Deutschland? Hinter den Fenstern kein Licht. Keine Klingel, kein Schild, kein Briefkasten. Emma wechselte wieder zur Seeseite hinüber, Rubio folgte stets brav bei Fuß. Seine Lust auf Entdeckungen schien für heute befriedigt. Drei Häuser weiter waren sie beim Autosilo Garavello angelangt. Der Eingang kühn geschwungen, der Beton mit Natursteinen versehen, ein etwas offensichtlicher Versuch, die Wunde zu tarnen, die das Parkhaus in den Berg gerissen hatte. Die Riva da la Costa führte weiter am Ufer entlang. Zwei Kilometer von hier führte eine Straße zum Dorf Vico Morcote hoch, hundertfünfzig Meter über dem See gelegen. Eigenständige politische Gemeinden, Morcote und Vico Morcote, wie Emma festgestellt hatte, zwei Dörfer, zwei Wappen. Sollte sie noch ein Stück weiter spazieren? Nein. Sie hatte nun das andere Ende von Morcote gesehen und würde jetzt zum Commissario zurückgehen.

»Und?«, fragte sie, nachdem sie an der Schiffsanlegestation wieder auf ihn gestoßen war. Er steckte eben das Handy ein.

»Ein Anruf vom Hochzeitsfest. Battista Armenio, der Vater der Braut.«

»Ach ja?« Emma zog ihre neue Jacke an. Es war kühl geworden. »Hat er im Suff noch ein bisschen geplaudert? Über Dinge, die ihm während der Befragung entfallen sind?«

»Ja«, sagte der Commissario. »Jemand hat geredet, aber nicht Armenio im Suff, sondern ein kleiner Junge.«

33

Der Junge hieß Luca, war fünf Jahre alt und der Sohn von Claudio Barbieri, dem Trauzeugen. Battista Armenio hatte dem Jungen mit vielen Fragen die Geschichte entlockt, die ihn so quälte, dass er nicht mehr schlafen wollte. Luca hatte sich am Mittag unerlaubterweise von der Hochzeitsgesellschaft entfernt, während sie sich auf der Belvedere-Terrasse beim Apéro amüsierte. Er war den Hang etwas weiter hochgegangen. Bei der Casa araba fand er, was er suchte, lustig schlängelte sich dort ein Wasserbecken durch. Er setzte sein Stoffkänguru an den Rand, zog Schuhe und Socken aus und planschte durchs Wasser. Obwohl Spielen im Wasser ohne Papa verboten war. Streng verboten. Da hörte er Stimmen, von dort, woher er gekommen war. Er schlich sich an und sah zwei Männer, die miteinander stritten. Der eine Mann hatte etwas in der Hand, mit dem er den anderen schlug. Luca erschrak so sehr, dass er aufschrie. Die Männer entdeckten ihn. Der eine verschwand, der andere erwischte den Jungen. Luca hatte Angst, aber der Mann war nett, begleitete ihn zum Wasserbecken zurück und half ihm, Socken und Schuhe wieder anzuziehen. Dann zog der Mann drei Bonbons hervor. Eines zauberte er dem Stofftier in den Magen. Eines aß der Mann selbst, eines Luca. Dabei schworen sie sich gegenseitig, dass sie niemandem etwas verraten würden: Luca nichts davon, was er hier oben gesehen, der Mann nichts davon, dass er Luca im Wasser erwischt hatte. Luca rannte zur Gesellschaft zurück. Niemand hatte bemerkt, dass er sich überhaupt entfernt hatte. Der Mann mit den Bonbons war ihm nicht mehr begegnet.

»Ja, klar«, sagte Emma. »Danach ist der Mann auch gestorben.«

Sie hatte sich auf dem Geländer aufgestützt und auf den schwarzen See hinausgeschaut, während der Commissario das Telefongespräch mit Battista Armenio zusammenfasste.

»Du gehst also auch davon aus, dass der Junge Silvio Perone begegnet ist, bevor er starb?«

Emma nickte. »Davon bin ich überzeugt. Sagt der Junge mehr über die beiden Männer? Wie sie aussahen?«

»Nein. Außer dass der Bonbonmann nett war. Der andere böse.«

»Der böse Mann«, sagte Emma. »Der böse Mann hat etwas in der Hand.«

»Und schlägt damit zu.«

»Allerdings scheint das Silvio Perone nicht groß zu kümmern, ernsthaft verletzt scheint er nicht zu sein. Er zieht dem Kind Socken und Schuhe an.«

»Wenn das Kind nicht phantasiert. Morgen lasse ich den Jungen befragen.«

»Das Kind phantasiert nicht.«

Der Commissario wandte den Blick vom See weg, Emma zu. »Warum bist du dir so sicher?«

»Weil der Junge folgerichtig denkt. Drei Bonbons, drei Tote: Zuerst stirbt der Mann, dann das Känguru, dann ist er selbst an der Reihe.«

»Der Junge hat realisiert, wer da auf der Bahre lag, durch den Park getragen wurde. Ist es das, was du denkst?«

»Darauf wette ich hundert Millionen«, sagte Emma. »Kinder registrieren alles, jedenfalls viel mehr, als wir ihnen zutrauen. Die Bahre kam von oben. Von daher, wo der Junge den Mann mit den Bonbons getroffen hatte.«

Der Commissario nickte. »Dann suchen wir nach einem bösen Mann, der mit dem Verstorbenen Streit hatte.«

»Und mit etwas zuschlägt, das nicht verletzt.« Emma richtete sich auf, ein Schauder lief ihr kalt über den Rücken, trotz der wärmenden Jacke. »Aber Katzenblutflecken hinterlässt.«

34

Gaia klammerte sich ans Treppengeländer, während sie ins obere Stockwerk hochstieg. Ins Ankleidezimmer wankte, zum Schrank. Sie riss die Tür auf. Ganz links war er. Ein Anzug war noch da. Der alte, viel zu weit geschnittene. Marineblau, Passform Comfort Fit. Die neuen Anzüge waren schon lange weg, zusammen mit Silvio nach Brè-Aldesago verschwunden. Plötzlich viel Platz im Kleiderschrank für Gaias Zweiteiler. So viel Leere musste gefüllt werden. Sie hatte sich neue Hosenanzüge und Röcke gekauft, Blusen dazu, ein paar Kleider und Taschen. Gaia tastete sich den Bügeln entlang. Ihr war schwindlig. Sie sollte sich hinlegen. Aber dieses eine Kleid musste sie noch finden. Das Kleid, das sie an jenem Abend getragen hatte, als sie für den Event mit der Eigentümergruppe des Health Wellness Retreat verantwortlich war. Als sie einen ›exzellenten Abend in ungezwungener Atmosphäre‹ zu kreieren hatte, wie es der Chief Operating Officer formulierte. Weil sich die Delegation der Eigentümer Authentizität wünschte. Ein Stück echtes Tessiner Leben.

Gaia hatte das Ristorante La Sorgente in Vico Morcote gewählt. Perfekt für einen durchdesignten Anlass. Edelste Ingredienzen unter dem Deckmantel des Einfachen. Um Briefing und Organisation vor Ort kümmerte sich Gaia persönlich. Zu viel hing von einer rundum befriedigten Delegation ab, als dass sie diese Aufgabe der Assistentin überlassen wollte. Sie traf auf eine professionelle Ansprechperson vor Ort, die es verstand, auf Kundenwünsche einzugehen. Gaia fuhr vier Mal nach Vico Morcote hoch, besprach Menü und Weinkombinationen, die Dramaturgie insgesamt. Die Anwesenheit von einigen wenigen weiteren Gästen war erlaubt, um den Eigentümern das Gefühl zu geben, sie würden sich unter das Volk mischen. Und so saß an jenem warmen Sommerabend die Delegation auf Steinbänken an Steintischen, über sich eine Pergola und ein Sternenhimmel, vor sich ein Lachstatar an leichter Himbeervinaigrette, hausgemachte Sepianudeln in Oktopus-Tomaten-Sauce, Gnocchi von violetten Kartoffeln mit einer Reduktion von Crème fraîche und Kaffeestreuseln, grillierten Tintenfisch auf Erbsenpüree, alles mit fünfzehn Punkten benotet und begleitet von ehrlichen, ausdrucksstarken Weinen vom Weingut Castello di Morcote. Das Millefeuille mit Erdbeeren und Mascarpone schafften nur noch die Herren der Delegation, gekrönt von ein paar Runden Cognac. Gaia hatte sich der Hierarchie entsprechend am Rand platziert und überwachte diskret das Geschehen, während sie vorgab, aufmerksam dem jungen Schnösel gegenüber zuzuhören, der über die Wünsche der Kundschaft des Health Wellness Retreat referierte, als wäre er der COO und nicht bloß der Geliebte des Chairman of the Board, getarnt als dessen Assistent. Als sie einen inhaltlichen Beitrag zum Thema einbrachte, sah ihr Gegenüber durch sie hindurch und wandte sich der Nachbarin zur Linken zu. Die beiden begannen ein Gespräch über Segeldestinationen und das Risiko, im Urlaub auf Flüchtlingsboote in Seenot zu treffen. Also setzte Gaia beim Gelächter ihrer Tischnachbarn rechts ein und behielt ihre freundliche Fratze auch bei, als die Witze unter die Gürtellinie sanken. Selbst als der COO, ihr Vorgesetzter und verlängerter Arm der Besitzergruppe, eine Dankesrede hielt, in der sie nicht vorkam, lächelte sie noch. Die Hand auf ihrem Oberschenkel wollte sie zunächst nicht wahrhaben. Erst als ein Knie hinzukam, das sich gegen ihres presste, zuckte sie zusammen, begann ihr Herz zu rasen. Wurde ihr Gesicht heiß vor Scham und Schreck. Sie erhob sich hastig, schritt über knirschenden Kies, auf viel zu hohen Schuhen. Flüchtete ins Restaurant, in den schützenden Raum mit warmem Licht, wo Menschen waren, keine Businessmänner. Aber dort stand das Servierpersonal mit kühler Miene. Kein Zeichen der Zuwendung, nur Ausharren auf Anweisungen. Nächste Teller platzieren. Wein nachfüllen. Ungeduld im Blick, Verachtung gar für die angeheiterte Gesellschaft und der Wunsch, die Abendschicht möge bald beendet sein. Die Gäste sich dahin verziehen, woher sie gekommen waren. Auf dass das Personal noch etwas Nachtruhe hatte, bevor es am nächsten Tag zum Dienst antreten musste. Gaia war allein hier. Weit und breit keine Verbündeten. Ihr blieb der Gang auf die Toilette. Sie spritzte sich kaltes Wasser ins Gesicht, zog die Lippen nach. Stützte sich auf dem Waschbecken auf, starrte in den Spiegel. Gab sich ihr Versprechen, zum tausendsten Mal, und ihrem Ex gab sie es auch. Sie würde verdammt noch mal zeigen, wozu sie fähig war, auch ohne ihn. Eine Karriere würde sie hinlegen, sie dem Verräter um die Ohren schlagen. Den Detox-Palast zum Fliegen bringen.

»Ein was, ein Gesichtsarchitekt?«, würden die Leute fragen. »Kenne ich nicht.«

In Vergessenheit versinken würde die Praxis Curabell, und wenn der Herr Doktor sich an den Brüsten der Neuen ausweinen wollte, wäre diese schon auf und davon, weil sie ihre Beine für den Erfolg breit gemacht hatte, nicht für einen jammernden Mittfünfziger auf dem absteigenden Ast. Gaia hatte sich im Spiegel zugelächelt. Tief durchgeatmet. Dann ging sie an den Tisch zurück, aufrecht, mit zusammengebissenen Zähnen. Sie saß, wenn sie sich im Nachhinein die Fortsetzung jenes Abends vor Augen führte, wie eine Marionette am Steintisch. Ohne vom vierten und fünften Gang zu essen. Pro forma bloß die Gabel in der Hand, das Weinglas an die Lippen führend, wieder und wieder. Unsichtbare Fäden, die ihre Bewegungen ausführten, von ganz oben dirigiert: ihrem Willen. Ihr Wille, so eisern, dass sie die Hand ignorieren konnte, die nochmals ihr Bein hochgewandert war. Bevor Gaia das Ende des Abends veranlassen konnte, die Rechnung mit den Konsumationen prüfte. Bevor sie die lang ersehnten Motorengeräusche hörte, das Zeichen zum Aufbruch gab. Die Chauffeure als Stütze dienten, den Herren COO und COB samt Anhang, den Beratern und verlängerten Armen, wenn der eine oder andere schwankte. Erst danach brach Gaia zusammen, im Garten oberhalb des Restaurants, der eigentlich den Hotelgästen des Relais Castello di Morcote vorbehalten war. Begleitet von der Ansprechperson für Events, die Gaia dort hinbegleitet hatte, weil sie bloß noch weinen konnte und nicht mehr gehen. Die Frau setzte sich neben Gaia, legte ihr eine warme Hand auf den Arm. War einfach da, während Gaia von Weinkrämpfen geschüttelt wurde. Hörte zu, als Gaia ruhiger wurde und zu reden begann. Stellte ab und zu eine Frage, pflichtete bei. Keine Ungeduld im Blick, das sah Gaia, trotz spärlichem Licht. Anteilnahme auch nach einem langen Arbeitstag. Voller Empathie, diese Frau. Als Gaia endlich im Taxi saß, das sie nach Hause fuhr, fühlte sie sich nicht mehr so allein. Gestärkt und zuversichtlich. Was ihren kurzen Zusammenbruch betraf, musste sie sich keine Sorgen machen. Den würde ihre Ansprechperson vom Ristorante La Sorgente für sich behalten, diskret und professionell, wie sie war.

Gaia stand noch immer vor ihrem Schrank im Schlafzimmer, ging Bügel für Bügel durch. Wo war nur dieses Kleid? Hier. Sie zerrte es hervor. Beige, schlicht, so hatte sie es für den Anlass gewählt. Keine bunten Muster. Nicht zu kurz, nicht zu lang. Kein großer Ausschnitt. Unauffällig. Ein perfektes Kleid. Aber jetzt musste es weg, endgültig. In den Müll damit. Und dieser Anzug von Silvio. Gaia zog ihn aus dem Kleiderschrank, ließ den Müllsack fallen. Nahm die Jacke vom Bügel, schlüpfte hinein. Stellte sich vor den Spiegel. Ihre schlanken Beine wie zwei dürre Stecken unter dem wuchtigen Kleidungsstück, das Gesicht ein blasser Fleck auf breiten Schultern. Die Hände versanken in zu viel Stoff. Gaia krempelte die Ärmel hoch. Boyfriend-Look mit dem letzten Stück des Ex-Manns. Traditionelle Passform, so, wie Silvio sie seit Jahren getragen hatte. Bevor er zu trainieren begann, vor zwei Jahren. Fett verbrannte. Jogging viermal die Woche, Fitnesscenter dreimal. Brust, Arme und Schultern trainiert, auch Rücken, Beine und Po. Über Monate geschwitzt und in Intervallen gefastet. Low-Carb gegessen, Tofu, Pilze, Magerquark. Er kaufte neue Anzüge, Passform Slim Fit. Ein wenig belustigt hatte Gaia zugesehen. Ein wenig bewundernd auch, weil sie ihm zugestehen musste: Disziplin hatte er. Sie mühte sich mit ihm zusammen an Chiasamen ab, Kichererbsen, Kokosöl. Sah zu, wie er schlanker und schöner wurde. Sie zählte Kalorien und die Abende, an denen Silvio abwesend war. Ganze Wochenenden für einen Kongress, nicht mehr bloß halbe Tage. Sie stellte keine Fragen, vertraute ihm und dem Gelübde, das er abgelegt hatte: Nichts konnte sie und ihn auseinanderbringen, kein noch so zartes Fleisch einer anderen vermochte ihre Verbundenheit zu zerstören.

»*Riposi in pace*, Silvio.«

Gaia riss sich das Jackett vom Leib, hob den Müllsack

vom Boden, stopfte es hinein. Die Anzughose mit dazu, samt Kleiderbügel. Einen positiven Aspekt hatte es, wenn der Verstorbene bereits vor seinem Tod den Schrank geräumt hatte. Es blieb wenig zu tun für die Hinterbliebene.

35

Für ein Glas vor der Sperrstunde reichte es noch. Emma wickelte sich aus der Wolldecke und erhob sich aus ihrem wohlig warmen Sitz, in dem sie sich neben dem Eingang zur Gandalf-Bar eingerichtet hatte. Bei den Raucherinnen und Rauchern draußen an der frischen Luft, die Aufmerksamkeit halb auf deren Gespräche gerichtet, halb den eigenen Gedanken nachhängend. Die Gruppe neben ihr besprach die Ereignisse des Tages. Vier Männer, eine Frau, alle darum bemüht, die andern zu übertönen. Emma wies Rubio an, liegen zu bleiben und zu warten.

Die gute Stube drinnen war voll mit Gästen. Sie belegten alle Polsterstühle, das Sofa. Ein paar standen beim Zigarettenautomaten, versperrten den Eingang. Die Häkeldecken auf den Holztischchen waren etwas verrutscht oder von Gläsern verstellt. Es roch nach Alkohol und der Ausdünstung von Menschen, die schon einen langen Tag und nun den Abend unterwegs waren. Emma kämpfte sich zum Tresen vor und bestellte noch ein Glas Rotwein. Marco war nach Hause gefahren, in die neue Wohnung in Lugano Paradiso, oberstes Geschoss in einem schönen alten Haus, samt Zugang zur Terrasse auf dem Dach. Er hatte kurz von seinem Umzug erzählt. Dass der Eigentümer ihn aus einer Vielzahl von Bewerbungen auserkoren hatte, weil er sich darüber freute, einen Commissario im Haus zu haben.

»Profiteur. Schamlos«, hatte Emma kommentiert und gelacht, weil Marco tatsächlich ein bisschen rot wurde und erst dann mitlachte. Einfach sympathisch, dieser Mann. Vom Aussehen her hätte sie ihn als jemanden eingeschätzt, der es als Selbstverständlichkeit nahm, dass ihm alles in den Schoß fiel. Warum war er so schön bescheiden, der Commissario? Hatte er sich Demut in diversen Workshops angeeignet, mit viel Disziplin, weil sie gerade im Trend war? Führungskräfte noch erfolgreicher machte? Lebte er nach dem Motto ›Mehr Mut zur Demut‹, dem Zeitgeist folgend? Oder hatte ihn das Leben diese Tugend gelehrt, ganz harte Schule? Zu gerne hätte Emma ein paar Fragen gestellt. Aber der Commissario sah plötzlich sehr müde aus. Sie hatten vereinbart, sich am nächsten Morgen um neun im Ristorante della Posta zum Kaffee zu treffen. Dann war er aufgebrochen, und sie hatte die Straße überquert, angezogen vom Gelächter der Gäste unter den Arkaden.

Jetzt bezahlte Emma ihren Wein. Balancierte das Glas durch die Menge, stolperte über etwas Weiches zu ihren Füßen. Ein Hund jaulte auf. Es war der Dackel, den sie zuvor am Abend mit seinem Frauchen beim Spaziergang gesehen hatte, an einer lilafarbenen Lederleine. Emma entschuldigte sich bei der Besitzerin, die ein Hawaiihemd und bunte Steinketten um den Hals trug, dazu kupferrot gefärbte Haare, eine wilde Mähne. Über ihr schmales Gesicht zogen sich Hunderte von Falten, klein und fein, kreuz und quer. Sie lächelte zu Emma hoch, bot an, ihr ein neues Glas Wein zu holen, weil ein großer Schluck übergeschwappt war, des Hundes wegen. Loredana hieß der Dackel, die Frau tätschelte ihn tadelnd. Emma lehnte dankend ab, deutete zum Ausgang, wo Rubio seinen Kopf durch die offene Türe streckte, und wünschte eine gute Nacht. Draußen begrüßte Rubio sie schwanzwedelnd, als hätten sie sich lange nicht gesehen. Emma wickelte sich wieder in die Wolldecke, nippte am Wein. Das Gespräch neben ihr drehte sich nun um Fußball. Die Frau in der Runde kam Emma bekannt vor. Diese alt wirkenden Hände, so gar nicht passend zum jungen Gesicht. Jetzt erinnerte sich Emma wieder. Das Häkelzeug. Der plärrende Fernseher im halbdunklen Raum. Es war die Kassenfrau vom Giardino Balber, die ihren Lieblingsgast Marco damals im Juli freudig willkommen geheißen und Emma zwei Eintrittskarten *con riduzione* verkauft hatte.

»Verflucht ist er! Verflucht!«

Wieder dieser Aufschrei vom alten Mann, der zwei Meter weiter saß. Offenbar zur Gruppe gehörend, aber unbeteiligt am Gespräch. Sein Nachbar legte ihm die Hand auf den Arm, redete beschwichtigend auf ihn ein. Emma konnte nicht verstehen, was er sagte. Der Alte versuchte aufzustehen, der Nachbar drückte ihn auf den Sitz zurück. Der Alte wehrte sich schimpfend.

»Lass mich das machen.« Die rothaarige Frau war nach draußen gekommen, über dem Hawaiihemd trug sie nun eine silberne Jacke. Ihr Dackel und Rubio beschnupperten sich freundlich. Sie zündete sich eine Zigarette an, legte dem Mann ihre Hand auf die Schulter und zwinkerte Emma zu. »Stefano ist ein bisschen verrückt.«

Ihre Stimme war wirklich so tief, wie es Emma vorhin schien. Wahrscheinlich zwanzig Zigaretten pro Tag, ein langes Leben lang.

»Dreißig pro Tag«, sagte die Frau und lachte heiser. »Vierzig, als ich noch jung war.«

Sie zog einen Stuhl heran, setzte sich zwischen Emma und den Alten. Er war in sich zusammengesackt, murmelte vor sich hin.

»*Tutto bene*, Stefano. *Calmati.*« Und zu Emma gewandt: »Er ist in seine Kindheit zurückgekehrt. Kommt kaum mehr ins Hier und Jetzt zu uns. Außer wenn es Bianca Maria gibt.« Sie wendete sich dem Mann zu, drückte seinen Arm. »Willst du ein Glas Bianca Maria?«

Der Kopf des Manns schnellte hoch, mit einem lüsternen Grinsen im Gesicht.

»*Ma no*«, mischte sich der Nachbar von der anderen Seite ein. »Er hat genug für heute.«

Aber die Frau war bereits in der Bar verschwunden, nachdem sie Emma die Leine ihres Dackels in die Hand gedrückt hatte. Die beiden Hunde hatten vor den Füßen des Alten zu spielen begonnen. Emma nahm Rubio von der Leine, damit sie sich weniger verhedderten. Der alte Mann beugte sich kichernd zu ihnen hinunter.

»Auf ihn!«, rief er und wies mit rabiater Geste auf seinen Nachbarn. »Packt ihn! Los!«

Rubio und Loredana ignorierten die Anweisung. Emma sah dem alten Mann zu, dessen freundliches Gesicht sich immer mehr zur hässlichen Grimasse verzerrte, während er die Hunde anherrschte und ihnen befahl, sich auf den Mann neben ihm zu stürzen. Er hörte erst damit auf, als die Rothaarige aus der Bar trat und ihm ein Glas Weißwein auf den Tisch stellte. Strahlend prostete er ihr zu, nachdem sie sich gesetzt hatte.

»Nein«, sagte die Frau, wieder zu Emma gewandt. »Er ist nicht mein Mann. Das hier ist bloß eine gute Tat.« Sie nahm ihr die Leine aus der Hand. »Ich bin Frena. Und du?«

Sie unterhielten sich über ihre Hunde. Rubio, der Wasserhund, loyal, lieb, mit Flausen im Kopf. Emma erzählte von der abgebrochenen Ausbildung zum Blindenhund, und Frena erzählte von Loredana. Wie die Hündin es noch immer liebte, jeden Erdboden umzupflügen, obwohl Dachsejagen längst nicht mehr ihre Bestimmung war. Wie stur sie war, selbstbewusst, klug. Weniger bindungswillig, als es Frauchen Frena sich gewünscht hätte, aber für Schmusemomente durchaus bereit. Hin und wieder legte

Frena dem alten Mann die Hand auf den Arm, wenn er wieder aufschrie.

»Letzte Runde!«, rief einer von drinnen, die Tür aufreißend. »Die geht auf Ludwa! Ludwa hat heute einen Glückstag.«

Die Gäste lachten, alle, außer Frena und die Kassenfrau des Giardino Balber. Deren Gesicht war rot angelaufen. Emma hob das Glas und bedeutete dem Mann, noch eines zu bringen. Ein allerletztes, warum nicht. Aber auf eigene Rechnung.

»Wer ist Ludwa?«, fragte sie, als das Gelächter verstummt war.

»Eine von den Personen, die hier zu viel sind«, antwortete ein junger Mann aus der Runde.

»*Finiscila!*«, rief die Kassenfrau des Giardino Balber. »Beachten Sie ihn nicht, *signora*. Ludwa arbeitet …«

»Arbeitet«, höhnte der junge Mann.

Die Kassenfrau ließ sich nur kurz irritieren, redete dann einfach weiter, die Stimme erhoben. Ludwa war eine Betreuungskraft, aus Polen rekrutiert, seit vielen Jahren im Dienst einer wohlhabenden Familie, deutsch und italienisch sprechend. Zuvorkommend, nett, unauffällig. Schweizerischer als manche, die immer schon hier waren. Ludwa arbeitete vierundzwanzig Stunden pro Tag, sechseinhalb Tage die Woche. Für was für ein Gehalt? Ob einer in der Runde wusste, für welchen Lohn Ludwa rund um die Uhr Hintern wischte, Tabletten aufzwang, Essen kochte und verfütterte, einkaufte, putzte, wusch und bügelte? Die Wangen der Kassenfrau hatten sich unterdessen violett gefärbt, ihre Augen blitzten vor Wut. Der junge Mann schüttelte höhnisch den Kopf, murmelte etwas. Alle anderen schwiegen und tranken einen Schluck aus dem letzten Glas für heute.

»Verflucht ist er!«, schrie der Alte.

Frena erhob sich. »*Buona notte* allerseits. Los, Stefano, auf geht's. Zeit zum Schlafen.«

Sie half dem murrenden Alten sanft, aber bestimmt vom Stuhl hoch. Rang kurz mit ihm, weil er sich wieder setzen wollte, packte dann seinen Arm und zwang ihn, kleine Schritte zu machen, einen vor den andern. Sie gingen langsam in die dunkle Nacht hinaus, die feingliedrige alte Frau, rot-silbern leuchtend, der alte Mann und der Dackel. Emma sah ihnen hinterher. Dachte über das nach, was Frena vorhin leise eingeworfen hatte, während die Kassenfrau sich ereiferte.

»Keine Frau, Emma. Antek Ludwa ist ein Mann.«

»Ach, wirklich?«, hatte Emma gesagt. »Eine männliche ausgebeutete Betreuungskraft? Und bei welcher wohlhabenden Familie ist dieser Ludwa denn angestellt?«

»Perone«, hatte Frena geantwortet und die Handkante wie eine Klinge über ihren Kehlkopf geführt. »Bei dem, der heute tot aufgefunden wurde. Antek Ludwa pflegt seine Mutter.«

36

Denkst du an die Versicherung am Montag?«
»Ja. Danke für die Erinnerung.«

»Alles gut bei dir?«

»Alles gut.«

Keine Emojis, nur Worte wechselten sie, seine Schwester und er. Sorgfältig getippte Buchstabenfolgen. Halbe Sätze aufs Minimum beschränkt, lieber ganz ausformulierte. Eine Art stille Vereinbarung zwischen zwei altmodischen Menschen. Zu den Worten höchstens mal ein Bild als Beilage, eigene Fotografien. Keine lustigen Videos. Er schickte ihr die Aufnahme, die er heute Mittag bei der *chiesa* gemacht hatte, den glitzernden Lago di Lugano mit Porto Ceresio im Hintergrund. Tiefblauer Himmel, warmes Licht.

»Vielen Dank. Wunderschön.«

Ja, wunderschön. Alles heiter, bevor dieser Schrei im Park ertönte. Seine Finger begannen wieder zu zittern, während er tippte.

»Und bei dir?«

»Bei mir ist alles gut.«

Manchmal legte er das Handy weg, weil er gar nicht wissen wollte, was seine Schwester schrieb. Oft antwortete er erst Stunden später oder am nächsten Morgen. Manchmal ließ er es ganz sein, nach ihr zu fragen. Weil er müde war nach einem langen Arbeitstag, bloß noch Zeitschriften anschauen, vor sich hin dösen konnte.

»Wissen Sie, welches Glück Sie haben?«, hatte sein Hausarzt gefragt, vor vielen Jahren, und er hatte verneint,

weil er in jener Zeit keinerlei Glück in seinem Leben erkennen konnte.

»Ihre Schwester. Sie haben eine Schwester, die sich um
Sie *kümmert*. Das ist ein Geschenk.«

Er war nach Hause gegangen, mit den immer gleichen
Schmerzen in Hals und Brust, mit schlechtem Gewissen
als neues Gepäck.

»Morgen ist ein neuer Tag.«

»So ist es.«

»Da kannst du wieder hin.«

»Das glaube ich nicht.«

»Ist der Boden sehr trocken?«

»Ja.«

»Schläfst du auch bald?«

»Ja.«

»Gute Nacht, *fratellino*.«

»Gute Nacht.«

Im Giardino würde er morgen nicht wässern können.
Der Park würde noch immer gesperrt sein. Besetzt von
Männern in Uniform und Schutzanzügen. Sie würden den
Rasen zertreten, Azaleen und Kamelien umknicken, die
Käfer zu Brei stampfen. Alles zerstören.

37

Emma lag im Aufstelldach ihres gelben vw-Busses auf dem *parcheggio* an der Riva di Pilastri, dort, wo sie bei ihrer Ankunft geparkt hatte. Beste Lage für eine Übernachtung am See. Viel frische Luft, dünner Stoff nur, der sie vom Geplätscher der Wellen trennte. Nur selten ein Auto, das vorbeifuhr. Ab und zu der Schrei eines Tieres vom Giardino Balber her, vielleicht eine Katze oder auch ein Kauz, Emma kannte sich da nicht aus. Sie klickte sich durch Informationen zum »Zaubergarten«, wie der Giardino auch genannt wurde:

Im Jahr 1930 erwarb der Schweizer Tuchhändler und passionierte Landschaftsgärtner Otto Balber ein kleines Haus an einem Weinberg, von dem aus man eine hervorragende Aussicht auf die darunterliegende Bucht des Luganer Sees hat … Zuerst kümmerte er sich um die Renovierung des Hauses und verwandelte es mit architektonischem Gespür in einen herrlichen Wohnsitz. Dann gestaltete er seinen eigenen Zaubergarten … Das Werk einer markanten Persönlichkeit: Otto Balber (1880–1957), Kaufmann, Textilhändler, Kunstfreund, Gartenliebhaber … Ein steiler Streifzug durch drei Kontinente und 3500 Jahre Kulturgeschichte.

Die Witwe des Gründers hatte 1965 den Giardino der Gemeinde für 300 000 Franken zum Kauf angeboten, verbunden mit der Auflage, ihn nach ihrem Tod der Öffentlichkeit zugänglich zu machen, ihn aber ansonsten unangetastet zu lassen.

»Der Giardino Balber ist für das Tessin einmalig«, wurde eine Landschaftsarchitektin zitiert. Sie hatte ein Pflegekonzept erarbeitet, das allerdings niemals umgesetzt wurde. »Er spiegelt die goldenen Zeiten der italienischen Schweiz in der ersten Hälfte des 20. Jahrhunderts wider, als Intellektuelle und Reiche aus ganz Europa sich in den See-Regionen niederließen.« Sogar Tina Turner war einmal zu Besuch gewesen. »Wenn es noch ein Paradies auf Erden gibt«, hatte sie ins Gästebuch geschrieben, »so ist es hier.«

Wieder fielen Emma die Augen zu. Sie legte das Handy weg, samt Powerbank griffbereit neben sich auf die Matratze. Morgen. Morgen früh würde sie sich als Erstes den Giardino Balber anschauen, zusammen mit Rubio. Absperrband hin oder her.

Rubio lag unten im Bus. Emma hatte ihm das Doppelbett für zwei Personen eingerichtet, wie immer. Das großzügige Lager versöhnte ihn ein bisschen mit diesem Monster auf Rädern. Rubio mochte den Camper nicht. Ein unstetes Ding, das ihn an Orte führte, die er nicht kannte, und ihm Nächte fern der warmen Küche aufzwang. Elsässische Wildschweine, die ihn aufschreckten. Baselbieter Bauern, die mitten in der Nacht an die Windschutzscheibe klopften, weil Emma es nicht lassen konnte, wild zu campieren. Rubio vermochte niemanden zu vertreiben. Emma musste dann stets vom Dach klettern und die Situation klären, mit ihrer Stimme, die so lieb klingen konnte und so streng. Bestimmt hatte sie auch hier das Straßenschild übersehen, das er markiert hatte. Nicht, dass er die Abbildung hätte entziffern können, aber den Geruch kannte er. Der Rohrpfosten roch nach Verbot. Und Rubio wusste aus Erfahrung: In jedem Teil der Welt gab es jene, die sich mit Genuss zum Polizisten aufspielten. Jene, die einen aus den Träumen holten, die sofortige Räumung des Geländes verlangten. Ungeachtet dessen, dass Rubio täglich zwanzig Stunden Ruhe brauchte, jetzt eher mehr angesichts der heutigen Strapazen. Gefühlte hundert Stunden Reise, Tausende neue Gerüche. Darunter diese eine Spur, die ihm nicht mehr aus dem Sinn ging. Er würde sie aufnehmen.

Aber jetzt wollte er schlafen, endlich tief schlafen und träumen. Seinen Lieblingstraum von Emmas Tupperware, die niemals leer wurde, auch wenn er fraß und fraß und fraß.

Teil 2

I

Geblendet wurde der *Bua* nicht, als er das Licht der
Welt erblickte, im Frühling 1904 an der Ecke Lilienstraße und Paulanerplatz in München. Halbdunkel die
Kammer, grau das Gesicht, vor dem er baumelte, während
er zum ersten Mal Luft holte. Sie roch schimmlig feucht
und ein bisschen nach Rauch vom Herd in der Kammer
nebenan, die Küche, Ess- und Schlafzimmer zugleich war.
Das Neugeborene bekam rabiat die Schmiere weggeputzt,
darin war die Tante geübt. Jedes zweite Jahr kam ein kä-
siges Kind zwischen diesen Schenkeln hervor, wurde mit
einem Klaps begrüßt und weiter oben an die Brust gelegt.
Auch der *Bua* sog und schluckte selig fette Muttermilch,
nicht ahnend, wie schnell diese Quelle für ihn versiegen
würde. Rundum das Gezänk von denen, die vor ihm zur
Welt gekommen waren: der Anton und der Benedikt, der
Georg und der Joseph, der Sebastian. Maria, Veronika,
Elisabeth und Dorothea. Hinter ihm ein Kreuz an der
Wand, um Gottes Sohn nicht zu vergessen, der bei ihnen
war alle Tage bis an der Welt Ende. Über dem Bett drei
Kerben in der Decke als Erinnerung an jene vor dem *Bua*,
die die Geburt nicht überlebt hatten. Arme Seelen, unge-
tauft. Verdammt dazu, für immer über diesem Stadtteil zu
flattern, weil die Himmelspforte für sie verschlossen war.
Kümmerlich, was sie sahen. Halb verfallene Häuser von
denen, die schon länger hier lebten. Dreckige Herbergen
für die Neuen vom Land, die meinten, in der Stadt gäbe
es etwas zu holen. Ein brauner Bach, in dem Frauen Wäsche wuschen. Betrunkene, die durch die Straßen wankten,

den Taglohn in der Nacht versoffen. Töchter, halbe Kinder noch, unterwegs zu den Herrschaften im wohlhabenden Westen der Stadt. Zeitungsjungen, Botengänger, von Haus zu Haus hetzend, in Sorge, zu spät zur ersten Schulstunde zu kommen, belohnt mit dem Rohrstock auf die Knöchel. Männer und Frauen auf dem Weg in die Tuchfabrik, um ihr tägliches Brot zu verdienen, das aus Kartoffeln bestand. Fünf Pfennig das Kilo, in schwarzgeräucherten Küchen verkocht, mit Erbsen versetzt. An Sonntagen manchmal mit Kutteln. An schmuddelige Kinder verfüttert, all die Antons und Gerdas, die noch lebten. Die armen Seelen sahen ihnen zu, wie sie ihre Blechnäpfe auskratzten. Sie hätten alles gegeben, um nur ein einziges Mal eine Handvoll davon abzubekommen.

2

Den *Bua* kümmerten die armen Seelen nicht, die plagten bloß die Mutter. Der Vater war verschwunden. Auf und davon, in die nächste Stadt, oder in die übernächste. Keiner wagte mehr, nach ihm zu fragen. Die Mutter schwieg. Bloß mit den armen Seelen sprach sie noch, an schlechten Tagen, und die schlechten Tage nahmen zu. Die Mutter ging dann nicht in die Tuchfabrik. Der *Bua* beeilte sich, aus der dunklen Kammer zu kommen, in der die Mutter lag und zu den Wänden redete. Der *Bua* hieß nun Leopold. Leopold Müller. Offiziell getauft und in der Statistik der städtischen Behörden festgehalten. Eingeschult von Gesetzes wegen. Mit Kartoffel-Erbsen-Stampfe größer geworden. Einer mehr, der am Paulanerplatz mit bloßen Füßen herumlungerte und den Herbergsgästen einen Pfennig abzuringen versuchte. Ein erfolgloses Unterfangen. Bei den Bauern aus dem Umland war nichts zu holen. Eine Steckrübe hin und wieder, wenn er seine blauen Augen bei den Bäuerinnen größer machte. Aber machte eine Rübe satt? Leopold nicht, obwohl er sie allein verschlang, bevor er sie noch mit seinen Brüdern und Schwestern teilen musste. Deshalb brachte er schon lange nichts mehr mit heim, in die dunkle Küche, wo gierige Hände nach allem griffen, was er hart errungen hatte. Immer öfter stand er bei den Paulaner Klosterbrüdern Schlange, die nun weniger Bier brauten und mehr Suppe kochten. Einen Teller für jeden Bedürftigen. Leopold rammte jenen den Ellenbogen in den Bauch, die sich vordrängeln wollten. Trat jenen in die Eier, die ihm ihre harten Schuhsohlen auf die nackten Füße pressten. Das alles für bitteren Kohl mit Kartoffeln, mit viel Wasser gestreckt. Aber auch die Gaben der lieben Brüder machten ihn nicht satt, da konnten sie von Lebensbrot und Nahrung im Geiste reden, solange sie wollten. Dauernd verlangte sein Magen mehr. Leopold gab ihm alles, was er finden konnte. Ein Ei von der Resi auf dem Mariahilfplatz, wenn sie schwatzte, statt ihre Auslage zu bewachen. Zwei Semmeln dazu, schnell verschlungen am Auer Mühlbach unten. Ein paar Steine nach den Ratten geworfen, dann ging die Jagd weiter. Zwei Handvoll Nüsse, hastig in den Hosentaschen verstaut, bevor ihn der Obermüller-Bauer fluchend verjagte. An Glückstagen eine Wurst vom Schlachthof, wenn er schneller war als die Rupert-Bande. Die hatte sich darauf spezialisiert, ihn die Drecksarbeit tun zu lassen. Beobachten, anschleichen, die Beute abgreifen und abhauen. Die Rupert-Bande wartete bloß. Blockierte gescheit alle Fluchtwege und stellte ihn. Nahm den kostbaren Schatz an sich, band dem Leopold Hände und Füße zusammen. Ließ ihn in einer Häuserecke liegen, wo erst viel später ein Strawanzer vorbeikam, sich mit stinkendem Atem über ihn beugte und sich vom *Bua* einen Pfennig als Belohnung versprechen ließ, bevor er die Fesseln löste. Dann erhob sich Leopold taumelnd, stieß seinen Befreier mit Wucht zu Boden und rannte, so schnell es seine tauben Füße zuließen. Zurück in die verrauchte Küche an der Ecke Lilienstraße und Paulanerplatz, wo Anton und Benedikt saßen, Georg und Joseph, Sebastian, Maria, Veronika, Elisabeth, Dorothea. Sie kratzten die letzten Kartoffeln mit Erbsen aus ihren Blechnäpfen. Zuckten mit den Schultern, als Leopold seinen Teil verlangte. Alles weg. Ein Viertel Taglohn von Anton, Benedikt und Georg war dafür draufgegangen. Drei große Brüder, die elf Mäuler und das der Tante stopfen mussten, mit ehrlich verdientem

Geld. Nicht wie Leopold. Sie zeigten mit spitzen Fingern auf ihn, verzogen verächtlich das Gesicht. Nicht ergaunert, geschnorrt und gestohlen. Ihren Taglohn in der Tuchfabrik mit eigenen Händen erworben. Seit sie vierzehn waren, nähten sie dort Uniformen zusammen, mit dreihundert anderen Menschen in dämmrige Hallen gepfercht. Feldhosen aus reiner Wolle, Feldhemden. Ärmel, Kragen, Schulterstücke für jene, die später ausgezeichnet wurden. Die Finger von Anton, Benedikt und Georg zerstochen, die Haut wund, die Augen kaputt. Der Rücken krumm vom ständigen Beugen über die Nähnadel, taub die Ohren vom Rattern Hunderter Maschinen. Das Gebrüll des Vorarbeiters als stündliche Mahnung dafür, welch Geschenk Gottes der Tuchfabrikbesitzer für sie war. Jeden anderen konnte er einstellen, an Arbeitswilligen mangelte es nicht. Sie standen Schlange draußen, jeden Morgen, die Hoffnungsvollen vom Land, die nach mehr strebten. Wehe dem Schlendrian drinnen, der das kostbare Tuch mit fehlerhaften Nähten verschwendete, es mit Blut aus löchriger Haut befleckte. Also duckten sich Anton, Benedikt und Georg. Nickten für den Vorarbeiter. Erst in der Küche zu Hause richteten sie sich ein wenig auf, um von oben herab auf Leopold zu sehen. Leopold betrachtete ihre Buckel, die grauen Gesichter mit den roten Augen, und er schwor sich, nie in die Tuchfabrik zu gehen und dort Geld mit den eigenen Händen zu verdienen. Niemals.

3

Aber noch ging Leopold zur Schule. Der Poldi war er dort, der mit dem Platz am Fenster in der hintersten Reihe, in Gedanken mehr woanders als im Klassenzimmer. Das kümmerte keinen. Die Kinder drinnen starrten in Schulbücher. Die Erwachsenen draußen erwarteten gebannt den kommenden Krieg. Hörten den Hetzern zu, die ihnen etwas davon versprachen. Hängten Landkarten auf, schnitten Blumen, um die Gewehre der ausrückenden Soldaten damit zu schmücken. Warfen jubelnd Hüte in die Luft, als es endlich losging. Dem Sieg entgegen. Endlich Reinigung der verweichlichten Volksseele. Endlich Freiheit, neu gezogene Grenzen. Im Schulzimmer wurden dem Frontverlauf entlang Fähnchen gesteckt. Täglich wanderten die Linien auf der Landkarte. Drei Gebete für die Männer da draußen, die unfassbare Entbehrungen auf sich nahmen, ja, selbst ihr Leben fürs Vaterland zu geben bereit waren. Einen Aufsatz die Woche, der vom Wolf und dem Lamm handelte, und zwei Stockschläge obendrauf für jene, die nicht wussten, dass der Feind nun endlich den Schafspelz abgelegt hatte und sich als Wolf zu erkennen gab. Jede Stunde eine Parole, von dreißig Jungen wie aus einer Kehle geschmettert. Wehe dem, der dazu nicht aufrecht stand. Karten von den Mädchen mit Blümchen für die Väter und Brüder an der Front. Ohne Tränen, Herrgott, wer wollte es wagen, schwach zu sein? Jubelschreie aus den Schulzimmern im ganzen Land, wenn es etwas zu feiern gab. Wieder ein Sieg im Feld. Dem Feind gezeigt, wo es langgeht. Die Fähnchen verschoben, Gebete gesprochen, Lieder gesungen. Zur Belohnung zwei Tage frei, *siegfrei*, die Zeit nützlich verbracht, um den armen Bauersfrauen auf dem Lande zu helfen. Sie brauchten fleißige kleine Hände, um die starken Arme ihrer Männer zu ersetzen. Wer wollte sich beklagen, wenn er wohlig warm auf dem Heuboden schlafen konnte? Im Gedenken an die Soldaten mit vom Wundbrand zerfressenen Füßen, dort in den Schützengräben draußen? Hurra! Siegfrei vorbei, ihr dürft wieder zur Schule, Kinder. Noch ein Loblied auf den Herrn und die Helden, danach Rechnen und Schreiben.

4

Poldi saß an seinem Fensterplatz in der hintersten Reihe und zeichnete ins Rechenheft. Alles, was er zu sehen bekam. Die akurat frisierten Schulkollegen, das Deckhaar lang, die Schläfen ausrasiert, die Schädel mit lustigen Hörnern verziert. Den Schulmeister mit dazu, der nun eine Frau war, weil Herr Hofmann für den Kampf an der Front eingezogen worden war. Er hatte mit Tränen in den Augen dagestanden, als er sich verabschiedet hatte. Poldi hatte gesehen, wie sie glänzten, bevor sich Herr Hofmann zur Tafel abwenden konnte. Drei Tage lang hatte Poldi Bauchschmerzen danach, mittlerweile nicht mehr, weil ihn der Hunger plagte. Sieben Tage lang spürte er noch die Hand von Herrn Hofmann, die sanft über seine Haare strich. Dann war auch diese Erinnerung weg. Bloß die Stimme von Herrn Hofmann blieb ihm: »Mach weiter so, *Bua*. Du bist ein Künstler.«

Ich bin ein Künstler!, schrie es nun im Poldi drin, wenn die Frau Lehrer ihm mit dem Stock auf die Finger schlug. Weil er den Einsatz verpasst, die Linie falsch gezogen, ein Wort verwechselt hatte. Weil er frech war, ohne Anstand und Disziplin, kein Wunder, ein Kind aus der Au, das sich auch an der Heimatfront nicht zum Besseren wandelte. Poldi ließ Schläge und Worte über sich ergehen, während er vor sich sah, was er als Nächstes neben die Rechnungen an den Heftrand zeichnen würde: die Frau Lehrer mit Eselsohren. Die Frau Lehrer als Schimpanse, Schildkröte, Schwein. Oder als Skelett. Die Frau Lehrer aus Knochen bloß, vom Schädel bis zur Zehe. Als Vampir,

Monster, Drachenbrut. Alles konnte er. Er hatte die Anatomie in den Büchern von Herrn Hofmann studiert, die er in seinem Schulranzen mit nach Hause nehmen durfte. Eins nach dem andern. Nach dem Mensch kam von Menschen Gemachtes: Architektur, Innendekoration und Fassade, nüchtern und verschnörkelt. Poldi vertiefte sich in die Baugeschichte, von der Romanik bis zum Jugendstil. Dann kam die Malerei, damit er mit Farben umzugehen wusste, mit Chiaroscuro Räume schaffen konnte. Auf seinem Schatz geschlafen hatte er, den Kopf auf seine Skizzen und Studien gebettet, auf die Farben und Bücher, damit sie ihm nicht über Nacht von den großen Schwestern gestohlen wurden. Herr Hofmann hatte gelächelt und ihm übers Haar gestrichen, wenn Poldi ein Buch gegen das nächste tauschte. Neues Papier abholte, Bleistifte, Farben.

»Und jetzt geh nach draußen in die echte Welt, *Bua*«, hatte Herr Hofmann gesagt. »Schau genau hin.«

5

Also nahm sich Poldi nach den Büchern die echte Welt vor. Schaute genau hin. Nicht, dass Poldi besonders gefallen hätte, was er zu sehen bekam. Die Frage lautete: Kann ich das? Dieses Haus am Nockherberg genau so aufs Papier bringen, wie es aussah? Den Aubach an der Quellenstraße unten, die Mariahilfkirche? Er konnte das. Herr Hofmann hatte gestaunt und ihm einen ganzen Zeichenblock mitgegeben, aus edlem Papier.

»Nun alles, was sich bewegt, *Bua*.«

Also setzte sich Poldi täglich auf die Straße und zeichnete. Verschloss seine Ohren dem Spott, der ihn begleitete, ignorierte die feixenden Kinder. Er hörte dem Summen in seinem Kopf nach, das sich einstellte, sobald er die ersten Striche gezogen hatte. Frohe Melodien, wortlos. Sie ließen ihn sogar den Hunger vergessen, für ein paar Stunden. Er zeichnete in der Au, was ihm vor Augen kam. Die Stoiber Resi am Mariahilfplatz, alle anderen Marktstände, die Häuser am Bach unten, die Frauen beim Waschen. Nachdem er in seinem Stadtteil alles erfasst hatte, trieb er sich wieder herum und langweilte sich.

»Nicht aufhören, *Bua*!«, rief Herr Hofmann. »Geh weiter!«

Und Poldi ging, er überquerte die Isar, weiter nach Westen. Die Altstadt kannte er bisher nur vom Betteln. Wenn er seine Blicke und Bitten so einsetzte, dass die feinen Damen und Herren genervt ihre Börsen zogen. Ihn mit ein paar Pfennigen verscheuchten. Nun aber ließ er die Damen und Herren ihre Wege gehen. Schaute an den Fassaden hoch, entdeckte präzise gefügtes Mauerwerk aus schönen Steinen. Säulen, Türme, Portale. Dimensionen, die ihn überwältigten. Verzierte und nüchterne Fenster, Balkone mit und ohne Schnörkel. Uhren, Glocken, Figuren. Was er in der Au schlicht festgehalten hatte, begann ihn hier zu faszinieren. Er setzte sich auf seine Kiste und zeichnete Häuser, ganze Straßenzüge und Kirchen. Den Dom Zu Unserer Lieben Frau, die Theatinerkirche. St. Peter. Die Dreifaltigkeitskirche und Heilig-Geist-Kirche. St. Anna, St. Ludwig, St. Bonifaz. Die Asamkirche. Hier in der Altstadt belästigten ihn keine feixenden Kinder, die Rupert-Bande blieb in ihrem Revier. Manchmal blickte ein Kirchgänger misstrauisch, oder ein Fuhrmann beschimpfte ihn, wenn seine Kiste den Weg versperrte. Meist jedoch trafen ihn wohlwollende Blicke von den feinen Damen, und als ihm ein Herr einmal fünfzig Pfennig vor die Füße warf, hüpfte Poldis Herz vor Freude. Das Summen in ihm wurde zum Jauchzer. Er packte Münze, Stifte, Papier und Kiste und rannte. Rannte zu Dallmayr, zu den *bonbons* und *fruits glacés*. Am Abend jenes außergewöhnlichen Tages legte sich Poldi im Haus an der Ecke Lilienstraße und Paulanerplatz wie immer auf sein Bündel mit Farben, Papier und Stiften, der Bauch so voll wie selten. Er träumte von Markstücken, die ihm aus behandschuhten Fingern hingeworfen wurden. Sie kullerten ihm entgegen, sodass er sie kaum alle zu fassen kriegte. Er saß auf einer Kiste, rund um ihn die feine Gesellschaft, die ihm seine Zeichnungen aus den Händen riss, so schnell, dass er mit dem Stift kaum nachkam. Den Dom, die Theatinerkirche, St. Anna. Die feine Dame, die auf der Stelle ein Bild wollte, von sich und dem Marienplatz.

»Du wirst ein Künstler, *Bua*!«, sagte Herr Hofmann.

Dann kam der Krieg. Herr Hofmann ging, und der Poldi blieb in der Au. Ohne Papier und Stifte.

6

Die ersten Väter und Brüder kehrten von der Front nach Hause zurück. Die einen ohne Arm, die anderen ohne Bein. Die ersten ältesten Schüler wurden eingezogen. Siegfrei gab es immer weniger. Die Fähnchen auf der Landkarte verstaubten, jetzt, da sie nicht mehr täglich von schweißklebrigen Kinderfingern versetzt wurden. Der Jubel in den Schulen verstummte. Gesungen wurde immer noch, und gebetet mehr denn je. Zuerst ein Vaterunser für die tapferen Soldaten dort draußen. Dann schnell an die Heimatfront zurückgekehrt. Die Stimmen erhoben, um das Knurren von dreißig Kindermägen zu übertönen. Unser tägliches Brot gib uns heute, Herr, und wenn schon das nicht drin ist, bitte ein paar Kartoffeln. Die Gebete stiegen auf zum Himmel und verhallten ungehört. Dafür gab es Steckrüben. Steckrüben zum Frühstück und zum Abendessen, als Suppe und Nachtisch. Steckrüben von Montag bis Sonntag, vom Herbst bis in den Frühling. Ein Ei manchmal für jene, die vor dem Lebensmittelgeschäft Stunden Schlange standen. Ein Stück Butter gar für die ganz Duldsamen. Glücklich, wer ein paar Kohlestücke kriegte. Oder aufs Land fahren konnte, zu den Bauern, die zu Wucherpreisen verkauften, was ihre Felder hergaben, und ihr feuchtes Brennholz gegen fette Geldstapel tauschten. Die anderen aßen die Rüben roh und wärmten sich am Feuer der Nächstenliebe bei jenen, die noch etwas davon in sich trugen.

7

Im Frühling 1917 wurde Leopold dreizehn Jahre alt. An den Geburtstag erinnerte sich keiner. Er auch nicht. Wozu auch? Für eine Steckrübentorte? Die Mutter redete noch immer mit den Wänden. Sie teilte die Kammer mit dem Anton, ein Soldat der ersten Stunde und nun wieder daheim. Er schlief am Tag und schrie in der Nacht. Arme und Beine hatte er noch, die Uniform auch, mit einem Kreuz aus Bronze geschmückt. Keiner wollte es kaufen. Leopold hatte es versucht, aber es gab zu viele davon. Seine Brüder Benedikt, Georg, Joseph und Sebastian waren an der Front. Die große Schwester Maria ging frühmorgens fort und kam spätabends wieder. Maria durfte Straßenbahnschaffnerin sein, weil es an richtigen Schaffnern mangelte. Veronika wurde als Krankenschwester gebraucht und half, fürs Vaterland zerfetzte Glieder zu amputieren und Grabenfüße zu behandeln. Sie konnte sorgen, lieben, geben. Alles tun, was einem Frauenzimmer natürlich bestimmt war. Elisabeth und Dorothea nähten in der Tuchfabrik neue Uniformen und dankten den Herren im Himmel und auf Erden täglich für die Arbeit, die sie ihnen bescherten.

Leopold machte sich wieder auf, über die Isar in den schönen Teil der Stadt. Vom Hunger getrieben, ohne Papier und Stifte, dafür mit einem Sack voller Steine. Sah den Damen in hohen Schnürstiefeln nach. Sie trugen an ihren feinen Füßen so viel Leder, das ihm für drei Paar Schuhe gereicht hätte. Er hingegen ging auf hölzernen Sohlen, von der Stadtgemeinde verteilt. Jede Dame hörte, dass hier ein armer Junge daherkam. Jede Dame griff vorsorglich ihr Täschchen fester. Doch wenn eine Dame in die blauen Augen sah, die blonden Locken, gar nicht schmutzig wie die Haare bei den Bettelkindern, etwas ungebändigt bloß, dann wurde sie weich. Sie zuckte zuerst leicht zurück, wenn der Junge ihr die Hand hinhielt. Ein schön runder flacher Stein lag da, darauf ein mit Schleifen geschmücktes Herz, mit feinen schwarzen Strichen gezeichnet, ziegelrot und weiß gehöht. Dazu ein zweiter Stein mit Standarte und Schwert, tannenzweigumrankt, mit guten Wünschen versehen. Dem Generalfeldmarschall und seinen tapferen Soldaten als Spende. Oh, wie waren die Damen entzückt. So viel gute Gesinnung. Schnell dem Jungen eine Münze zugesteckt mit lobenden Worten. Den Stein mit Herz behielten sie für sich, der mit dem Schwert war für den Gatten. Noch einträglicher war es, wenn die Frauen ihn für seine Kunstwerke bezahlten, ohne sie mitzunehmen. Allein schon seine Liebe zum Vaterland sei eine großzügige Spende wert. Die Damen lobten die Bereitschaft, seinen Teil zum Sieg beizutragen. Sie schimpften über die Herumtreiber, die bloß die hohle Hand hinhielten, nicht über die nächste Mahlzeit hinausdachten. Dann ließen sie ihn ziehen. Leopolds Revier lag zwischen Isartor und Sendlinger Tor, am Karlsplatz und rund um die Feldherrnhalle. Er spazierte die Dienerstraße entlang, zu den *bonbons* und *fruits glacés*, die schon seit Langem aus den Auslagen verschwunden waren. Franzosenzeug, ja sakra, wer wollte denn mit dem Feind paktieren? Der Englische Garten hatte Glück, dass er noch so heißen durfte. Leopold besuchte ihn im Frühling und im Sommer, lag in der Sonne, bis emsige Staatsgärtner ihn wegjagten. Im Herbst hingen wieder einmal Flaggen in der ganzen Stadt. Der Generalfeldmarschall wurde gefeiert. Die Menschen standen dicht an dicht auf dem Königsplatz, dass es dem Leopold eine Freude war. Niemand der Schaulustigen bemerkte, wie flinke Finger Jackentaschen leerten, während der Kanonendonner feierlich widerhallte, gefolgt von Tschingderassabum. Dann hielt der Oberbürgermeister lange Reden. Leopold war jede Feier recht. Er schlug sich einigermaßen durch mit seiner Hände Arbeit. Einmal hier, einmal dort. Geburtstage, Ehrentage, Gedenktage. Dazwischen saß er sein letztes Schuljahr ab, in der hintersten Reihe am Fenster. Als der Krieg vorbei war, kamen die richtigen Lehrer zurück. Die Frau Lehrer musste gehen. Herr Hofmann fehlte weiterhin, seinen Platz nahm Herr Loibl ein. In seinem Gesicht klebte ein großes Pflaster. Er redete undeutlich und schrieb mit der Linken an die Tafel. Den rechten Arm hielt eine Schlinge.

Am letzten Schultag warf er Leopold das Abschlusszeugnis aufs Pult und nuschelte: »Aus dir wird nie etwas Gescheit's, Müller.«

8

Es geschah irgendwann nach dem Schulabschluss, als Leopold den Herrn zum ersten Mal sah. Von hinten. Gesichter interessierten beim Klauen nicht. Bloß Hose und Jacke mussten stimmen, Schuhe und Strümpfe und Hut. Auch ein Spazierstock und eine Uhr konnten etwas über die Wertgegenstände verraten, die der Mensch bei sich trug. Bei diesem Herrn stimmte das Tuch, Leopold sah es sofort. Der Mann trug Jacke und Hose aus einem Stoff, der braun war und violett zugleich, je nachdem, wie der Herr sich bewegte. Da war ein Schillern und Flimmern, dass dem Leopold ein angenehmer Schwindel in den Kopf stieg. Er schlängelte sich zwischen den Männern und Frauen hindurch, die sich wieder einmal auf dem Königsplatz drängten, ganz den Worten zugewandt, die vorn auf der Tribüne gebrüllt wurden. Leopold streckte seine Hand aus, um das Tuch zu fühlen. Sanft wie Seide war es und doch fest und nicht kratzig. Wie sich der Stoff an den Körper des Mannes schmiegte, ihn wärmte und schützte. Edel der Herr, der so etwas für sich auswählte. Leopolds Finger fuhren sachte dem Gewebe entlang, verschwanden in der linken Jackentasche. Hier drin war anderes Gewebe vernäht, Leopolds Haut unbekannt, noch nie so etwas Zartes gespürt. Ein Innenfutter vom Feinsten. Auch das schön gehalten, was von außen niemand sah. Tadellos verarbeitet, keine ausgefransten Nähte und Löcher, wie sie Leopold bei anderen Herrschaften erlebte. Keine Fallen, in denen sich seine Finger beim Bergen der Beute verhedderten. Nein, hier konnte er den Schatz ungehindert heben. Papier in Bündeln, ein paar Münzen dazu. Wie geschmiert dem glatten Stoff entlang nach draußen befördert, unbesehen schnell in den eigenen Sack gesteckt. Eben jetzt drehte der Herr seinen Kopf in die Richtung, wo Leopold stand. Mit rasendem Herzen machte er einen Satz und tauchte zwischen den Männern und Frauen rundum ab. Genug für heute, so, wie sich das Notenbündel in Leopolds Sack breitmachte, die Münzen klimperten. Bei den Ratten am Stadtbuch unten zog Leopold seinen Taglohn hervor. Stapelte ein paar zerknitterte Scheine Deutsche Reichsmark von den Herrschaften mit löchrigem Innenfutter in den Jackentaschen. Zuletzt griff er sich das dicke Bündel, seine letzte Beute am heutigen Tag. Auch hier deutsches Geld, dazwischen aber etwas, das Leopolds Herz zum Hüpfen brachte. *Schweizerische Nationalbank* stand in Großbuchstaben auf den Scheinen geschrieben. Er vergrub sie in einer wasserfesten Dose, ein Notvorrat für Zeiten, in denen man es ihm abkaufen würde, dass fette Schweizer Franken ihm gehörten, ihm ganz allein.

9

Wenn Leopold nicht klaute, verdingte er sich als Künstler. Kein Genie, das still und einsam im Atelier seine Werke schuf, höchstens von einer Muse begleitet. So, wie es in den Büchern von Herrn Hofmann geschrieben stand. Die Ausstellungen mit Getöse gefeiert, sein Œuvre mit Preisen überhäuft? Nein, Leopold war Straßenkünstler. Sein Atelier befand sich in München unter freiem Himmel, Zeichenbrett und Kiste waren ständige Begleiter, die Schachtel mit Farben, Stiften und Pinsel ebenso. Als Inspiration dienten ihm die Touristen, aber nicht jene, die mit dem Alpenverein zu günstigen Preisen das Mittelgebirge stürmten. Sondern jene, die die Maximilianstraße entlangflanierten, das Hofbräuhaus am Platz besuchten, den Odeonsplatz, die Residenz. Sie blieben bei ihm stehen, wenn er auf dem Marienplatz zeichnete, und betrachteten seine Werke, die an einem simplen Holzgerüst hingen, das er morgens auf- und abends wieder abbaute. Alle Sehenswürdigkeiten der Stadt aufgereiht, so schön und präzise festgehalten, wie es keine Erinnerung vermochte. Er ließ sie über seine Schultern schauen, hörte ihren fremdartig klingenden Gesprächen zu. Beantwortete ihre Fragen, sofern er sie verstand, verständigte sich manchmal mit Händen und Füßen. Einzig über den Preis redete er nicht. Wer nicht bezahlte, was seine Kunst wert war, konnte ihn mal. Leopold feilschte nicht. Niemals.

10

Es war im Frühjahr 1920, am Montag, 26. April, als Leopold den Herrn zum zweiten Mal sah. Es war sein sechzehnter Geburtstag. Er hatte seinen Pass wiedergefunden, in einer Schachtel, im Schrank in der Kammer an der Ecke Lilienstraße und Paulanerplatz. Die Mutter war noch immer dort. Sie saß wieder mehr, als dass sie im Bett lag. Schaute zum Kreuz an der Wand hoch und flüsterte zu Gottes Sohn, wenn sie nicht Kindersocken strickte mit der Wolle, die Leopold ihr brachte. Anton war auch da, Soldat der ersten Stunde. Er redete tagsüber wenig und brüllte in den Nächten, wenn er betrunken nach Hause kam. Alle anderen waren weg. Elisabeth und Dorothea auf dem Land, weil es für die Tuchfabrik zu viele Tuchfabrikarbeiter gab. Maria leistete Herrschaftsdienst in der Stadt, Veronika arbeitete weiter als Krankenschwester. Benedikt, Georg, Joseph und Sebastian waren in Frankreich geblieben, unter der Erde, ihre Ehrenkreuze in derselben Schachtel wie der Pass von Leopold. Diesmal hatte er nicht mehr zu verkaufen versucht, was von ihrer Existenz übriggeblieben war. Am 26. April leistete Leopold sich eine Flasche Milch zum Frühstück, zur Feier seines Geburtstages. Er trank sie schnell, zu schnell, es war zu viel Fett auf einmal für seinen Magen. Leopold saß am Marienplatz auf seiner Kiste, klammerte sich am Zeichenbrett fest und schluckte schwer. Da sah er von hinten den Herrn. Der hohe Hut war derselbe, Jacke und Hose wieder auf den Leib geschneidert. Die Farbe des Anzugs Graugrün, nicht Violettbraun wie damals auf dem Königsplatz. Aber dieser Stoff. Diesen edlen Stoff erkannte Leopold sofort wieder. Jetzt schimmerte er sanft im Licht der Sonne, als wäre er von Goldfäden durchzogen. Und wie er sich anfühlte, ein Genuss für die Fingerspitzen. Sanft wie Seide und kräftig wie Wolle, wärmend und Luft zufächelnd zugleich. Eine Wohltat für den Mann, der so etwas trug. Und welcher Reichtum sich dahinter verbarg. All die Schweizer Franken, in der Jackentasche lose versorgt, umgeben von feinstem Innenfutter, das keine Löcher kannte.

Leopolds Herz raste. Er saß auf seiner Kiste und starrte zum Herrn hoch, der zu ihm hinübergeschlendert war und nun die ausgestellten Bilder betrachtete. Die Theatinerkirche. Die Asamkirche. Den Alten Peter. Die Feldherrnhalle. Jeden Moment würde der Herr sich umdrehen. Er würde den Mund öffnen, etwas Freundliches sagen und dann nach dem Preis fragen, wie manche Touristen das taten. Oder gar nicht erst freundlich sein und gleich versuchen, den Preis zu drücken, wie die meisten. Aber diesmal war es anders. Leopold wusste es. Der Herr würde sich umdrehen und Leopold betrachten, er würde die Augen zusammenkneifen und kurz nachdenken, ganz kurz, dann auf Leopold zeigen und rufen, den Kopf in alle Richtungen drehend, auf der Suche nach einem Polizisten.

»Ein Dieb! Das hier ist ein Dieb!«

Leopold legte das Zeichenbrett weg und erhob sich von der Kiste. Wieder stieß ihm die Milch sauer auf. Er schluckte noch, als der Herr sich umwandte. Ihm sein Gesicht zudrehte, eins wie alle mit Augen und Nase, Lippen, Wangen und Ohren, nicht jung und nicht alt. Leopold konnte es nicht wirklich sehen, weil er damit beschäftigt war, den aufsteigenden Rülpser zu unterdrücken. Außerdem überlegte er krampfhaft, wie er dem Herrn entkommen konnte. Aber da war kein Rufen nach der Polizei.

Kein Zeigen auf ihn und Winken. Eine ruhige Stimme vom Herrn bloß, die Sprache ein wenig fremd klingend, aber deutsch.

»Sie sind ein Künstler.«

Leopold hörte den Nachklang der Worte. Sie brausten noch in seinem Kopf, als der Herr seinen Mund von Neuem öffnete. Der Preis? Der Preis für ein Bild war zehn Mark. Ein Lächeln auf den Lippen des Herrn, als Leopold ihm die Summe nannte. Der Herr schüttelte den Kopf, ganz sachte, beinahe unmerklich. Gleich würde der Herr sagen, dass der Preis viel zu hoch für einen Fetzen Papier mit Farbe war. Gleich würde der Herr sich abwenden und gehen, Leopold und seine Werke bereits vergessen haben. Leopold würde dastehen und am liebsten dem Herrn hinterherlaufen, ihm hinterherrufen, dass der Preis fünf Mark war oder auch zwei. Wenn der Herr bloß noch einmal sagen könnte: »Sie sind ein Künstler.«

Aber der Herr wandte sich nicht ab. Er griff in die Jackentasche seines graugrüngoldenen Anzugs, zog zehn Mark hervor und streckte sie Leopold hin. Ließ sich das Bild mit der Asamkirche abhängen und rollen, während er weiterredete, mit seiner ruhigen Stimme und Lauten, die für Leopold etwas seltsam klangen, aber wunderschön. Er horchte ihnen nach, als der Herr über den Marienplatz ging, die Rolle sanft unter den Arm geklemmt.

»Morgen«, hatte der Herr am Schluss gesagt. »Sind Sie morgen wieder hier? Ich will Sie meiner Frau vorstellen.«

Leopold hatte genickt und gelächelt. Er hatte zu allem genickt. Ja. Gerne. Sehr gerne. Alles sehr gerne. Leopold hatte geschrien vor Glück, als der Herr ihn nicht mehr hören konnte.

»Reisen«, hatte der Herr gesagt. »Sie reisen mit mir. Ich brauche einen Künstler.«

Teil 3

I

Emma sah auf die nackte Frau hinunter. Den gebeugten Rücken, das voluminöse Gesäß, die Taille mit goldenen Ketten. Es brauchte den Bruchteil einer Sekunde, bis sie realisierte, dass das Fleisch aus Stein, die Haut aus Farbe war. Eine tiefschwarze Riesin, die da kniete, die Arme um den Bauch geschlungen, Unterschenkel und Füße auf einem Sockel platziert. Emma ging ein paar Schritte weiter den Weg hinunter und befahl dem ungeduldigen Rubio, sich zu setzen. Von hier aus gesehen neigte sich ihr die Figur entgegen. Eine hohe Stirn über halb geschlossenen Augen, der Blick vom Weg abgewandt, auf den Boden gerichtet. Steinernes Haar, streng dem Kopf entlang geflochten, zwei spitze schwarze Brüste, grellrot die Warzen. Grellrot waren auch die Fingernägel und Lippen bemalt, golden leuchteten Armbänder und Ketten um den Hals. Emma schüttelte den Kopf. Wie unangenehm, so den Blicken der Besucherinnen und Besucher ausgesetzt zu sein, die Blöße mit Schmuck zusätzlich zur Schau gestellt. Da war noch eine zweite Frau, weiter oben am Hang. Sie stand aufrecht, immerhin, und hatte das Gesicht dem Himmel zugewandt. Grellrot leuchtende Lippen, Brustwarzen und Fingernägel auch hier, selbst über den Bauchnabel goldene Ketten. Emma erahnte eine dritte Skulptur, etwas versteckter im Dickicht. Rubio hatte sich erhoben, zerrte an der Leine. Er freute sich sehr über diese frühmorgendliche Erkundungstour im Giardino Balber und hatte von Beginn an die Initiative ergriffen, als Emma noch ein wenig verschlafen vor dem Absperrband der Polizei gestanden hatte. Sie hatten den Weg vom Ausgang, vom Grotto del Parco her eingeschlagen, weiter links an der Uferstraße gelegen. Dieser Weg war im Park als Rückweg ausgeschildert, sodass die Gäste am Restaurant vorbeigehen mussten, wo die Terrasse mit *ravioli al brasato*, *pesce in carpione* nach Großmutterrezept oder einem Teller mit *antipasti* lockte. Emma und Rubio waren zügig am geschlossenen Restaurant vorbeigegangen, den steilen Hang hinauf, Rubio alle paar Meter eine Markierung setzend. Vor einer braun bemalten Tür mit vergittertem Fenster hatte er innegehalten und am Spalt geschnüffelt. Er war kaum mehr wegzukriegen. Die Tür führte in einen Geräteraum, der halb in den Hang hinein gebaut war. Logisch, der Giardino musste gepflegt werden, mit enormem Aufwand wahrscheinlich. Emma hatte ins Halbdunkel gestarrt. Arbeitskleidung und Gartenwerkzeuge aller Art waren fein säuberlich zur Linken an Wandhaken aufgehängt, am Boden lagen Stiefel und aufgerollte Schläuche, rechts ein Regal mit Kisten. Sie gingen den Weg weiter hoch und gelangten zur Palazzina indiana. Weiße Stoffbahnen, schwer vom Morgentau an den Säulen hängend, verwiesen als Einzige auf den frohen Anlass, der hier vor dreißig Stunden zelebriert worden war.

Indischer Palast, stand auf einem Schild geschrieben, *nach dem Vorbild des Palazzo Salò in Brugine (bei Padua) erbaut.*

Ein hoher Raum, rechts eine Galerie. Die Wände mit bunten Fliesen und Ornamenten geschmückt, geschwungene Bogen über Türen. Auf Simsen und Konsolen standen Vasen, Figuren und Elefantenzähne, daneben Tisch und Stühle für die Trauzeremonie, dahinter drei Sitzreihen für die Gäste. Rubio hatte Emma von der Glastür weggezogen, ein Stück weiter den schmalen Pfad entlang, bis zu diesen Frauenfiguren, deren Anblick Emma unangenehm berührte. Nun schlug er den Weg weiter hoch ein. Nach links ging es zur *Casa araba*, wie ein Schild anzeigte. Die Casa hätte Emma gerne gesehen, weil dort gestern der Junge im Wasserbecken geplanscht hatte, bevor er die zwei Männer streiten hörte. Aber Rubio hatte anderes im Sinn. Es war einer dieser wenigen Momente, in denen Emma vor Augen geführt wurde, warum ihr so sanftmütiger Labrador zum Blindenführhund nicht taugte. Er zog sie nach rechts, mit ganzer Kraft und unerbittlich. Den schmalen Pfad entlang, der nicht zur Casa araba führte, sondern in die entgegengesetzte Richtung, zum Tempel der Nofretete, wo gestern der Tote gefunden wurde. Schwer keuchend der Hund, die Nase am Boden, mit einem Halsband, das ihm tief auf die Kehle drückte, und triefenden Lefzen. Außer sich vor Gier, ganz dem Trieb hingegeben, sich das zu holen, was er so sehr liebte. Als Rubio abrupt stehen blieb und zu graben begann, griff Emma zum Handy.

Der Geruch war bestialisch, das Plastik vermochte ihn nicht zu dämmen. Als Marco die Müllsäcke aus dem Loch hob, einen nach dem andern, wandte sich Emma ab. Sie hörte, wie das Plastik raschelte und etwas zu Boden fiel. Marco entfuhr ein Laut, der sie erschreckte und irgendwo zwischen Jaulen und Würgen lag. Sie zwang sich, wieder hinzuschauen. Zwei Katzen, die Gliedmaßen erstarrt, nackt, rotweiß, mit faulig schwarzen Flecken. Jemand hatte ihnen das Fell abgezogen und um den Hals eine Schleife gebunden, die einmal weiß gewesen war und jetzt braun von Blut und Erde.

3

*B*uongiorno, fratellino.« Die frühmorgendliche Whats-App-Nachricht seiner Schwester. »Wie geht es dir?«

Enzo betastete seinen Hals. Eigenartig war ihm zumute. »Gut«, tippte er ein.

»Bist du heute im Giardino? Bewässerung müssen sie zulassen.«

Die Enge im Hals war weg, der Schmerz in der Nähe des Brustbeins. Leicht fühlte er sich. Und eine Art Kitzeln spürte er, tief innen. Enzo erhob sich, ging ein paar Schritte, von der Küche in den Korridor, von da ins Wohnzimmer. Das Kitzeln wurde zum Jauchzer, der aufstieg und sich Luft verschaffte. Er hörte seinem Freudenschrei nach, als er in die Küche zurückrannte und wieder nach dem Handy griff.

»Was hast du heute vor?«, tippte er ein.

4

Sie nippten am Kaffee. Costa hatte ihn in den Park hochgebracht, auf Bitte von Marco hin, dazu eine Tüte mit *cornetti*. Er hatte Emma und dem Commissario je einen Becher überreicht, mit einem missbilligenden Blick zur offenen Grube. Die Müllsäcke mit den Kadavern der gehäuteten Katzen lagen weiter entfernt deponiert, bereit für den Transport und in einen zusätzlichen Abfallsack aus Emmas Bus verpackt, damit sie weniger stanken. Rubio war vorübergehend im Camper untergebracht, weil er getobt hatte, um an seine Beute heranzukommen. Erst sein Frühstück hatte ihn etwas zu beruhigen vermocht.

»Ungewöhnliches Vorgehen«, meinte Costa mit einem Kopfnicken zu den beiden Werkzeugen hin, die neben der Grube lagen. Eins davon die zusammenklappbare Notfallschaufel aus Emmas Bus, das andere ein Spaten, den Marco nach Emmas Anruf heute früh aus seinem Keller mitgebracht hatte.

»Hätten wir *Sie* herholen sollen?«, fragte Emma. »Ihnen den Vortritt lassen bei der Drecksarbeit?«

»Etwas eigenmächtig vielleicht?« Costa ignorierte sie und sah zu seinem Vorgesetzten hin. Der Mann war wirklich dreist. Ganz der Bruno Costa, den sie im Juli kennengelernt hatte.

»Die Polizeiabsperrung da unten«, sagte Costa und fixierte noch immer den Commissario. Der Angesprochene nippte sinnierend am Becher, auf einem der Stühle sitzend, die er aus der Nische ein paar Meter weiter hergeholt hatte. »Wenn da jeder einfach …«

»Vielen Dank für den Kaffee, Bruno.« Der Commissario hob den Kopf. »Trink ihn in Ruhe fertig, iss noch ein *cornetto*. Dann bringst du Rubios Entdeckung«, er wies zu den Müllsäcken hinüber, »ins gerichtsmedizinische Institut. Fontana ist informiert.«

»Aber …«, sagte Costa.

»Auf der Tenuta de l'Annunziata wartet Luca Barbieri mit seinem Vater. Bis elf Uhr solltest du es bis dorthin schaffen. Wie alt ist dein Sohn?«

Costa zog fragend die Augenbrauen hoch. »Sechs.«

»*Bene*«, sagte der Commissario. »Luca ist fünf. Hör ihm gut zu. Stell Fragen und vergleiche die Antworten mit dem, was er gestern erzählt hat. Ich habe alles rapportiert und abgelegt. Inklusive Foto.«

»Foto?« Costa ließ den Becher sinken. »Von wem?«

Der Commissario sah kurz zu Emma hin, dann wandte er sich wieder Costa zu. »Von einem, der diverse Gründe hätte, sich mit dem Toten zu streiten.«

Costa riss die Augen auf, wollte noch etwas sagen, ließ es bleiben. Dann erhob er sich, zog Handschuhe über. Nahm ein *cornetto* aus der Papiertüte, ging zum Sack mit den Katzen hinüber, nahm ihn hoch, wandte sich nochmals um, mit angewidertem Gesicht.

»Wer tut so etwas?« Er wies Richtung Emma. »*Kümmern* Sie sich auch um den Müll, den Sie ausgraben, Frau Commissaria? Oder schnüffeln Sie lieber nur in der Gegend herum?«

Dann war er weg. Bevor Emma eine Antwort einfiel, so eine schön scharfe, eine, die diesen Kerl dazu gebracht hätte, drei Runden mit Reden auszusetzen.

Emma und Marco blieben bei kaltem Kaffee und Gebäck zurück, das sie nicht essen mochten. Emma hatte noch immer den Gestank der teilweise verwesten Katzen in der Nase. Sie konnte sich nur halb auf das konzentrieren, was Marco sagte, während er neben der ausgehobenen Grube auf und ab ging. Er hatte am frühen Morgen recherchiert, wie es um die private Pflege von alten Menschen in der Schweiz stand, nachdem er Emmas Nachricht gesehen hatte.

»Sollten wir besprechen«, hatte sie ihm gestern Nacht geschrieben. »Antek Ludwa. Polnische Pflegekraft im Dienst von Silvio Perone. Stichwort ›Arbeitsbedingungen‹.«

»Ein Millionengeschäft ohne verbindliche Regeln«, ereiferte sich Marco. »Tausende arbeiten unter skandalösen Bedingungen. Und der Bund weiß davon.«

Er zitierte eine Betroffene aus einem Zeitungsbericht. Seit fünfundzwanzig Jahren würde sie in 24-Stunden-Einsätzen als Pflegekraft arbeiten, für 2000 Franken pro Monat. Mit ihrer Familie hielt sie über Jahre hinweg nur per Telefon Kontakt, und an jenem Ort, an dem sie schuftete, waren soziale Kontakte nicht möglich. Ihre Eltern waren in der Zwischenzeit gestorben, ihr Mann hatte sie verlassen, die Tochter hatte sich entfremdet. Sie kannte Kolleginnen, die die Isolation nicht aushielten und sich das Leben nahmen.

»Du tönst wie die Kassenfrau gestern«, sagte Emma, ein wenig erstaunt, eine neue Seite des Commissario kennenzulernen. So engagiert, ja enerviert beinahe hatte sie ihn bisher nicht erlebt.

»Die Kassenfrau?«

»Vom Giardino. Sie hat einen Bezug zu Antek Ludwa.«

»Luise Ponti?« Marco blieb stehen. »War sie gestern auch in deiner Runde dabei?«

»Das ist nicht meine Runde.« Emma schüttelte den Kopf. »Ich habe bloß zugehört.«

Sie erhob sich und trat näher an die Grube heran. Trockene, braune Erde, die nichts davon verriet, wer vor ihnen da war, um zu vergraben, was verborgen werden musste. Oder war es eine Art Opfergabe, ein perverses Ritual? Ihr war plötzlich kalt. Was hatte der alte Stefano gestern Abend geschrien?

›Verflucht ist der Giardino! Verflucht!‹

5

Viel zu blau schienen Gaia Perone See und Himmel, unangenehm gleißend das Licht auf den Wellen. Sie stützte sich auf dem Terrassengeländer auf. Ihr Kopf schmerzte, trotz der Aspirin, die sie bereits gestern Abend vorsorglich eingenommen hatte. Der Magen war ein saurer Kloß. Sie schob die Sonnenbrille hoch. Da unten lagen funkelnde Scherben in Hellblau und Gold, die mussten weg, ebenso wie die Fettflecken und Schlieren auf den Fensterscheiben. Gaia ging in den Schatten des Sonnensegels zurück, streckte sich auf dem Rattansofa aus. Etwas mehr als eine Stunde blieb, bis der Zuständige vom Commissariato da war.

»Wir müssen die Umstände aufklären«, hatte er gestern am Telefon gesagt.

Dabei waren die Umstände längst klar, für sie als Ärztin. Sie kannte sich mit Todesarten aus, und Atemlähmung war eine davon, eine ganz natürliche, bei der es ohne äußere Einwirkung zum Stillstand der Atmung kam, ausgelöst in der Muskulatur oder im Gehirn. Plötzlich blaue Lippen, blaue Finger, oder, falls mit Vorankündigung: Schlaflosigkeit, Angst und Müdigkeit. Für Differentialdiagnosen blieb keine Zeit, bloß intensivmedizinische Betreuung musste her. Oder wenigstens jemand, der da war, um den Patienten von Mund zu Mund zu beatmen.

»Gaia?«

Sie schreckte hoch, mit feuchten Wangen.

»Entschuldige bitte. Ich habe geklingelt. Aber du hast mich nicht gehört.«

Nein, sie hatte ihn nicht gehört. Sie musste weggedöst sein, weinend. Aber gut, dass er da war. Sie erhob sich und ging hinter ihm ins Haus zurück.

6

Das auf Stelzen thronende Restauranthäuschen war noch geschlossen. Auf der anderen Straßenseite saßen ein paar Gäste im Ristorante della Posta auf der Terrasse im ersten Geschoss, deren Köpfe von unten zwischen leuchtenden Geranien zu erkennen waren. Bei den Arkaden wurden die ersten Verkaufsstände errichtet. *Ceramica d'arte*, Krüge und *tazzini* meist, in dichten Reihen oder gestapelt, mit Weintrauben bemalt oder mit der Kirche Santa Maria del Sasso samt Hügel und See. Früchteteller dreidimensional, Zitronen und Orangen, die aus der Fläche quollen, Fische, fette Blätter, Sonnengesichter. Alle Objekte waren mit dem Schriftzug »Morcote« versehen, auf dass der zahlenden Kundschaft für immer vor Augen blieb, welchen Ort sie damals besucht hatten. Damit sie niemals vergaßen, wo es so viel Schönes zu sehen gab und ausreichend zu trinken.

Emma schlenderte an den Auslagen entlang, die nun überall vor den Geschäften aufgebaut wurden, vor den Launen des Wetters geschützt. Vor der Gandalf-Bar waren Tische und Stühle immer noch angekettet, drinnen sah es dunkel aus. Ein paar Meter weiter der nächste Souvenirladen. Hüte aus Stroh wurden in meterhohen Stapeln herausgetragen, Taschen an Haken aufgehängt und drapiert, nicht zu vergessen Schals und Schlüsselanhänger. Ein paar Meter weiter wies ein von der Decke hängender Werbewürfel darauf hin, dass hier Informationen für *turisti* zu holen waren. Im Schaufenster lagen Taschenmesser in unzähligen Varianten, silbern, rot, blau und aus Holz, mit

Schweizerkreuz versehen und ausgeklappt demonstrierten sie, wie nützlich sie waren. Zum Dosenöffnen, Schraubendrehen, Nägelfeilen, Korkenziehen, schneiden, sägen, Gewehrezerlegen, sein Gegenüber abstechen. Emma konnte sich nicht von der Auslage lösen. Das Modell Swiss Champ bot dreiundachtzig Funktionen, samt Fischentschupper und Uhrengehäuseöffner. Und der Hunter Pro, ein absolutes Muss zum Ausnehmen von Wild, speziell für Jäger entwickelt. Bereits im Kunstleder-Gürteletui gab es viel her, behauptete der Werbetext daneben, aber »in Ihrer Hand und in voller Aktion macht sich das Messer noch viel besser«. Emma lachte in sich hinein. Wie spannend so ein Männerleben sein musste, wenn sie Worten und Bildern glaubte. Kein Wunder, dass sie als Kind ein Junge sein wollte. Matrose werden, Flüsse und Meere befahren. Im Maschinenraum hart arbeiten, weil es dazugehörte. Aber noch viel lieber auf Deck sein. Oder ganz oben stehen, im Ausguck jede Gefahr sofort erkennen, das Gesicht im Wind. Gott, wäre das schön gewesen. Oder Cowboy. Niemals zu Fuß gehen, immerzu nur reiten. In der unendlichen Weite der Prärie Rinder treiben, Brandzeichen setzen, Kälber zur Welt bringen. Am Feuer sitzen und singen, nächtelang. Ja, das wollte sie, als sie noch ein Kind war. Wie hieß es in einem Lied von Nina Hagen, das ihr so gefiel? »Wenn ich ein Junge wär', das wäre wunderschön.«

Emma wandte sich summend vom Schaufenster ab. Prallte gegen jemanden mit weicher Haut, sie spürte sie ganz kurz an ihrem bloßen Arm. Emma entschuldigte sich, die andere Person entschuldigte sich auch.

»Ach, *Sie* sind es«, sagten beide gleichzeitig, Emma und die Kassenfrau aus dem Giardino Balber, nachdem sie den Ständer mit Ansichtskarten aufgefangen hatten, der aus dem Gleichgewicht geraten war.

Sie unterhielten sich unter den Arkaden vor der Tourismus-information, wobei sie gemeinsam die verrutschten Ansichtskarten wieder ordentlich in ihre Fächer einsortierten. Luise Ponti arbeitete in dem Laden, von acht bis zehn Uhr vormittags, jeweils am Samstag und Sonntag, während der Saison vom 15. März bis 31. Oktober. Es war ihr Zweitjob neben dem im Giardino Balber. In der Tourismusinformation ersetzte sie die Putzfrau, die bloß von Montag bis Freitag da war. Fuhr mit dem Staubsauger über den Plattenboden, wischte ihn feucht. Füllte Flyer und Prospekte nach, falls die Kollegin das nicht bereits am Freitagabend erledigt hatte. Befreite die Auslage drinnen von Staub, rollte Ständer mit Ansichtskarten nach draußen. Dazu Plüschhasen mit Ticino-T-Shirt rund um Ostern, Lampions und Schweizerfahnen im Sommer, Fonduegabeln in Rot-Weiß zum Saisonende im Oktober. Ja, das Geld für ihren Lebensunterhalt musste verdient werden. Zudem machte ihr der kleine Zusatzjob Freude. Wozu sollte sie zu Hause sitzen, in ihrer kleinen Wohnung in Barbengo, wo der Lärm der nahen Autobahn ihr Tag und Nacht in den Ohren lag? Da war es in Morcote schöner. Und im Giardino erst. Wie gerne sie dort im Kassenhäuschen saß, fünf Tage die Woche. Den Besucherinnen und Besuchern Eintrittskarten verkaufte, ihnen auf dem Plan kurze Orientierung bot. Freundliche Menschen meist, manche waren sogar für einen Schwatz zu haben. Einzelne erzählten ganze Lebensgeschichten. Ein älterer Herr besuchte den Park jeden Monat und brachte ihr jedes Mal ein kleines Geschenk mit, das ihre Gesundheit erhalten sollte: Ingwerknollen, Sonnenhut, Schafgarbe, Wermut. Die Liste der Heilpflanzen musste unendlich sein. Wertvolles Wissen, das ihr leider nie jemand beigebracht hatte, dafür allerlei, was sie noch nie gebrauchen konnte. Ob Emma sich mit Pflanzen auskannte? Bestimmt kannte sich Emma aus, mit Pflanzen überhaupt oder Lilien im Speziellen, wo sie doch die Freundin vom Commissario war? Emma fühlte, wie ihr die Hitze ins Gesicht stieg. Sie wollte richtigstellen, dass sie weder Pflanzenkenntnis besaß noch die Freundin vom Commissario war. Aber Luise Ponti beachtete sie gar nicht, sondern sortierte weiter Ansichtskarten und war bei Enzo angelangt, dem Mitarbeiter der Gemeinde, der jeden Vormittag den Giardino pflegte und alles, aber wirklich alles über Pflanzen wusste. Auch über Käfer. Jedes vierte Tier auf der Welt war ein Käfer, das hatte ihr Enzo erzählt. Sie konnte ihm stundenlang durch den Giardino folgen. Käfer und Vögel sehen, die sie sonst niemals zu Gesicht bekommen würde, und zuhören. Enzo kannte alle. Er redete mit ihnen, den Tieren und auch den Pflanzen, denen er täglich bei der Arbeit begegnete. Als ob der Giardino seine Familie wäre. Er verbrachte sogar über seinen Dienst hinaus viel freie Zeit dort, machte seine Experimente. Luise Ponti kicherte, warf Emma einen verschwörerischen Blick zu. Ob sie die Wunderbeere kannte? Diese magische Pflanze, die die Zunge verzauberte und bewirkte, dass aus Saurem Süßes wurde? Eine Hilfe fürs Leben. Enzo hatte den anspruchsvollen Strauch mit der Wunderbeere gezogen, oben im Giardino versteckt, unbeachtet von allen Gästen, die den Park besuchten. Drei Beeren davon hatte er ihr versprochen und sie dann belogen. Die Ernte sei einem Schädling zum Opfer gefallen, alle Beeren weggefressen. Es war eine Notlüge, weil Enzo sonst nie log. Niemals. Und weil es keine Schädlinge gab für Enzo, nur Käfer und Spinnen und alle sonstigen Lebewesen, die er beim Namen nennen konnte. Luise Ponti wusste, wer der Schädling war. Der Schädling hieß Silvio Perone. Enzo musste ihm regelmäßig das obere Gittertor öffnen und ihn durch den Garten führen, aber immer nur außerhalb der Öffnungszeiten, frühmorgens oder spät am Abend. Wie ein Herrscher, der Herr Perone, und der Gärtner sein Diener.

»Warum denn das?«, gelang es Emma in den Redeschwall hineinzufragen, bevor die letzte Ansichtskarte an ihrem Platz war.

»Er stand in Perones Schuld«, flüsterte Luise Ponti. Sie schaute kurz nach links und rechts, bevor sie Emma den Kopf zuneigte. »Aber das wissen Sie nicht von mir.«

7

Und so erfuhr Emma von Enzos seltsamer Krankheit, die ihn seit Jahren plagte. Krämpfe im Hals, begleitet vom Gefühl zu ersticken, erzählte man sich. Keiner im Dorf hatte jemals einen solchen Anfall miterlebt, es gab nur einen Menschen, der den armen Mann vor der täglichen Angst bewahren konnte, dass ihm das Essen im Hals stecken blieb: Silvio Perone. Mit einer Spritze Botox alle paar Monate sorgte das Nervengift dafür, dass sich die fehlgesteuerten Muskeln entspannen konnten. Sofern der Herr Doktor die richtige Stelle traf.

»Die richtige Stelle«, hatte Emma wiederholt. »Traf er sie nicht immer?«

Aber die drei Ständer mit Ansichtskarten standen nun draußen vor der Tourismusinformation, und Luise Ponti hatte Emmas Frage unbeantwortet gelassen und verschwand endgültig im Ladenlokal. Nur kurz noch sah sie nach draußen, zu Emma hin, den Zeigefinger an die Lippen gelegt. Dann wandte sie sich der ersten Touristin zu, die den Laden betreten hatte.

8

Neun Minuten dauerte die Fahrt von der Station Piazza Grande in Morcote bis zur Chiesa in Vico Morcote. Das Postauto schraubte sich routiniert die Haarnadelkurven den Hang hinauf. Bei der Kirche stiegen die Fahrgäste aus, richteten Sonnenhüte, Handtaschen, Rucksäcke. Fassten Stöcke fester. Die einen wechselten ein paar Worte mit dem alten Mann, der auf dem Mäuerchen vor der Kirche saß, nahmen dann den schmalen Pfad zum Friedhof und besuchten die Gräber ihrer Ahnen. Andere gingen weiter hoch zur Strada da Carona, bis zum Garten des Ristorante La Sorgente, setzten sich dort an einen sonnenwarmen Tisch aus Granit. Wiederum andere tauchten in die dunkle, schmale Gasse ein, die durch das Dorf führte, teils unter den Häusern hindurch, an Türen und Toren vorbei, die wenig davon verrieten, was sie hinter sich verbargen – ein paar Zimmerchen oder halbe *palazzi*. Viele blieben stehen, bewunderten den Blumenschmuck in kunstvoller Keramik und den idyllischen kleinen Platz mit Sitzbank beim Brunnen, der sich überraschend öffnete. Nur er schritt zügig voran, ohne zu verweilen, kein Blick nach links oder rechts. Ganz hinten beim Platz stieg er die Treppe hoch, dem Pfeil folgend, der nach Carona wies, so wie er es als Kind und Jugendlicher immer getan hatte, vor mehr als vierzig Jahren das letzte Mal. Schritt den steinigen Pfad entlang, in steter Steigung über Wiesen, dann in den Wald, über das Wurzelwerk, das noch immer dafür sorgte, dass sich der Weg wölbte. Er rannte beinahe, Waden und Oberschenkel hart vor Anstrengung. Als ob sein Vater oben vor der Kammer auf ihn warten würde, mit faulig süßem Atem und einem Stock in der Faust. Weil Enzo schon wieder zu spät nach Hause kam, mit zerfetztem Hemd, die Hose von den Hunden zerrissen. Die Hände blutig geschürft, den Dorfkindern im Kampf schon wieder unterlegen. Mit rasendem Herzen stolperte Enzo über Steine und Wurzeln der Alpe Vicania entgegen, auf über sechshundertfünfzig Metern über Meer. Auf der Asphaltstraße hoch über sich hörte er Autos vorbeibrausen, die zum selben Ziel wie er unterwegs waren: dem Restaurant Vicania, in Reiseführern und Webportalen als Idyll gepriesen. Untergebracht in einem »behutsam renovierten alten Steinhof, der einst für die Viehzucht genutzt wurde«. Das Gault-Millau-Punkte-Restaurant »mit hochwertiger lokaler Küche und spektakulärem Blick auf Wiesen und Weiden«. Der Ort, wo das Glück aus »Schmorbraten, Schweinebäckchen und Gitzibraten« bestand, »Pferde grasen und Buchen auffallen«. Das kleine Haus mit den kalten Kammern und dem Geruch nach faulen Äpfeln ganz am Rande der Weide blieb den Gourmets verborgen. Der Bretterverschlag, der als Klo diente. Versteckt hinter den Staubwolken, die sie aufwirbelten, wenn sie mit ihren Stadtgeländewagen das letzte Stück Straße nahmen, das dort oben bloß noch aus Schottersteinen und plattgedrückter Erde bestand.

9

Emma erhielt einen Anruf von Marco. Das Blut der beiden gehäuteten Katzen stimmte nicht mit dem Blutfleck auf dem Jackettärmel des Toten überein, das hatte der Vergleich der genetischen Informationen im Blut ergeben. Es war also eine dritte Katze im Spiel, die Blutspuren hinterlassen hatte, so viel konnte das *istituto* mit Sicherheit sagen.

»Und die Obduktion von Perone?«, fragte sie.

Die Obduktion war im Gang, ein Resultat gegen Abend zu erwarten.

»Gegen Abend? Wie langsam sind die denn? Und Costa? Was hat er aus dem Jungen herausgeholt?«

Von Costa hatte der Commissario noch nichts gehört.

»Ist der Mann im Comer Wald verschollen? Egal, was sagt die Witwe?«

Gaia Perone trauerte offensichtlich, wirkte gezeichnet von einer schlaflosen Nacht. Während des Gesprächs wurde sie von Zeit zu Zeit von Weinkrämpfen geschüttelt, konnte sich jedoch stets wieder fassen und die Fragen des Commissario beantworten. Emma versuchte, sich die Frau vorzustellen, während Marco ihr von der Begegnung erzählte.

»Und du glaubst ihr?«, fragte sie dann.

»Nein.«

Sie schwiegen beide. Emma lehnte sich auf der Bank zurück, beobachtete eine Heuschrecke, die unermüdlich versuchte, auf Rubios riesigem Rücken voranzukommen, auf dem glatten Fell nicht abzurutschen.

»Er ist nicht eines natürlichen Todes gestorben«, sagte Marco. »Davon bin ich immer mehr überzeugt.«

Die Heuschrecke hatte bereits die Flanke überwunden und näherte sich den gewölbten Rippenbogen. Sie hoben und senkten sich langsam, dem Atem von Rubio angepasst, der lang ausgestreckt neben der Bank im Schatten lag und schlief.

»Vielleicht war sie es, die böse Ex?«, fragte Emma, mehr im Scherz als ernst.

»Nein. Sie war es nicht.« Marco blieb ernst. »Gaia Perone saß am Pool in der Villa Vittoria am Comersee, als ihr Ex-Mann erstickte.«

Die Heuschrecke war auf dem höchsten Punkt angelangt, hielt inne, als ob sie gleich zum Sprung ansetzen und die mühsame Kriecherei hinter sich lassen wollte.

»Aber etwas irritiert mich«, sagte Marco.

»Sag schon.«

»Antek Ludwa war bei ihr. Vorhin.«

Verblüfft richtete sich Emma auf. »Die Pflegekraft aus Polen? Ludwa bei der trauernden Ex-Frau? Und was wollte er da?«

Putzen. Marco bekam Antek Ludwa als Perle vorgestellt. Begeistert hatte Gaia Perone aufgezählt, was der Mann alles konnte. Nachdem Ludwa auf seinem Roller davongefahren war, erzählte sie Marco, dass sie Silvio dazu angehalten hatte, den Mann besser zu entlohnen, ihm mehr Wertschätzung zu schenken. Ihm zu zeigen, wie unentbehrlich seine Dienste waren. Eine Katastrophe, ihn zu verlieren. Undenkbar, jemand anderen für Silvios Mutter zu finden, eine demente Greisin, die es einem nicht leicht machte. Aber Silvio hatte gar nicht hingehört und nicht wahrhaben wollen, was Gaia sagte. Dass Missachtung eine Wirkung hatte, ihre ganz eigene Dynamik entwickeln konnte, über all die Jahre.

»›Ihre ganz eigene Dynamik‹«, wiederholte Emma. »Das hat Frau Perone so gesagt?«

»Ja. Genau so.«

Die Heuschrecke hatte sich fürs Kriechen entschieden, verirrte sich nun in Rubios Fell, dort, wo die Haare am Hals in Wirbeln wuchsen.

»Wir haben bereits zwei Verdächtige«, sagte Emma.

»Zwei?«

»Der Gärtner vom Giardino Balber. Enzo Nava. Wo war er gestern zwischen 12 und 13 Uhr? Als Silvio Perone sich mit einem Mann stritt und danach starb?«

Jetzt hatte die Heuschrecke das Halsband von Rubio erreicht, bewegte sich auf dem glatten Leder schneller vorwärts. Verschwand hinter Rubios Hängeohr, das aufgeklappt dalag, die rosazarte Muschel dahinter freigebend.

Zwei gehäutete Katzen, mit Schleife um den Hals vergraben.

Ein wütender Mann.

Der fünfjährige Junge mit Angst vor vergifteten Bonbons.

Ein Toter. Das Opfer ohne äußere Einwirkung erstickt.

Katzenblut am Ärmel des Jacketts, aber nicht das der beiden vergrabenen Katzen.

Emma schritt die Treppe wieder hinunter, all die Stufen, die sie zuvor hinaufgestiegen war, hoch zur Kirche Santa Maria del Sasso. Sie ordnete ihre Gedanken. Listete im Kopf Vermutungen und Fakten auf, im Takt ihrer Schritte.

Da war Antek Ludwa, wirtschaftlich abhängig vom Opfer. Er wurde sicherlich missachtet, sehr wahrscheinlich ausgebeutet.

Enzo Nava, der Gärtner. Eine Art Diener des Opfers, dessen Willkür unterworfen. Der Nadel ausgeliefert, die sein Leiden minderte. War Enzo dem Arzt willkommen, um neue Therapien zu testen? Oder waren es Almosen, die der Gärtner empfangen hatte, großzügige Spenden vom Starchirurgen? Als Gegendeal Gartenbesuche, ganz privat?

Endlos schien sie Emma, diese Treppe. Hunderte von Stufen, um die Toten unter den Monumentalgrabsteinen wieder hinter sich zu lassen. Die Berühmten und Mächtigen von Morcote, die dort neben der heiligen Maria liegen durften.

Wie wohl mit dem Körper von Silvio Perone verfahren

wurde? Bestattet in Sarg und Erde, verbrannt im Feuer? Die Asche in einer Nische versorgt, hinter einer Marmorplatte mit Inschrift? Oder an einem Baum oder über dem Wasser in alle Windrichtungen verstreut? Hatte Perone zu Lebzeiten festgehalten, was geschehen musste, damit seine Seele Ruhe fand? Befand die aktuelle Lebensgefährtin über die Leiche oder die Ex-Frau?

Die trauernde Witwe mit dem polnischen Putzmann.

Zwei gehäutete Katzen in Plastiksäcken, eine dritte wahrscheinlich vom wütenden Mann als Knüppel geschwungen und verschwunden.

In Luft aufgelöst.

Die Katzen gingen Emma nicht aus dem Sinn.

11

Endlich war er weg, der Bulle, der sich in Jeans und T-Shirt tarnte. Aus hundert Metern Entfernung konnte Battista Armenio diese Typen riechen. Immer schon. Bei Verkehrskontrollen bog er drei Kilometer vor der Polizeisperre ab, weil er wusste, was ihn da erwartete: Ärger. Wichtigtuer in Uniform, die ihn mit ihren Lampen blendeten, Ausweise verlangten. Atemalkoholkontrolle. Ha. Dass er nicht lachte. Als ob er so dumm wäre, mit mehr als 0,25 Milligramm Alkohol pro Liter Atemluft zu fahren. Er kannte seine Grenzen. Das war wichtig im Leben. Seine Grenzen zu kennen, egal in welchem Bereich. Dann blieb einem einiges erspart. Ein einziges Mal nur war er erwischt worden, vor vielen Jahren, mit 0,9 Promille. Eine Jugendsünde. Lotta hatte neben ihm gesessen, oder Gina. Nein, Gina, ganz sicher. *Madre mia*, Gina. Das war eine Nummer.

Battista Armenio winkte der Bedienung, um noch einen Espresso zu bestellen. Den Kater hatte er mühelos überwunden, im Unterschied zum Bräutigam und dessen Freunden, die bleichgesichtig am Frühstücksbuffet entlangschlichen. Seine Tochter war nirgendwo zu sehen, bestimmt war sie joggen. Gut so. Damit war ihr der Auftritt von diesem Costa erspart geblieben. Der intrigante Bulle in Zivil, der bloß ein Ziel hatte: Resultate, die er seinem Boss zurückbringen konnte. Beobachtungen von sogenannten Zeugen, selbst wenn sie frei phantasiert waren. Triumphierend hatte der Polizist ihn konfrontiert, ihm völlig neue Aussagen von Luca an den Kopf geworfen. Ein

Witz. Von diesem dummen Jungen heute Morgen erfunden. Dem übernächtigten Kinderhirn entsprungen. Eine
gottverdammte Lüge. Als ob der Junge ihn hätte sehen
können. Da war weit und breit kein Luca gewesen.

Am frühen Nachmittag wirkte das Rathaus in der strahlenden Sonne zugänglicher als noch am Abend zuvor. Die gelbe Fassade leuchtete. Die Loggia aus grob behauenen Steinen immer noch imposant, die beiden streng symmetrischen Geschosse, der Torbogen beim Eingang. Die drei Fahnen bewegten sich im Wind, eine fürs Tessin und eine für die Schweiz. Das Motiv ganz rechts konnte Emma nun erkennen. In der unteren Hälfte ein fröhliches Schwein mit vier Ferkeln, darüber sitzend eine Frau in langem Kleid auf einem Stapel, Weiß auf Rot gezeichnet, einen langen Stab in der Hand. Die Hüterin der Schweine vielleicht, oder Helvetia, sich ausruhend, ohne Wappen, mit Hirtenstab statt Speer. Emma zog ihr Handy hervor, suchte das Bild. Steckte das Handy wieder ein, drückte auf die Klingel. *Cancelleria Comunale*, stand auf dem metallenen Schild geschrieben, für die Bürgerinnen und Bürger von Morcote von Montag bis Freitag zu bestimmten Zeiten geöffnet. Die Zuständige für die Administration der Gemeinde hatte auf Emmas Anruf hin einen außerordentlichen Termin für diesen Samstag vorgeschlagen, um 14 Uhr in ihrem Büro an der Riva da Sant Antoni. Es musste der Raum sein, der am Abend zuvor vom Bildschirm eines Computers erhellt war, vermutete Emma, als sie wenig später Martina Lentini gegenübersaß. Die Mitarbeiterin der Gemeinde war ihr nach einer knappen Begrüßung mit energischen Schritten vorangegangen, durch einen hohen, dunklen Flur, in dem es nach Reinigungsmittel und tropischen Zimmerpflanzen roch, die mit angestaubten Blättern in der Wartezone standen. Signora Lentini schien für einen Arbeitstag gekleidet. Weiße Kurzarmbluse, dunkelblauer Jupe. Pumps mit niedrigem Absatz, Sachlichkeit ausstrahlend. An der Wand hinter ihr und dem Schreibtisch hing eine große Magnettafel, vollgepinnt mit Artikeln aus Zeitungen, ausgedruckten Web-Beiträgen. Es ging um das »schönste Dorf der Schweiz 2016«, so viel konnte Emma von ihrem Stuhl gegenüber erkennen. Ein Thema, das Martina Lentini offensichtlich am Herzen lag. Auf eine Frage von Emma hin erzählte sie von über 100 Dörfern, die zur Wahl nominiert waren. Wie Morcote sich unter zwölf Finalisten durchgesetzt, in der Schlussrunde Ardez, Binn und St. Ursanne hinter sich gelassen hatte. Mehrere Wochen Online-Abstimmung mussten durchgestanden, eine Werbekampagne gefahren, Plakate und Flyer in Hotels ausgelegt werden. Und dann erst die Feier, die von den Initiatoren der Aktion ausgerichtet wurde, der *Schweizer Illustrierten*, von *L'illustré* und *Il Caffè* in Zusammenarbeit mit SRF, RTS, RSI und RTR. Die Augen von Martina Lentini glänzten, ihre dezent nachgezogenen Lippen formten sich zum weichen Lächeln. Sie wurden wieder zu einem strengen Strich, als sie auf ISOS zu sprechen kam. Etwas, das Emma nicht kannte. Eine dieser Abkürzungen. Sie mochte keine Abkürzungen, von Fachleuten mit Selbstverständlichkeit genutzt, alle anderen ausschließend.

»ISOS?«, fragte sie.

»Bundesinventar der schützenswerten Ortsbilder der Schweiz von nationaler Bedeutung«, antwortete Martina Lentini, die schmal gezupften Brauen hochgezogen, ungehalten über die Unterbrechung. Morcote war Teil des ISOS, doch die Vorteile blieben überschaubar, wie sie fand. Kaum ein Ort in der Schweiz, der nicht dazuzählte. Touristen, die sich davon anlocken ließen, konnte sie an den

Fingern einer Hand abzählen, für die Nachteile hingegen reichten zwei Hände nicht aus. Sie holte Luft für einen längeren Exkurs. Emma stellte sich die Klagen bereits vor, über den Kampf zwischen Erhalt und Fortschritt, mit dem die Gemeinde gegeißelt wurde. Das Gejammer über Vorschriften von Denkmalschützern, an Bürotischen entworfen, fernab von den Realitäten in einem lebendigen Dorf, das für Investorenwünsche flexibel bleiben musste.

»Signora Lentini.« Emma hatte sich erhoben und legte ihr Handy auf den Schreibtisch. »Bitte schauen Sie sich dieses Foto an.«

Emma zog ihre Hand weg. Martina Lentini senkte den Blick. Ein Zucken ging durch ihren Oberkörper, dann schnellte ihr Kopf hoch.

»Wo?« Sie flüsterte beinahe, ihr Gesicht zu Emma erhoben, die Augen zu Schlitzen zusammenkneifend. »Wo diesmal?«

Emma machte zwei Schritte zurück und ließ sich langsam wieder auf ihrem Stuhl nieder. »Am obersten Rand des Giardino. Zwanzig Meter vom Tempio di Nefertiti entfernt. Ein Meter unter der Erde.«

Martina Lentini sah wieder auf das Handy. »Dieselbe Handschrift.« Auf ihren nackten Unterarmen hatte sich eine Gänsehaut gebildet.

»Handschrift?«

»Ja«, sagte Martina Lentini, den Blick noch immer auf die Katzenkadaver gerichtet, die nebeneinanderdrapiert am Rand der ausgehobenen Grube lagen. »Dieselbe wie vor acht Jahren.«

»Wessen Handschrift?«, fragte Emma.

Die Augen noch immer zwei Schlitze, hob die Frau den Kopf. »Feministinnen.« Martina Lentini spuckte das Wort aus. »Die Handschrift von Feministinnen.«

13

Hier. Enzo zog seine Jacke aus und formte sie zu einem Kissen. Hier konnte er sich ein wenig hinlegen, ohne allzu viele Gräser abzuknicken. Er musterte den niedrigen Strauch neben sich, Blatt für Blatt. Allenfalls war hier eine Strauchsattelschrecke anzutreffen. Sie war seine Begleiterin, wenn er als Kind auf die Weide geflüchtet war, sich hinter Büschen verborgen hatte. Strauchsattelschrecken waren es, die früher für ihn gesungen hatten, morgens und abends. Männliche Strauchsattelschrecken, um genau zu sein, aber das erfuhr er erst viele Jahre später, nachdem er sich der Insektenkunde zugewandt hatte. Enzo faltete seine Jacke wieder auseinander, zog das Handy hervor und rief die Heuschrecken-App auf. Er hätte dieses Nachschlagewerk nicht mehr missen wollen. Bei den lateinischen Namen musste er sich oft helfen lassen, sein Gedächtnis ließ nach. *Ephippiger persicarius*. Meist grün, beige oder seltener graugrün gefärbt war die Strauchsattelschrecke, dazu der gelbliche Seitenstreifen. Schwarzer Hinterkopf. Er würde sie suchen, wenn er nachher mit Ina unterwegs war. Jeden Quadratzentimeter der Sträucher mit seinem Blick abtasten. Ina würde in der Wiese liegen und Rätsel erfinden für ihn, wie früher, und er würde so tun, als ob er die Lösung nicht wusste und raten musste, immer wieder, bis er es schließlich herausbekam.

14

Emma saß mit Bruno Costa ganz vorn am schmiede-eisernen Geländer. Sie konnte das Boot im grünblauen Wasser schaukeln sehen. Marco hatte sich per WhatsApp gemeldet, er würde sich um zehn Minuten verspäten, aber zuvor noch das La Terrazza sul Lago für eine Besprechung bestimmt.

»Dort sind wir unter Touristen, die beste Tarnung. Niemand hört zu.«

Tatsächlich war ihr Tisch von lauten Familien und geschwätzigen Freundescliquen umgeben. Stille einzig nebenan, ein junges Paar schaute sich YouTube-Videos an, amüsiert über das, was sie auf dem Handybildschirm sahen. Verschwitzte Männer im Neondress klackerten breitbeinig auf Rennradschuhen daher, stürzten ein Cardinal Blond oder Rivella hinunter und fuhren dann weiter, den nächsten Berg hinauf. Die Terrasse gehörte zur Osteria mit den Storie di Cibo e di Vino, die Emma am Abend zuvor gesehen hatte. Genau das brauchte sie jetzt, Speisen und Wein. Sie lächelte Costa zu, und als sie zu den frittierten *pesciolini* und dem Zucchetti-Ziegenkäse-Mousse ein Glas Weißwein bestellte, bot sie ihm auch eines an.

»Geht auf mich«, sagte sie.

Costa lehnte ab, wollte nur Wasser. Er war im Dienst. Schon wieder Überstunden, murrte er, das ginge nun schon Samstag für Samstag so. Als ob er nichts Besseres zu tun hätte. Er zählte auf, was alles besser wäre, als samstags Polizist zu spielen. Emma hielt dagegen. Nichts war schöner, als das Böse zur Strecke zu bringen. Der Willkür entgegentreten, denjenigen, die sich über die anderen stellten, egal an welchem Wochentag. Dieses Glücksgefühl, wenn Verwicklungen sich lösten. Wenn sie die Ordnung wiederherstellen, der Gleichbehandlung aller Menschen dienen konnte. Costa musterte sie mit diesem Blick, den Emma kannte, seit sie als Kind verkündet hatte, dass sie später einmal Kriminalkommissarin werden wollte, um die Ungerechtigkeit aus der Welt zu schaffen. Was hatten alle gelacht. Der Vater, die Mutter. Fräulein Huber, die Grundschullehrerin, bei der sie ihre Berufswünsche zeichnen mussten. Emma hatte sich eine Polizeimütze auf die wilden Locken gesetzt, dazu eine Pistole in jede Hand, von klobigen Fingern umfasst. Sie war zum Kampf gegen das Böse bereit. Sollten die lachen, so viel sie wollten.

»Emma«, sagte sie und prostete Costa und seinem Mineralwasser zu. »Wir können uns gerne duzen.«

Marco hatte sich die Haare schneiden lassen. Ein paar Häuser weiter an der Riva dal Garavell, und was er als spontane Aktion hatten einschieben wollen, entpuppte sich samt Beratung und ausgiebigem Geplauder als langwierige Angelegenheit.

»Bestimmt weißt du jetzt umfassend Bescheid«, sagte Emma. »Über Immobilienpreise und Pale Ale. Antischuppenshampoo.«

»Und über Peter Alexander.« Marco lachte. »Stimmt, du bist ja die Tochter eines Frisörs. Du kennst die Männergespräche im Salon.«

Er sah gut aus. Auch mit kurzen Haaren. Wobei, ein bisschen schade war es schon. Nur einmal hätte sie diese Locken gerne ungebändigt gesehen, ohne Pomade. In ihnen gewühlt, mit allen zehn Fingern. Emma schnitt eine Grimasse, um nicht zu kichern. *Madonna*, reiß dich zusammen.

»Legt los, Männer«, sagte sie. »Ich bin auf eine interessante Spur gestoßen, was die Katzen betrifft. Aber nach euch.«

Costa berichtete von seinem Besuch auf der Tenuta de l'Annunziata. Nicht schlecht, das Anwesen. Swimmingpool, jedes Zimmer mit Terrasse, aufwändig in den Hang gebaut. Der Brautvater musste bestimmt ein paar Tausender springen lassen, um die ganze Gesellschaft so unterbringen zu können. Ein Teil der Gäste schlief wohl noch. Bloß zwei Drittel, schätzungsweise, hatte Costa im Speisesaal sitzen sehen, viele vor sich ein Glas, in dem garantiert kein Wasser war. Er hatte sich unauffällig ein wenig umgesehen, niemand hatte ihn wiedererkannt, es sollte keine Aufregung aufkommen, wie mit Battista Armenio besprochen. Der Mann hatte ihn allerdings warten lassen, zwei *cappuccini* lang, bis er mit dem Jungen und dessen Vater erschien. Dazu ein Riesentheater gemacht, weil er beim Gespräch mit dem Jungen dabei sein wollte. Aber Costa war hart geblieben. Der Junge, der Vater und er. Niemand sonst. Basta. Korrektes Setting. Nicht zu viel Belastung für den Jungen, der Vater als Betreuer und Zeuge in einer Person. Bis Battista Armenio das einsehen wollte, verging eine weitere Viertelstunde, und bis sie endlich zu dritt in dem Konferenzraum saßen, noch mal zehn Minuten. Luca Barbieri mit seinem Vater Claudio und er, Costa. Dann begann das Hin und Her. Alles aufgenommen und gespeichert. Ein zappelnder Junge, der keine Sekunde stillsitzen konnte. Der zu seinem Ausflug zur Casa àraba mal dies sagte, mal das. Mal hatte er Stimmen gehört, Stimmen von Männern, die laut redeten, so laut, dass er Angst bekam. Mal hatte er nichts gehört, aber dafür etwas gesehen, aber nur einen Mann. Dann wieder erzählte er von einem Mann, der etwas in der Hand hatte, mit dem er den anderen schlug. Was das war, konnte der Junge nicht genau benennen, es sei etwas Längliches gewesen. Costa hatte dem Jungen nicht ein Foto der Katzenkadaver gezeigt, korrekt, wie er war. Der Schutz des Jungen ging vor, absolut. Einzig eine Frage dazu hatte er gestellt, nämlich, ob es vielleicht eine Katze hätte sein können. Die Antwort des Jungen war, dass Katzen nicht so aussahen. ›Wie, so?‹, hatte Costa zurückgefragt, und der Junge hatte geantwortet: ›So unheimlich.‹

Hier unterbrach Costa seinen Bericht und sah erwartungsvoll zu seinem Vorgesetzten, der auf den See hinausschaute.

»Und das Foto von Antek Ludwa?«, fragte Emma, bevor sie sich die letzte Gabel mit Zucchetti-Ziegenkäse-Mousse in den Mund schob. Es schmeckte vorzüglich. »Das hast du Luca aber gezeigt?«

»Selbstverständlich.«

»Und?« Marco hatte seinen Blick endlich vom See lösen können, beugte sich vor.

Ganz korrekt war Costa vorgegangen, wie er wieder betonte. Beiläufig hatte er Luca mit dem Foto von Antek Ludwa konfrontiert, auf dem Handy, so wie Kinder heutzutage Fotos kannten, nicht groß auf speziellem Papier. Der Junge hatte lange geguckt. Ruhig. Kein Gezappel mehr am Tisch. Kein Blick zum Vater. Fokussiert auf das Bild, absolut.

»*Madonna*.« Emma verdrehte die Augen. »Jetzt sag schon.«

Luca hatte Antek Ludwa erkannt. Der Mann auf dem Bild sah so aus wie der Mann, den Luca mit dem langen Gegenstand in der Hand gesehen hatte. ›Der böse Mann‹, hatte Luca gesagt und immer wieder auf das Handy gezeigt. ›Das ist er.‹

»Na also!«, rief Emma und bedeutete dem Kellner, dass sie bezahlen wollte. »Auf geht's! Die Perle aus Polen hat etwas zu erzählen.«

»Und Sie glauben – du glaubst einem kleinen Jungen?«, fragte Costa hinterhältig.

»Aber *du* hast ihn doch befragt. Ganz korrekt.« Sie schenkte ihm ihr nettestes Lächeln. »Da zweifle ich doch nicht an seiner Aussage.«

»Warum, Bruno«, mischte sich der Commissario ein, »misstraust du der Wahrnehmung von Luca?«

»Weil ich den Rest der Geschichte kenne.« Costa richtete sich ein wenig auf, mit einem überheblichen Blick zu Emma. »Und mich nicht auf die erstbeste Möglichkeit stürze.«

»Los, komm schon.« Emma hielt ihre Hand in letzter Sekunde zurück, die auf den Tisch schlagen wollte. »Rück den Rest heraus. Schnell.«

Der Rest hätte sich eigentlich in einen kurzen Bericht fassen lassen, aber Costa machte eine Rieseninszenierung daraus. Selbst die Rückfahrt von diesem Comer Landschloss war ihm eine dramatische Schlaufe wert. Ein Wunder nur, dass keine Bären aus dem Wald auftauchten, um sich vor die Windschutzscheibe von Costas Wagen zu stürzen. Emma hatte doch noch ein *panna cotta* bestellt. Ließ es auf der Zunge zergehen. Schaute zum kleinen Boot an der Boje, das noch immer fröhlich schaukelte.

»Ich fasse zusammen«, sagte sie, nachdem Costa endlich fertig war. »Aktuell können wir gemäß Lucas Aussagen davon ausgehen: Silvio Perone und Antek Ludwa streiten oben bei der Casa àraba. Der Grund ist unklar, die Worte, die sie miteinander wechseln, sind für den Jungen unverständlich. Antek Ludwa schwingt eine gehäutete Katze, trifft damit den linken Oberarm von Silvio Perone. Antek

Ludwa verschwindet, wohl mit Katze, weil sie sonst gefunden worden wäre. Perone entdeckt Luca, sie beschließen einen Pakt: gegenseitiges Schweigen. Luca rennt den Weg zurück, den er gekommen ist. Irgendwo zwischen Teehaus und Erechtheion – das, was er ›das Haus mit den Säulen‹ nennt – muss er dringend aufs Klo. In seiner Not geht er links hoch in die Büsche. Während er pinkelt, sieht er Battista Armenio den Weg hochkommen, vom Belvedere her Richtung Teehaus. Der Mann geht vorbei, ohne Luca zu sehen. Luca rennt zurück zur Gesellschaft. Den Rest hatten wir schon. Neu und brisant: Battista Armenio. Der Vater der Braut und der *padrino* seiner Tochter, ganz allein irgendwo zwischen dem Erechtheion und dem Tempel der Nofretete.« Emma konsultierte die Karte des Giardino, die sie auf dem Handy aufgerufen hatte. »Das heißt, die beiden Männer hätten sich locker begegnen können, bevor einer von ihnen starb – Silvio Perone.«

Sie konnten die Aussagen der Hochzeitsgäste vom Vortag noch so gründlich und wiederholt durchgehen: Nichts wies darauf hin, dass Battista Armenio sich während des Apéros auf dem Belvedere von der Gesellschaft entfernt hatte. Alle redeten, aßen und tranken, niemand hatte registriert, wer sich wo wann aufhielt, wozu denn auch. Armenio selbst war gemäß seiner Aussage um das Wohl der geladenen Gäste bemüht, hielt mal hier, mal dort ein Schwätzchen. Mit dem Verstorbenen hatte er nach der Trauungszeremonie zum letzten Mal gesprochen. Sie waren vor der Palazzina indiana aufeinandergetroffen, weil sie beide den Raum zügig verlassen hatten, um einen Rückstau der Gäste zu vermeiden, die durch die hohen Glastüren nach draußen strömten. Dort hatten sie über das Älterwerden gescherzt, angesichts der beiden strahlenden jungen Menschen, die das Leben noch vor sich hatten.

»Floskeln«, stellte Emma fest. »Alte Freunde, die beiden, und sie tauschen solche Floskeln aus.«

»Vielleicht waren sie nicht mehr alte Freunde«, sagte Costa.

»Finde es heraus! Dein Samstag ist sowieso im Eimer.« Emma sprang von ihrem Stuhl hoch. »Ich versuche, endlich mal den Gärtner zu erwischen.« Sie suchte nach Trinkgeldmünzen für den Kellner, umtanzt von Rubio. »Und dieser Antek Ludwa. Dem solltest *du* dringend mal einen Besuch abstatten, Marco.«

»Emma?«

Sie hatte bereits die halbe Terrazza sul Lago durchquert. Die ruhige Stimme von Marco ließ sie innehalten.

»Du hast vorhin eine interessante Spur wegen der … Katzen angekündigt. Welche?«

»Morgen!«, rief sie über die Schulter. »Morgen finde ich den Schlüssel zum Schatz. Los, kommt schon!«

Erst als sie in ihrem Campingbus unterwegs war, lauen Fahrtwind im Gesicht, hallten vertraute Sätze in ihr wider: ›Kompetenzüberschreitung, Emma. Eigenmächtig gehandelt, einmal mehr. Wann lernst du endlich, dich deiner Position gemäß zu verhalten?‹ Die Sätze gehörten zu Hauptmann Presser, ihrem Vorgesetzten bei der Polizei Basel-Landschaft.

»Nie!«, rief Emma und sah im Rückspiegel zu Rubio, der aufrecht saß und aus dem Fenster schaute. »Nicht wahr, Rubio? Ich lerne es nie.« Und sie musste beim Gedanken an den Gesichtsausdruck des Commissario grinsen, vorhin, als er sie gefragt hatte, wer oder was der Schlüssel zum Schatz war.

»Eine Feministin«, hatte sie gesagt.

Er hatte irritiert geschaut, dann prüfend, und dann hatte er gelächelt, sein schönes Marco-Lächeln. »Du verblüffst mich, Emma. Schon wieder.«

Der Commissario hatte seinen Mitarbeiter angewiesen, genau das zu tun, was Emma gesagt hatte, und Costa war verschwunden, nach einem giftigen Blick in ihre Richtung.

»Halte dir den Abend frei«, hatte Marco zum Abschied gesagt, mit einem leichten Zwinkern in den Augen. »Damit du mir vom Gärtner berichten kannst. Und ich dir von Antek Ludwa.«

Emma grinste noch immer vor sich hin. Keiner, der sich von Kompetenzen anderer bedroht fühlte, der Commissario. Ein seltenes Exemplar. Sie würde bei Gelegenheit

Costa darauf hinweisen, was für ein Glück er mit seinem Vorgesetzten hatte. Und dass sie daran dachte, diesem Samstagspolizisten wider Willen den Chef auszuspannen. Ihn an ihre Seite zu stellen. Ganz ohne Stufen. Tschopp und Bianchi. *Das* Ermittlerduo.

»Tschopp und Bianchi«, wiederholte sie laut. »Für alle Fälle. Was spricht dagegen, Rubio?«

Enzo hob den Kopf, ein bisschen benommen. Etwas hatte ihn gekitzelt. Er fröstelte, obwohl er in der Sonne lag. Das Licht war golden und sanft. Enzo richtete sich auf. War er eingeschlafen? Er hatte sich wieder auf die Wiese gelegt, nach dem Spaziergang mit Ina. Er griff nach der Jacke und holte sein Handy hervor.

»Das war ein schöner Nachmittag, *fratellino*. Nochmals vielen Dank für den Besuch.«

Um 16:58 Uhr hatte Ina die Nachricht gesendet. Ab 17 Uhr musste sie wieder arbeiten. Niemals würde seine Schwester Nachrichten schreiben, während sie Schicht hatte. Enzo lächelte und tippte.

»Ja, es war ein schöner Nachmittag.«

Alle anderen Nachrichten ging er flüchtig durch, die geschriebenen und gesprochenen. Die unbekannten Telefonnummern, die ihn schon wieder zu erreichen versucht hatten.

»Aber *fratellino*«, hatte Ina vorhin gesagt, mit dem sanften Tadel in der Stimme, den Enzo gut kannte. »Du hast doch keinen Grund davonzurennen. Warum antwortest du nicht einfach?«

Ein Foto ließ ihn innehalten. Es gehörte zu einer WhatsApp-Nachricht von einer unbekannten Nummer. Das Bild zeigte seinen Liebling. Sein kleines Geheimnis, zwischen den Zitronenbäumen im Giardino Balber platziert. *Synsepalum dulcificum*. Gut versteckt selbst vor dem Blick des Kenners, für Laien bloß Begrünung im Topf. Das Bild war mit einem Text versehen, der sein Herz noch heftiger schlagen ließ. Enzo erhob sich und steckte das Handy ein. Ging los, mit großen Schritten über die Weide, zurück auf den Weg.

»Ich warte hier auf Sie«, hatte die Absenderin als zweite Nachricht angefügt. »Gruß, Emma Tschopp.«

17

Battista Armenio hatte in seinem Leben gelernt: Manchmal war ein Rückzieher angebracht, so unangenehm das war. Eines kleinen Bengels wegen, der versteckt in Büschen hockte, statt brav bei seinem Vater zu bleiben. Aber Battista Armenio war klug genug, sich der neuen Faktenlage anzupassen. Der Junge hatte ihn gesehen, *basta*. Sinnlos, sich an seiner ersten Fassung festzuklammern. Das hatte Battista Armenio erkannt.

Deshalb revidierte er seine Aussage. Spielte diesem Bullen ein wenig Zerknirschung vor, der heute Nachmittag schon wieder auftauchte, hier in seinen vier Wänden in Bissone, in seinem Haus über dem See, einem richtigen aus Stahl und Beton. Ohne Schickimicki und angeklebte Steine. Ein ehrlicher Bau, ganz wie der Mann, der darin wohnte. Deshalb gestand er diesem Beamten, dass er gestern in seinem Bericht ein Detail ausgelassen hatte. Eine kleine unschöne Sache, für die er sich schämte, weil es einen Schatten über die uralte Freundschaft warf, die zwischen ihm und dem Toten bestanden hatte. Denn Battista Armenio hatte Silvio Perone tatsächlich noch einmal getroffen, vor diesem Häuschen, jenes mit dem Schaufenster, das einen in eine asiatische Teestube blicken ließ. Battista Armenio hatte ein wenig mit Perone plaudern, an alte Zeiten anknüpfen wollen, da sie sich doch viele Jahre aus den Augen verloren hatten. Aber Silvio Perone hatte ihn ignoriert, nicht einmal den Kopf gewendet, während er von Dingen redete, die nichts mit Battista Armenio zu tun hatten. Von einer Schachtel, die er hinter diesem Schaufenster entdeckt, eine

Schachtel, die er hier noch nie zuvor gesehen hatte. Perone führte sich auf, als ob ihn jemand ganz persönlich beleidigt hatte, in seinen Garten geschissen, sozusagen. Eine Bombe im eigenen Territorium platziert, da, wo bloß der berühmte Doktor sich aufhalten durfte. Zugegeben: Battista Armenio war wütend geworden, sehr wütend über diesen eitlen, arroganten Sack. Ganz der alte Perone, der sein anderes Gesicht zeigte. Battista Armenio war so wütend geworden, dass er den Mann hätte packen und schütteln wollen, damit dieser aufhörte, von der *Scheißschachtel* zu reden. Aber dann hatte Perone plötzlich nichts mehr gesagt. Er verstummte, starrte immer noch durchs Fenster, Stirn und Nase an die Scheibe gepresst. Gerade noch Gezeter, dann Schweigen. Ganz still war es vor diesem Häuschen plötzlich. Battista Armenio, der schon ein bisschen etwas intus hatte, wurde wieder nüchtern. Die Wut sackte in sich zusammen, zumindest so, dass er keine Lust mehr hatte, den Mann durchzuschütteln. Er ließ Perone dort beim Schaufenster stehen und ging einfach wieder den Weg zurück, den er gekommen war. Unverrichteter Dinge sozusagen, weil er zugeben musste, so peinlich es war: Er hatte dringend mal austreten müssen, deshalb war er überhaupt erst in den Bambuswald hochgestiegen. Den ganzen langen Weg bis zur Toilette hätte er nicht mehr geschafft. Diesen Weg musste er dann doch antreten, und als er wieder zurück auf die Terrasse kam, zu der Hochzeitsgesellschaft, war plötzlich der Teufel los. Der Schrei. Die Panik. Der Tote. Wenn Battista Armenio gewusst hätte, dass er seinen alten Freund zum letzten Mal lebend sehen würde, hätte er ihm noch einen Klaps auf den Rücken gegeben. Ein Abschied mit Anstand, ganz Battista Armenio.

Emma wurde der schönste Tisch im Ristorante auf der Alpe Vicania zugewiesen, ganz vorn auf der gemähten Wiese. *Reserviert für Bianchi.* Wenn es später am Abend kühler wurde, seien sie und ihre Begleitung ganz frei in der Entscheidung, auf die verglaste Veranda zu wechseln, versicherte der nette Herr, der sie empfangen hatte, Kleidung und Benehmen nach derjenige, der das Ristorante führte. Ob sie bereits etwas trinken oder lieber noch warten wolle? Lieber nicht warten. Rubio erhielt eine Schale mit Wasser, Emma ein Glas Weißwein. Sie war mit Rubio den Wanderweg durch Wiesen und Wald hochgekommen, immer wieder stehen geblieben, um den Blick auf den See und den Monte San Giorgio gegenüber zu genießen. Das Kirchlein ganz oben war gut zu sehen. Irgendwann würde sie ihr Versprechen einlösen, mit Dante Savelli und Rubio zu jenem Aussichtspunkt wandern und unterwegs nach Fossilien Ausschau halten. Ob Dante sich unterdessen seinen lebenslangen Wunsch erfüllt und einen Labrador zugelegt hatte? Emma holte die Tupperware aus dem Rucksack und stellte Rubio sein Nachtessen hin. Sah einmal mehr fasziniert ihrem Hund zu, der das Geschirr innerhalb von zwei Minuten leergefressen und mit seiner wendigen Zunge blankgeputzt hatte. Beim Gedanken an den ältesten Sohn der Savelli-Dynastie musste sie wieder lächeln. Dante, der promovierte Philosoph, der Gestelle mit Spaghettischnüren in der Pastafabrik hin und her schob, den Trocknungsprozess überwachte. Emma hatte plötzlich Gänsehaut, als sie den neonhellen Kühlraum der *fabbrica* vor sich sah, auf dem Boden ein gezeichneter Umriss, da, wo die ermordete junge Frau gefunden worden war, abgeschnittene Haare auf den Fliesen rundum verstreut. Emma schüttelte die alten Bilder ab, als Rubio seinen Kopf auf ihrem Oberschenkel ablegte. Sie kraulte ihn hinter den Ohren, schaute sich um. Welch ein friedlicher Ort hier: rundum grüngoldene Weiden, sanft ansteigend in ihrem Rücken, hier und da grasende Pferde. Ab und zu ein BMW oder Mercedes, der die Zufahrt entlangbrauste, an der Gastwiese vorbei zum Parkplatz, der sich offenbar hinter dem Gebäude befand, ein ehemaliger Hof, Wohnhaus und Wirtschaftsgebäude in einem. Vor dem ausgedienten Stall stand nun die Glasveranda. Der Patron rief Adriana herbei, als Emma ihn nach der Geschichte der Alpe Vicania fragte. Adriana sei die Expertin. Sie war hinter der Weide aufgewachsen, in bescheidenen Verhältnissen, ihr Vater hatte sich beim Bauern hier auf dem Hof als Knecht verdingt. Adriana erzählte mit einem zarten Lächeln im Gesicht, wie sie vor mehr als fünfzig Jahren täglich eineinhalb Stunden Schulweg zu Fuß zurückgelegt hatte, hinunter nach Vico Morcote und wieder hoch. Wie sie beim Schloss unten Verstecken spielte, von einem Leben als Prinzessin träumte. Ob Emma bereits das Weingut Tenuta Castello di Morcote besucht hatte? Sehr empfehlenswert, so eine Führung auf dem Anwesen mit Degustation. Und falls sie Zeit fand, im Ristorante la Sorgente in Vico Morcote unten vorbeizuschauen, würde Adriana sich freuen. Sie war eigentlich dort zuständig für das Wohl der Gäste, aber weil beide Lokale derselben Familie gehörten, half sie heute Abend hier oben aus. Adriana verabschiedete sich freundlich, die Arbeit rief, und Emma schaute wieder den entspannten Erwachsenen zu, die vor ihren Weingläsern sitzend in die Abendsonne blinzelten, die Sonnenbrillen von Gucci auf die Stirn geschoben. Die

Kinder artig, da in ihre Games vertieft. Einzig ein aufgeregter Dalmatiner bellte allem nach, was sich bewegte, insbesondere den ganzen suvs. Emma lächelte. Sie hatte ihren Bus in Vico Morcote stehen lassen, nachdem sie dorfauswärts die Strada al Castel entlanggefahren war, dann weiter auf der Strada du Nisorin, auf der Suche nach einem schönen Platz zum Übernachten, der ausreichend versteckt lag, sodass kein besorgter Dorfbewohner auf die Idee kam, die Polizei zu rufen. Jetzt stand ihr Bus auf einer Baustelle auf festgepresstem Lehm, kurz vor dem Castello di Morcote. Durch die Windschutzscheibe freier Blick über den See, auf drei Seiten beschützt von Baggern und Containern. Sie freute sich jetzt schon darauf, am nächsten Morgen im Aufstelldach aufzuwachen, das Glockengeläute der *chiesa* am anderen Ende des Dorfes im Ohr, die Sonnenstrahlen im Gesicht, wenn sie den Reißverschluss des Zeltfensters öffnete. Emma lächelte noch immer vor sich hin, als sie die Nummer ihres Kollegen von der Polizei Basel-Landschaft wählte.

»Alex? Störe ich?«

»Lass mich raten.« Er tönte fröhlich, im Hintergrund waren Männerstimmen zu hören. Bestimmt saß er mit seinen Fußballerkollegen in der Vereinsbeiz, frisch geduscht nach einem Spiel, in dem sie sich nichts geschenkt hatten. Ausgeschwitzt, beim ersten Bier. »Du möchtest Montag einen freien Tag zusätzlich.«

Oho, zwei Punkte für Alex. »Du bist ein schlauer Polizist, wirklich. Ich bin am Dienstag wieder bei dir.«

»Lass mich weiterraten.« Alex war wirklich ausgezeichnet gelaunt. »Du treibst dich wieder in der Sonnenstube der Schweiz herum.«

»So ist es.« Emma schaute kurz aufs Display, gerade ging ein Anruf ein. Es war Marco.

»Ich rieche einen richtig fetten Braten«, sagte Alex.

»Bei mir oder bei dir?«, fragte Emma.

Alex lachte bloß, im Hintergrund lachten die kickenden Kollegen mit.

»Weißt du, was das Schöne ist, Alex?« Emma griff nach der Speisekarte, die der nette Herr zusammen mit Wasser und Wein gebracht hatte. »Du riechst den Braten bloß. Ich esse ihn. Bis Dienstag.« Sie beendete das Gespräch und nahm den Anruf von Marco entgegen. »*Pronto*, Emma auf der Alp. Soll ich dir schon etwas bestellen?«

»Emma?« Die Verbindung war schlecht. Der Commissario hörte sich an, als befände er sich in der Unterwelt.

»Wann kommst du endlich?«, rief Emma. »Ich muss dir unbedingt vom Gärtner erzählen.«

»Ich bin unterwegs nach Lugano. Der Obduktionsbericht ist da.«

»Und?«

»Sie sind sich jetzt sicher. Die Gegenprobe ist gemacht.«

»Gegenprobe?« Emmas Herz machte einen kleinen Sprung. »Sag schon.«

19

Silvio Perone war durch eine Überdosis Botulinumtoxin umgekommen, die die Atemlähmung bewirkt hatte. Es war kein Fall von Botulismus, betonte der Commissario.

»Botulismus?«, fragte Emma.

»Eine Lebensmittelvergiftung, hervorgerufen durch Botox, das sich in den Lebensmitteln gebildet hat. Kommt offenbar vor, wenn auch selten.«

Silvio Perone war mit einer tödlichen Dosis Botulinumtoxin vergiftet worden. Eine Einstichstelle wurde nicht gefunden, jeder Quadratmillimeter Haut war abgesucht worden. Also keine Spritze.

»Was dann?«

Silvio Perone hatte das Botulinumtoxin in flüssiger Form zu sich genommen, während er auf die Heirat seiner Patentochter anstieß. Weniger als ein Zehnmillionstelgramm Botulinumtoxin ins Glas des Doktors. Farb-, geruch- und geschmacklos, aber ausreichend wirkungsvoll, damit innerhalb von 30 bis 60 Minuten die Herz- und Atemmuskulatur versagte.

20

Emma aß die Schweinebäckchen mit grober Polenta ohne den Commissario. Marco hatte Dringenderes zu tun. Er musste die Faktenlage vor dem Hintergrund eines Mordes neu bewerten. Eine Liste von denjenigen erstellen, die erneut befragt werden mussten. Antek Ludwa zum Beispiel, der heute Nachmittag gegenüber Marco behauptet hatte, nichts von Katzenkadavern zu wissen. Mit Silvio Perone hatte sich Ludwa gemäß seiner Aussage ausgezeichnet verstanden, nirgends ein Grund zum Streit. Während des Hochzeitsapéros hatte Antek Ludwa Silvio Perones Mutter spazieren geführt. In Figino, dem Dorf neben Morcote, wo die alte Dame wohnte.

»Kann das jemand bestätigen?«, hatte Emma den Commissario noch gefragt, bevor er sich seinen Listen zuwandte. »Die demente Mutter von Perone?«

Luise Ponti konnte es bestätigen, die Kassenfrau vom Giardino Balber. Emma sah wieder die violetten Wangen vor sich, die wütend blitzenden Augen, als die Frau gestern vor der Gandalf-Bar die Arbeitsbedingungen einer Pflegekraft aus Polen dargelegt hatte. Wie genau sah das Engagement von Luise Ponti für Antek Ludwa aus? Verschaffte sie ihm ein Alibi, das ihn von allem entlastete, was gestern im Giardino Balber zwischen 12 und 13 Uhr geschehen war? Egal. Emma schob die Gedanken weg. Darum kümmerte sich der Commissario. Sie vertiefte sich wieder in den Bildschirm ihres Handys und richtete zwischendurch den Blick auf die Wiese vor sich, ohne die friedlich weidenden Pferde vor dem immer dunkler werdenden Himmel wahrzunehmen. Als sie das Besteck auf den Teller zurücklegte, wusste sie alles über Botulinumtoxin. Ein kosmetisches Wundermittel, stark verdünnt beliebt zum Glätten von allem, was die Mimik in einem Gesicht hinterließ: Krähenfüße, Lach- und Zornesfalten. Botulinumtoxin galt auch als Medikament bei motorischen Störungen und spastischen Muskelverkrampfungen. Das stärkste Nervengift unterliegt als potenzielles biologisches Kampfmittel dem Kriegswaffengesetz. Mit der Menge eines Salzkorns konnte man 500 000 Menschen töten. Entdeckt wurde es, weil vor zweihundert Jahren ein Bauer innerhalb von sechs Tagen an einer verdorbenen Blutwurst starb und Jahrzehnte später ein findiger Professor das ›Wurstgift‹ als Stoffwechselprodukt anaerober Bakterien identifizierte.

»›Unter Qualen zu Tode kam‹«, zitierte Emma. »Armer Bauer. Armer Silvio.«

Die Schweinebacke lag ein bisschen schwer im Magen, ein Grappa konnte dem bestimmt entgegenwirken. Das freundliche Angebot von Adriana, wenigstens für den *caffè* das Gedeck auf die Veranda hinter Glas zu verlegen, lehnte Emma ab. Blazer und Windjacke wärmten ausreichend, und sie war froh um die frische Luft und Ruhe hier draußen. Von der Veranda her drang das Gelächter der Gäste. Der Patron war noch aufmerksamer geworden, seit sie verkündet hatte, dass ihre Begleitung für das Abendessen nicht erscheinen würde. Sie war sitzen gelassen worden, mochte er sich denken. Der armen Frau blieb der Braten, aus lauter Trotz gegessen, vom Merlot Ticino begleitet. Emma musste lächeln, als sie ihn bat, ihr die Rechnung zu bringen, dazu noch eine Flasche Rotwein und eine Portion Brasato zum Mitnehmen.

Auf dem Rückweg war Rubio alles andere als begeistert.

Endlos schien ihm diese Straße, das Geraschel im dunklen Wald eine einzige Provokation. Wie gern hätte er das eine oder andere Tierchen verfolgt. Aber Emma hielt ihn an kurzer Leine. Ab und zu erschreckten ihn von hinten Scheinwerfer, große Autos, die an ihnen vorbeidonnerten, den Berg hinunter. Endgültig fertig machte ihn diese Tüte. In Nasenhöhe baumelnd, fern seiner Reichweite. Von Emma wohlbehütet, auf der anderen Seite ihrer Knie hin und her schwingend. Dabei Duftnoten verströmend, die ihm das Wasser von den Lefzen triefen ließen. Ein Gericht, das nicht für ihn bestimmt war. Diesen Braten würde ein anderer verschlingen. Rubio wusste auch, wer. Weil da Emmas Pfeifen war, dieses fröhliche Pfeifen von Emma ganz für sich allein.

Teil 4

I

Leopolds Reise war an einem Freitag, dem 30. April 1920, vier Tage nach seinem sechzehnten Geburtstag. Er schwitzte. Er schwitzte so, dass das Hemd am Körper klebte und am Veston, den er darüber trug. Die Hose wiederum klebte an den Beinen, die Socken an den Füßen. Dem Leopold war, als ob man ein leises Schmatzen hörte, wenn er im schmalen Korridor auf und ab ging, in jenem Eisenbahnwaggon Nummer 25, in dem er mit dem Herrn und dessen Frau ein Abteil bezogen hatte. Ein Schmatzen von der Pfütze, die sich in den ledernen Schuhen gebildet hatte. Lederne Schuhe! Keine bloßen Zehen mehr wie früher noch als kleiner Junge. Keine Sohlen aus Holz, die ihn für feine Ohren von weit her zum Armeleutekind machten. Nein, ein dunkelbraunes Wunder legte sich um seine Füße. Und was er weiter oben am Körper trug! Wenn er sich ins Abteil zurücksetzte, konnte er den Blick kaum vom sandfarbenen Textil wenden, das seine Beine bedeckte. Feinste Qualität, wenn auch nicht ganz so edel wie das, was der Herr für sich ausgewählt hatte.

»Wir kleiden dich ein«, hatte der Herr gesagt, und seine Frau hatte genickt. Die beiden hatten bei Beck am Marienplatz gesessen, während dem Leopold Hosen und Vestons angepasst wurden.

»Sandfarben«, hatte der Herr gesagt. »Passend für unsere Reisen.«

Fünf weiße Hemden hatte der Herr zu den Anzügen ausgewählt, die so weiß waren, wie Leopold es überhaupt noch nie gesehen hatte. Ein Sortiment an Unterwäsche, ein Beutel voller Utensilien, die Leopold fremd waren, für Zahnpflege und Rasur.

»Das Notwendigste«, hatte der Herr gesagt.

Leopold hatte genickt, mit glühenden Wangen, während er alles in einem Koffer verstaute. In seinem Koffer. Aus hellbraunem Leder, mit silbern glänzendem Verschluss, den Leopold auf- und zuschnappen ließ. Wenn Leopold nicht seine neuen Schuhe oder das Tuch der Hose betrachtete, ging sein Blick zur Gepäckablage. Nie in seinem Leben hätte er gedacht, jemals einen Koffer zu besitzen. Zum Reisen! Ein bisher nicht verwendetes Wort. Er hatte es vor sich hin geflüstert, am Abend zuvor im Haus an der Ecke Lilienstraße und Paulanerplatz.

Er war noch nie gereist. Man hatte ihn damals nur von der Stadt aufs Land gekarrt, innerhalb der Heimatfront, um den Bauersfrauen mit seinen fleißigen kleinen Händen bei der Ernte zu helfen. Aber reisen doch nicht. Wohin denn auch, womit? Wohin? Mit wem r e i s e n? Zum ersten Mal hatte er diese Buchstaben aneinandergereiht, während er in der dunklen Kammer lag. Während er zum letzten Mal die Mutter mit dem Christus am Kreuz flüstern hörte, den großen Bruder Anton beim Schreien im Schlaf. Eine halbe Nacht lag er wach aus Angst, frühmorgens die Bahn zu verpassen. Eine halbe Nacht träumte er vom Land, in das ihn der Herr mitnehmen wollte. In die Schweiz! Dahin, wo Wiesen und Wälder, Dörfer und Städte golden schimmerten, so wie der Anzug des Herrn. Wo die Menschen durch glänzende Straßen gingen, die Bäuche rund von Butter und Schweinefleisch. Wo es jeden Tag *bonbons* und *fruits glacés* gab und Schokoladentorte mit Sahne. Ein ganzes Stück, nicht bloß Krümel vom Steckrübenkuchen. Dort, wo er hinreiste, besaßen die Häuser Zimmer, keine Kammern, und Kohlen gab es so viele, dass sie nicht in zehn Wintern verheizt werden konnten. Ein Bett für jeden statt einem Sack. Ein weiches Kissen dazu. Ja, so war es in der Schweiz. Leopold wusste es seit dem Tag, an dem er dem Herrn auf dem Königsplatz das Bündel Banknoten aus der edel vernähten Jackentasche gestohlen hatte. Die Geldscheine hatten ein wenig ranzig gerochen von den vielen Fingern, durch die sie bereits gegangen waren, doch wenn Leopold die Augen schloss, dufteten sie nach Schweinefleisch und fetter Butter. Manchmal auch nach warmem Brot, wenn er sie nur kurz mit der Zunge berührte.

Die Reise führte Leopold nach St. Gallen, dort besaß der Herr ein Haus. Goldschimmernd war es nicht, aber groß. Zimmer wie Säle, und die Decken drei Mal so hoch wie jene in der Kammer an der Ecke Lilienstraße und Paulanerplatz. Leopold lernte Teppiche und Tapeten kennen, Kronleuchter mit kristallenen Perlen. Bilder an der Wand, auf denen Männer im Wald auf Hirsche schossen und Hunde Enten jagten. Frauenköpfe aus Marmor, auf langen weißen Hälsen. Tische mit samtig glänzenden Oberflächen, die bloß zum Anschauen da waren! Einen Sekretär aus Mahagoni mit vielen kleinen Schubladen. An diesem durfte Leopold sitzen und in ein Buch notieren, was ihm der Herr diktierte. Es waren Zahlenreihen, von oben nach unten, geordnet nach Städten. Turin, Alessandria und Novara, Lyon und Hamburg. Dorthin reiste der Herr hin und wieder, und wenn er zurückkam, hatte er neue Zahlen im Gepäck. Dazu Musterstoffe, englischen Kord und Tweed, Flanell und Kaschmir. Manchmal war der Herr viele Wochen unterwegs, nach Bangkok und Shanghai. Zurück in St. Gallen, erfüllte der Duft von Chiffon und Crêpe de Chine, Honanseide und Organza das Haus. Es roch, als ob *bonbons* und Kuhdung zusammen verbrannt worden wären. Leopold wusch sich die Hände, bevor er die feinen Stoffe anfasste, und hörte dem Herrn zu, der ihm von Seidenraupen erzählte und davon, wie er seine faulen Angestellten zum Arbeiten brachte. Wenn der Herr auf Reisen war und keine Zahlen diktieren konnte, bürstete Leopold dessen Anzüge. Sortierte die Hemden nach Farbe. Polierte alle Schuhe im Ankleidezimmer und die kristallenen Perlen der Kronleuchter im Salon. Wischte den Staub von den Tischen. Fügte mit der Frau des Herrn Puzzleteile zu Bildern und richtete das Becken mit kaltem Wasser für ihre Füße, wenn der Kopf wieder einmal schmerzte. Leopold sprach sie mit *la signora* Balber an, weil sie es so wünschte und gerne wieder dahin wollte, wo sie herkam. Nach Italien, wo sie nie Druck verspürte und verstand, wovon die Leute redeten. *La signora* Balber erzählte von Amalia, der süßen kleinen Tochter, die sie gerne auf die Welt bringen würde. Leopold nickte, während er nach Puzzleteilen der Schweizer Landkarte suchte, die in tausend Stücken vor ihnen lag. So vergingen die Wochen und Monate in St. Gallen. Während der zwölften Reise des Herrn brauchte Leopold bloß noch fünf Stunden, um das Land zusammenzusetzen.

Als der Herr wieder da war, legte er ein Köfferchen vor Leopold hin: »Für dich. Das nächste Mal begleitest du mich.«

3

Von da an fuhr Leopold mit, wo immer der Herr hinfuhr. Nach Turin, Alessandria, Novara, Lyon, Hamburg. Nach Bangkok und Shanghai. Tage und Wochen in der Eisenbahn, die Anzughose an den Beinen klebend, die weißen Hemden durchgeschwitzt, eins nach dem andern. Natürlich hatte der Herr das Sortiment erweitert, und wenn das nicht mehr reichte, sorgten Frauen für Nachschub. Jedes der Hotels, das der Herr auswählte, hatte einen Wäscheservice und Männer mit goldenen Wägelchen vor den monumentalen Eingangsportalen, die ihnen das Gepäck abnahmen. In jedem Hotel gab es Aufzüge, die sie viele Stockwerke hoch in ihre Zimmer beförderten. Leopold bedeckte sich mit Federbetten und feinstem Leinen, nahm Bäder in Zimmern, die einzig dafür gemacht waren. Tagsüber saß er an fremden Sekretären und notierte Zahlenkolonnen, abends dinierte er mit dem Herrn in dessen Kreisen. Ein Club in jeder Stadt, der den Herrn willkommen hieß, mit devoten Kellnern und Zigarrenrauch, klingenden Gläsern, Gemurmel von Mann zu Mann. Gelächter ab und zu, erhobene Stimmen, dem Alkoholpegel geschuldet. Dann schnell wieder die Kontrolle erlangt, einander beschwichtigt, auf die Schultern geklopft.

»Das ist der Leopold«, sagte der Herr. »Meine rechte Hand.«

Vor dem Essen erhielt Leopold ein Zeichen, dass er zu Messer und Gabel greifen durfte, und später eines, wenn der Abend für ihn beendet war, wenn die Herren noch ein wenig unter sich bleiben wollten. Nachdem Leopold die Gesellschaft glänzend unterhalten, jedes Mitglied im Club damit verblüfft hatte, was er gut konnte: zeichnen. Mit ein paar schnellen Kohlestrichen ein Abbild auf Papier gebannt, etwa eins von der Cognacflasche, dem Feuer im Kamin, dem buckligen Kellner. Später unter beifälligen Bemerkungen die Anwesenden porträtiert, von der Glatze bis zur handgefertigten Schuhsohle, vom Doppelkinn bis zur Denkerstirn. Kein Detail entging seinen Augen. Er hielt die aufrechte Haltung fest, die Tatkraft im Blick und den Willen, von dem jeder in der Runde beseelt war: das Optimum herauszuholen, aus Seidenraupen und Menschen, selbst wenn sie noch so faul waren. Der Club applaudierte und entließ Leopold in die Nacht hinaus, jedes Mitglied mit einem Porträt auf edlem Papier. Ein Geschenk vom Herrn an seine Freunde als Erinnerung daran, welch erstklassige rechte Hand er besaß.

4

Wie Leopold sein neues Leben liebte. Wie er keinen Gedanken mehr an das Haus an der Ecke Lilienstraße und Paulanerplatz verschwendete, den knurrenden Magen, die Rupert-Bande. Nicht an die Mutter, Brüder und Schwestern dachte. Nur einmal war der große Bruder Anton aus der dunklen Kammer in seinen Träumen aufgetaucht. Er hatte die leblose Mutter auf seinen Armen getragen und geschrien. Aber der Anton wollte ihn bloß erschrecken, das hatte Leopold erkannt. Die Mutter war nicht tot, das wusste er. Sie würde noch viele Jahre vor sich hin reden. Sie würde sich freuen, wenn er sie besuchte, irgendwann. Aber noch nicht jetzt. Nicht jetzt, wo er nichts hatte, außer einem neuen Leben.

5

Das Allerschönste war, wenn der Herr dem Leopold befahl, sich auf seinen kleinen Klappstuhl zu setzen. Egal wo, ob draußen im Schatten von Baumdächern oder im gleißenden Licht halb blind in flirrender Hitze. Von Windböen zerzaust mit klammen Fingern, vor Regen geschützt unter Felsen. Oder drinnen in stickigen Museumskabinetten in eine Ecke gepfercht. Mitten in Ausstellungssälen, dem Besucherstrom ausgesetzt.

»Hier«, sagte der Herr, hin und her gehend, um geeignete Perspektiven zu prüfen. »Setz dich hier hin. Und dann da.«

Leopold nickte und platzierte den kleinen Klappstuhl, wie es der Herr wünschte. Dann öffnete er das Köfferchen, das er immer bei sich trug. Legte es neben sich hin, wählte Kohle, Kreide oder Bleistift, raues Papier oder feines. Zeichnete, was er vor sich sah, und verwandelte es in Linien auf Papier. Der Faltenwurf eines römischen Kleides, Rillen von griechischen Säulen, maurische Fensterbogen, aztekische Tempelstufen, ägyptische Hieroglyphen. Er staunte über Maßstäbe und perfekte Proportionen. Ließ die Hand mit dem Stift zwischendurch ruhen, in die Betrachtung versunken. Ein Wunder nach dem anderen, das er zu sehen bekam. Auf Hügeln errichtet, im Dschungel versteckt, in Festungen verbaut, auf Plätzen dargeboten. Vieles gestohlen, über Grenzen geschleppt und Meere geschippert. Neu aufgebaut weit weg, oder hinter Museumsmauern gesichert. Manchmal las er die Beschriftungen an Sockeln und Wänden, wenn die Zeit dafür reichte. Bevor der Herr zurückkehrte, nach einer Stunde oder zwei oder drei, und die Blätter durchging, die sich neben dem Klappstuhl stapelten.

»Leopold«, sagte der Herr. »Weiter so. Du bist ein Künstler.«

Wie da dem Leopold warm ums Herz wurde. Noch viel wärmer, als wenn er Schweinebraten aß oder Schokoladentorte mit Sahne, Stück um Stück.

6

Wenn der Herr und er zurück im großen Haus in
St. Gallen waren, richtete Leopold neue Kaltwasser-
bäder für *la signora* Balber, die noch immer keine Tochter
hatte und noch immer in Italien wohnen wollte. Nachts
hörte er manchmal ihre Stimme, schrill die Wände durch-
dringend, und die Stimme des Herrn, tief und ruhig.

»Torino«, wiederholte *la signora* Balber über Wochen.
»Torino.«

»Morcote«, hörte Leopold den Herrn sagen, Monate
später, immer wieder. »Morcote.«

Leopold wusste, wo Morcote lag. Ganz unten auf der
Schweizer Landkarte. Viele Male hatte er das Puzzleteil in
den Kanton Ticino eingefügt. Für seine Reisen nach Morcote brauchte der Herr seine rechte Hand nicht. Wenn
er zurückkam, hörte Leopold *la signora* Balber nachts
jubeln, und tagsüber hatte sie keine Kopfschmerzen mehr.
Der Herr zwinkerte ihm zu, nach jeder Rückkehr aus
dem Tessin, wenn Leopold ihm Mantel, Hut und Koffer
abnahm.

»Bald geht es los«, sagte der Herr. »Mach dich bereit.«

Bereit für Morcote, dachte Leopold. Ein neuer Ort, an
den der Herr Arbeit bringen würde für die Menschen, damit sie ihr Brot verdienen konnten. Leopold würde im
Buch eine Spalte hinzufügen, neben Turin, Alessandria
und Novara, Lyon und Hamburg, Bangkok und Shanghai.
Er würde mit dem Herrn ins Tessin fahren, ab und zu, dort
in einem neuen Büro am Sekretär sitzend notieren, was
der Herr diktierte. Tessiner Monumente zeichnen, die der

Herr seiner Sammlung hinzufügen wollte. Wie der Herr lachte, als Leopold danach fragte.

»Monumente!«, rief der Herr später im Club. »Der Junge hier denkt, im Tessin gibt es Monumente!«

Die Mitglieder lachten, bis ihnen Tränen übers Doppelkinn liefen. Sie hoben ihre Gläser auf das Wohl des Herrn und seine großen Pläne. Wunder aus aller Welt, verstand Leopold, würde der Herr in Morcote vereinen. Das höchste Kulturgut, das je von Menschen geschaffen wurde. Die fünf Kontinente zusammenbringen an diesem idyllischen Ort. Die Kultur von der Natur begleitet, in Harmonie vereint.

»Meinen Traum verwirklichen«, sagte der Herr, und die Mitglieder im Club applaudierten.

7

Für den Traum des Herrn zogen sie gemeinsam nach Morcote, der Herr, dessen Frau und Leopold. Das Haus dort war nicht so groß wie das in St. Gallen, es gab keine kristallenen Kronleuchterperlen, die poliert, keine Zahlenkolonnen, die notiert werden mussten. Es gab bloß einen Bauern, mit dem Leopold zu tun hatte. Ein störrischer, beschränkter Tessiner Bauer, der dem Herrn sein Land nicht überlassen wollte, weder das Stück unten am Lago di Lugano noch das am Fuß des Monte Arbostora. Um keinen Preis. Nicht um einen höheren oder noch höheren, nicht um den höchsten. Auch keinen Tausch eingehen wollte der Bauer. Nicht gegen Land bei Novara oder Alessandria, noch gegen das große Haus des Herrn in St. Gallen. Kein Angebot war dem Herrn zu schade, über Wochen trug er dem Bauern persönlich vor, was ihm dessen Besitz wert war. Aber der Bauer widersetzte sich. Er wollte seinen Boden nicht hergeben, auf dem bereits seine Urgroßeltern und Großeltern und Eltern gelebt hatten. Diesen Flecken Erde, auf dem er zur Welt gekommen war, wo er jeden Tag seines Lebens verbracht hatte. Das Haus und den Stall, die Rebstöcke und Kastanienbäume würde er niemals verkaufen, wie auch den Streifen Wiese unten am See bei der Straße. Auch die Hühner und Gänse und Ziegen nicht, die beiden Esel, den Hund, die Katzen. Der Herr konnte reden, endlos Argumente anführen, dieser elende Bauer verstand nichts davon. Welches Gesamtkunstwerk der Herr an diese Hänge bringen, das Dorf damit adeln würde, die Bewohner mit dazu. Wie er

Hochkultur in ihre Heimat brachte, die einen Blick über die Weinberge hinaus gestattete. Bildung und Schönheit, gratis und frei Haus. Der blöde Bauer sagte Nein, immer nur Nein. Den Mann musste man zur Vernunft bringen.

»Leopold!«, rief der Herr. »Lass dir etwas einfallen!«

8

Also ließ sich Leopold etwas einfallen. Eine Geschichte in Bildern, die davon erzählte, was passieren würde, wenn der Bauer dem Herrn sein Land nicht verkaufte. Aus der Bibel kannte er die zehn Plagen, Lehrer Hofmann hatte sie ihm beigebracht, als der Leopold noch Poldi war, in der hintersten Schulbank. Eine Zeichnung für jede Plage. Für jede Plage einen Umschlag, der Serra-Bande übergeben, damit sie die Post auf dem Hof so platzierte, dass sie bestimmt gefunden wurde. Jede Zeichnung ein Angebot für den Bauern, aufzugeben, aber der Bauer schlug eine Warnung nach den anderen in den Wind. Und so suchte ein Unglück nach dem andern den Hof heim. Eines frühen Morgens kam aus dem Wasserreservoir kein Wasser mehr. Die Frau des Bauern zog Kessel um Kessel hoch, gefüllt mit einem rotbraunen Brei, der nach Stierblut stank. Würmer tauchten über Nacht auf, wanden sich zu Hunderten im Garten und fraßen, was sie konnten, bis ein Heer von Fröschen sie vertilgte. Es gab kein Ausweichen. Rebläuse befielen die Weinberge, machten die kommende Ernte zunichte. Tausende Fliegen nisteten sich in Haus und Stall ein, auch nachdem der Bauer den Schweinemist weggekratzt hatte, mit dem Wände und Wege beschmiert waren. Als die Hühner tot umfielen, eins nach dem andern, hörte Leopold den Bauern zum ersten Mal weinen. Er saß in seinem Versteck, verborgen ganz oben am Hang, und biss sich in die geballte Faust. Endlich würde der Mann nachgeben. Aber Leopolds Freude war verfrüht. Der Bauer widersetzte sich noch immer.

»Mach ihn fertig, Leopold!«, schrie der Herr. »Bist du meine rechte Hand oder nicht?«

Selbstverständlich war Leopold die rechte Hand des Herrn. Es mussten nach den Hühnern auch die Ziegen und Gänse, die Esel, die Katzen und der Hund sterben. Unnatürlich verdreht die Augen, die Glieder erstarrt im Todeskampf, als die Söhne des Bauern sie fanden, auf dem Grundstück des Bauern verstreut. Nun weinte auch die Frau des Bauern, während sie ihre schluchzenden Kinder umklammert hielt. Der Bauer verbrannte die Kadaver und blieb.

»Weiter!«, schrie der Herr. »Du willst mir doch nicht etwa den Dienst verweigern?«

Das wollte Leopold nicht. Niemals. Er fertigte noch eine Zeichnung an, mit zitternder Hand, und beauftragte die Serra-Bande, sie auf dem Land des Bauern zu deponieren. Der Umschlag wurde vom ältesten Sohn gefunden. Leopold beobachtete den Jungen, der damit nach Hause rannte. Er saß mit klopfendem Herzen in seinem Versteck, einen bangen halben Tag lang, und hoffte darauf, dass die allerletzte Drohung mit Macht ihre Wirkung entfalten würde. Danach wäre er mit seiner Kunst am Ende, und was dann folgen musste, durfte Leopold sich nicht ausmalen.

Aber welch Erleichterung: Der Bauer knickte ein. Er besuchte den Herrn, um den Verkauf seines Besitzes zu besiegeln. An jenem Abend durfte Leopold mit dem Herrn im Salon Cognac trinken.

»Auf unseren Erfolg!«, rief der Herr und hob sein Glas.

In der Nacht danach erbrach sich Leopold, immer wieder. Er würgte auch dann noch, als längst nichts mehr da war, was ihm hochkommen konnte.

Teil 5

I

Leuchtend blau lag der Lago di Lugano im Morgen-
licht. Kursschiffe zogen ihre Linien. Erste Segelboote
dümpelten vor sich hin, auf Wind wartend. Oben in Vico
Morcote läuteten die Glocken der Pfarrkirche Santi Fedele
e Simone zum Sonntagsgottesdient. Verspätete Gläubige
hasteten durch die Gassen. Auf dem Castello di Morcote traf die erste Gruppe ein, fröhlich schwatzend, voller Vorfreude auf die Führung und anschließende Wein-
degustation. Falls die einen oder anderen Gäste über den
Mauerrand schauten, würde ihnen die Baustelle unterhalb
des Schlosses auffallen. Eine hässliche Wunde aus festgepresstem Lehm, mitten in die sanften Rebhänge gerissen.
Außerdem würde ihnen der gelbe Campingbus ins Auge
stechen, der in der Sonne leuchtete, und der dunkelblaue
Volvo, ein paar Meter weiter geparkt. Beide Fahrzeuge nur
von hier oben zu sehen, gut versteckt zwischen Baggern
und Containern, sodass in der vergangenen Nacht kein
besorgter Dorfbewohner auf die Idee gekommen war, die
Polizei zu rufen.

2

Costa hatte sie mit dem vertrauten missbilligenden Blick begrüßt und die Tüte mit den *cornetti* auf das Tischchen geworfen. Dann das Altglas fixiert, das ans Vorderrad von Emmas Camper gelehnt darauf wartete, entsorgt zu werden, eine Flasche Merlot Ticino vom Castello di Morcote und vier Maitri-Bier. Er hatte zwischen dem Commissario und Emma hin und her geschaut, mit zusammengezogenen Brauen. Atem geholt für Fragen, sie jedoch hinuntergeschluckt mit dem Orangensaft, den Emma ihm angeboten hatte. Jetzt saß er mit einem Kaffee in der Hand im aufklappbaren Campingstuhl, hatte das Gesicht der wärmenden Sonne zugewandt und wirkte schon etwas zufriedener. Emma hatte ihr Mobiliar den beiden Herren überlassen und sich auf einen Bierkasten gesetzt, den sie hinter einem Container gefunden hatte. Rubio ging schwanzwedelnd zwischen ihr, dem Commissario und Costa hin und her, erfreut über so viel Betriebsamkeit an einem Sonntagmorgen.

Das Ergebnis der Obduktion hatte Gesprächsstoff geliefert. Botox im Kampf gegen das Älterwerden: Das war allen drei aus den Medien bekannt. Warum nicht, fand Costa, wenn es Frauen glücklich machte, mit weniger Falten zu leben? Emma wies auf die steigende Zahl der Männer hin, die sich für die Karriere glätten ließen. Attraktiv waren sie bereits, bloß müde aussehen wollten sie nicht. Marco äußerte Bedenken gegen Botox als Life-Style-Medikament für immer jüngere Menschen. Niemand musste sich mehr damit zufriedengeben, wie er oder sie geboren wurde. Aussehen war optional, Umgestaltung jederzeit möglich. Botox gegen Akne und exzessives Schwitzen, als Medikament gegen Migräne: Auch davon hatten sie schon gelesen. Aber Botox als Mittel, um jemanden zu töten? Ungewöhnlich. Den Schönheitschirurgen mit seinen eigenen Waffen geschlagen, sozusagen. Costa brachte das Stereotyp von den Frauen ins Spiel, die ihre Ehe- und Ex-Männer bevorzugt mit Gift umbrachten, um sich ihrer zu entledigen. Und hatte nicht Gaia Perone als Ärztin problemlos Zugang zum Gift? Der Commissario hielt mit Statistiken und aktuellen Untersuchungen dagegen, die mit dem Vorurteil der stillen Giftmörderin aufräumten. Und mit dem Alibi von Gaia Perone, die als Mörderin nicht infrage kam, höchstens als Auftraggeberin, wenn ein Komplize beteiligt war. Antek Ludwa kam dafür nach wie vor infrage. Der Commissario musste insistieren, den Mann mit den neuen Fakten konfrontieren. Sie gingen zu dritt Marcos Liste all derer durch, die am Freitag zwischen 12 und 13 Uhr beim Apéro im Giardino Balber anwesend waren und deshalb grundsätzlich in Betracht kamen, dem Opfer die tödliche Dosis verabreicht zu haben. Costa berichtete von Battista Armenio, dem eingefallen war – bei dem Wort eingefallen malte er mit den Händen Gänsefüßchen in der Luft –, dass er den Toten doch nochmals lebend gesehen hatte, ganz allein vor dem Teehaus. Durchaus möglich, vertrat Costa mit Vehemenz, dass Armenio den alten Freund umgebracht habe, ihm ein Glas Prosecco gereicht oder ein Bier, mit der tödlichen Dosis versehen.

»Das Szenario ist möglich. Aber wo liegt das Motiv?« Der Commissario erhob sich. »Wer will noch etwas Kaffee?«

Er schraubte die Bialetti auf und beförderte den Kaffeesatz mit Schwung über den Rand des Platzes in die Reben. Spülte die Siebeinlage sorgfältig aus, sich dabei mit kindlicher Freude an Emmas selbst gebastelter Installation für fließend Wasser bedienend: einem 15-Liter-Kanister, den sie am Seitenspiegel des Baggers nebenan aufgeknüpft hatte. Jetzt wurde das Wasser sogar von der Sonne erwärmt; gestern Nacht noch hatte sich Marco prustend den Mund mit eisigem Wasser und Emmas Zahnpasta ausgespült. Behelfsmäßig musste ein Finger zum Zähneputzen herhalten.

»Einen Freund aus der Rekrutenschule ermorden, auf der Hochzeit der eigenen Tochter?« Der Commissario schüttelte den Kopf. »Welcher Vater tut so etwas?« Er füllte Kaffeepulver ein, schraubte die Maschine zu und stellte sie auf den Gaskocher, während Costa darauf bestand, dass Battista Armenio alles zuzutrauen war. Er schwor, den Mann auseinanderzunehmen.

»Vergiss die Braut nicht«, sagte Emma.

»Wie meinst du das?«, fragte Costa.

»Würdest du weiterfeiern, wenn an deiner Hochzeit dein *padrino* plötzlich tot am Boden liegt?«

»Willst du damit sagen, dass sie …?« Costa beugte sich vor.

»Einfache Frage, Bruno, einfache Antwort: Würdest du weiterfeiern?«

Costa ließ sich in den Stuhl zurückfallen und schüttelte den Kopf. »Nein.«

»Eben. Hart im Nehmen, diese Alessandra Armenio. Allenfalls auch im Austeilen?«

Costa öffnete den Mund, schloss ihn wieder. Emma hatte sich erhoben und ging jetzt auf und ab, von Rubio begleitet. »Silvio Perone war ein Arschloch, so viel ist klar.«

»Reicht als Motiv nicht aus, um einen umzubringen.« Costa, schnippisch.

»Wer weiß?« Der Commissario nahm die brodelnde Espressomaschine von der Flamme und schenkte allen nach. »Wenn zu viel zusammenkommt?«

Emma blieb vor Costa stehen. »Willst du einen Grund? So ein richtig schönes Motiv?« Sie deutete auf das *cornetto* in seiner Hand. »Aber verschluck dich nicht an der Geschichte, die ich dir jetzt auftische.«

»Wieso nur mir?« Costa nippte am Kaffee, verbrannte sich die Zunge und stellte die Tasse fluchend auf den Tisch zurück.

Emma sah zum Commissario. »Marco habe ich sie schon gestern Nacht erzählt.«

Costa blickte zwischen Marco und Emma hin und her. »Ich ahne etwas … Es war der Gärtner, nicht wahr?«

»Nur in schlechten Krimis ist es der Gärtner. Sagte mal ein Professor in der Coop-Zeitung.« Emma schüttelte den Kopf. »Nein. Bei uns hat der Gärtner ein Alibi: Der Küster hat gesehen, wie er bei der Kirche Santa Maria del Sasso zwei ältere Damen fotografierte, das war gegen 12:15 Uhr.« Sie ließ sich wieder auf ihrer Bierkiste nieder. »Aber der Gärtner hat mir ein Geheimnis verraten.«

»Typisch«, murrte Costa. »Wildfremde Menschen verraten der Frau Commissaria ihre Geheimnisse. Wie durch ein Wunder.«

»Kein Wunder«, sagte Emma. »Erprobter Trick.«

»Trick?« Costa zog die Brauen hoch und sah zu seinem Vorgesetzten hinüber, der vor sich hin lächelte. »Und der wäre?«

»Empathie erzwingen.«

»Das geht nicht.«

Emma grinste. »Bei mir immer.«

3

Der Trick hatte darin bestanden, dass Emma plötzlich nur noch mit Mühe atmen konnte. Gestern Nachmittag um 17 Uhr im Giardino Balber während der Begegnung mit Enzo Nava. Zuvor hatte sie eine gefühlte Ewigkeit vor dem Gewächshaus mit den Zitronenbäumen ausgeharrt, darauf hoffend, dass ihre Nachricht wirkte.

»Ich muss alles über den Herrscher wissen«, hatte sie unter das Foto der Wunderbeere getippt. »Dann kann ich dem Diener helfen.«

Tatsächlich war der Gärtner erschienen, völlig außer Atem. Ein Mann um die sechzig, mit sonnengegerbtem Gesicht und rissigen Händen, Angestellter der Gemeinde Morcote, zuständig für die Pflege des Giardino Balber, jeden Vormittag zwischen 7 und 11 Uhr. Danach setzte er seine Arbeiten im Monumentalfriedhof und rund um die Kirche Santa Maria del Sasso fort. Kein Mann vieler Worte, dieser Enzo Nava. Jeden Satz musste Emma ihm entringen, und manchmal wirkte es, als würde er auswendig gelernte Texte von *Morcote Turismo* wiederholen. Einzig bei Emmas Fragen zum Wunderbeerenstrauch taute er etwas auf. Gestand mit rotem Gesicht, dass er auch nach Feierabend Zeit im Giardino verbrachte, ab 17 Uhr, wenn die Besucherinnen und Besucher den Park nach und nach verließen.

»Sind Sie hier zu Hause, Herr Nava?«, hatte Emma gefragt, und der Gärtner hatte genickt, mit eingezogenen Schultern noch immer abwartend, dass Emma endlich auf diese seltsame Nachricht kam, die sie ihm geschickt hatte.

Er sackte nochmals mehr ein, als sie die Fotos von den beiden Katzenkadavern zeigte, kommentarlos beobachtend, wie seine Hände zu zittern begannen. Sein Gesicht wurde zur Maske. Er wiederholte die immer gleichen Sätze. Ja, vor acht Jahren habe es die schlimme Geschichte mit den gehäuteten Katzen im Giardino gegeben. Die Verantwortlichen wurden nie gefasst, und von erneut aufgetauchten Katzenkadavern wisse er nichts, vom verstorbenen Hochzeitsgast hingegen schon. Seine Chefin hatte ihn über das Unglück informiert, und in den Medien konnte er nachlesen, was darüber geschrieben wurde. Mehr könne er nicht sagen, er mache bloß seine Arbeit. Sie waren an jenem Punkt des Gesprächs angekommen, nach mehrmaligem Drehen im Kreis, als Emma sich auf ihren Trick besann. Sie hielt sich eine Hand an den Hals und begann zu röcheln, als würde ihr jemand die Kehle zudrücken. Enzo Nava wurde ganz blass, wollte nach kurzer Schockstarre den Notruf wählen. Emma röchelte weiter, wehrte jedoch ab. Es ging vorbei. Eine solche Attacke ging immer vorbei. Als Emma wieder ruhig atmen konnte, entschuldigte sie sich für die Aufregung und beschrieb ihm ihre seltsame Krankheit. Bewegungsstörungen, die vom Gehirn herrührten und plötzlich zu anhaltenden Muskelanspannungen führten. Manchmal verdrehte sich ihr Kopf, meist aber verkrampfte sich die Muskulatur im Hals, sodass sie zu ersticken glaubte. Emma gab alles wieder, was sie über Dystonie wusste, angelesen nach dem Gespräch, das sie gestern mit der Kassenfrau Luise Ponti unter den Arkaden von Morcote geführt hatte. Und siehe da: Die Starre wich aus dem Gesicht des Gärtners, er fing an zu reden, zögernd zuerst, dann immer schneller. Er zeigte sich erstaunt, ja erfreut darüber, ein Gegenüber gefunden zu haben, das an derselben Krankheit litt: Kehlkopfkrämpfe. Den Gärtner

plagten sie, seit er sechzehn war, und er ertrug die Panik-
attacken im Stillen, ein halbes Leben lang. Nach jedem
neuerlichen Versuch eines Arztes begrub er die Hoffnung,
dass es für ihn Heilung gab. Und dann trat vor elf Jahren
ein Herr an ihn heran, als Enzo Nava wieder einmal an
einem Anfall zu ersticken glaubte. Es war an einem jener
Abende, an denen er nach Arbeitsschluss in den Giardino
Balber zurückgekehrt war, um dort noch ein bisschen zu
werkeln, vielleicht auch einmal sitzend innezuhalten und
den Schmetterlingen zuzuschauen. Der Herr half ihm damals, die Attacke zu überstehen, und stellte sich vor. Silvio Perone, neu zugezogen in einer der Villen neben dem
Giardino, großer Fan dieser Anlage, die ein genialer Geist
vor siebzig Jahren hier geschaffen hatte. Signor Perone
erzählte von seiner Profession und davon, wie heraus-
gefordert er sich von Enzos Krankheitsgeschichte fühlte
mitsamt all den vergeblichen Konsultationen und Fehl-
diagnosen. Ganz spontan kam das Angebot des Herrn
Doktors: kostenlose Behandlung, weil er selbst zu den
Privilegierten gehörte und der Gesellschaft etwas zurück-
geben wollte. Er hätte da bereits eine Idee, die Heilung
versprach und dem Leiden ein Ende setzte. Enzo Nava
willigte ein, mit flatterndem Herzen. Welch ein Wunder,
das ihm da in Aussicht gestellt wurde. Und tatsächlich
gab es Linderung für ihn: Der Arzt verabreichte ihm alle
paar Wochen eine Spritze Botulinumtoxin in der Praxis.
Sie vermochte zwar die Krämpfe zu vertreiben, brachte
aber rasende Kopfschmerzen und Geräusche in den Ohren. Kollateralschäden, sagte der Herr Doktor, nicht zu
vermeiden, wenn man das Übel angehen wollte. Wertvolle
Erfahrungen, die Enzo Nava zur Erforschung dieses Be-
handlungsfeldes beitrug, sagte der Herr Doktor. Weiter-
führende Erkenntnisse, vom Arzt in Artikeln für Fach-

zeitschriften formuliert, viel beachtet in dessen Kreisen. Ob er denn nichts zum Fortschritt der Gesellschaft beitragen wollte, fragte der Herr Doktor, wenn Enzo Nava aus der Behandlung aussteigen und sich lieber mit Kehlkopfkrämpfen abfinden wollte, um die Kopfschmerzen und Ohrgeräusche nicht mehr ertragen zu müssen. Falls Enzo Nava sein Geschenk – die kostenlose Behandlung – zurückweisen wollte, sagte der Herr Doktor, bitte sehr, doch er müsse auf dem vereinbarten Deal bestehen: Enzo Nava sollte ihm auch weiterhin die Pforte zum Giardino Balber öffnen. Wenn der Giardino geschlossen war, hatte der Gärtner allzeit abrufbereit den Wünschen von Silvio Perone nachzukommen: Das Tor von oben aufschließen und den Arzt begleiten, wenn er Gesellschaft brauchte. Ihn in Ruhe lassen, wenn er nachdenken musste. Über Flora und Fauna Auskunft geben, wenn Perone Neues lernen, ihm zuhören, wenn er seine Ausführungen zur künftigen Gestaltung des Giardino machen wollte. Dann rodete der Herr Doktor Kamelien, Farne und Bambus und pflanzte stattdessen Rasen und Rosen. Legte Wege neu an, hob hier eine Grube aus, zog da einen Zaun hoch. Legte den Rasen mit Marmorplatten aus, plante den Infinitypool mal beim Belvedere, mal oben beim Sonnentempel. Zwei Ebenen für Feste, eine zum Tanzen, die andere mit Bar. Das Haus zum Wohnen nicht protzig, eher schlicht, allenfalls mit der Palazzina indiana verbunden. Den Whirlpool und die Sauna bei der Casa àraba oben eingeplant, ein Refugium ganz für sich, oder doch lieber bei der Fontana romana, der Brunnen zum Kaltwasserbecken nach dem Saunieren umfunktioniert, mit einer Sound-Licht-Installation in der Grotte. So redete der Herr Doktor, wenn er im Giardino Balber spazierte und stehen blieb, um auf dieses und jenes zu deuten.

›Meine Vision‹, hatte Silvio Perone immer wieder gesagt, an den Gärtner gewandt, der hinter ihm stand. ›Ich teile sie gerne mit dir.‹

Und Enzo Nava schwieg, die Worte des Herrn Doktors und das Kreischen von Motorsägen in den Ohren. Fallende Zedern und Zypressen vor sich, flatternde Vögel, aus dem Paradies fliehend. Er sah mit brennender Kehle Planierraupen alles niederwalzen, was für ihn Familie war. Baggerschaufeln, die sein Heiligtum zerstörten, das, was ihm Kraft und Freude schenkte, jeden einzelnen Tag, bei der Arbeit und über den Feierabend hinaus.

4

Gaia Perone ging nochmals das obere Stockwerk durch. Den Kleiderschrank, die Schubladen. Den Nachttisch. Das gerahmte Foto von sich und ihrem Ex-Mann aus glücklichen Tagen schob sie ein paarmal hin und her, nahm es dann an sich. Sie würde es unten im Wohnzimmer aufstellen. Keine Ex-Frau musste solch ein Bild bei sich neben dem Bett stehen haben, den Mann ihres Lebens beim Aufwachen und Zubettgehen vor Augen. Selbst dann nicht, wenn er unter tragischen Umständen ums Leben gekommen war. Gaia wechselte ins Badezimmer, in dem nur noch ihre Artikel für die tägliche Körperpflege standen: Fläschchen, Tuben, Tiegel zu Dutzenden. Gaia ging nach unten. Platzierte das Foto auf der Ablage über dem Kamin, sah sich um. Hier war alles aufgeräumt, auch der Wohn-Ess-Bereich bereit für den Besuch des Commissario. Für 12 Uhr hatte er sich angekündigt. Es hätten sich da neue Fakten ergeben, hatte er am Telefon in einem Tonfall gesagt, dass ihr jede Entgegnung entfallen war. Gaias Finger zitterten, als sie den Kühlschrank öffnete. Einen Schluck nur. Gaia holte die Flasche hervor, dazu ein Glas aus dem Regal, das noch immer seltsam leer wirkte. Sie würde es neu füllen, mit zehn mundgeblasenen Champagner-Flöten. Diesen bunten Ramsch vergessen, aus dem Silvio so gerne getrunken hatte. Sie rupfte die Folie ungeduldig vom Flaschenhals und drehte den Korken heraus. Das war es, was sie jetzt brauchte, um den Commissario zu empfangen. Einen Blitz, der ins Hirn fuhr, fein elektrisierend. Gerade so, dass sie hellwach wurde und entspannt zugleich.

5

Nebenan im Giardino Balber war Martina Lentini unterwegs zum Teehaus, eine leere Plastiktüte in der einen Hand, den Gemeindeschlüsselbund in der anderen. Überrascht war sie nicht, dass die Polizei schon wieder angerufen hatte. Ein Todesfall aus heiterem Himmel zog Arbeit und viele Fragen nach sich. Gestern Nachmittag hatte sie Statistiken für diese Polizistin mit dem Hund zusammengestellt. Martina Lentini hätte wieder heulen können, als sie vor ihrem Bildschirm im ersten Geschoss des Palazzo Comunale die Zahlen betrachtete. Ein Einbruch um 50 Prozent bei den Gästen in jenem Sommer 2011. Im darauffolgenden Jahr kamen noch knapp 1000 Personen, etwa ein Zehntel eines normalen Jahres. Sie hatten nichts von den Gräuelfunden im Giardino gehört oder gelesen. Oder es waren jene mit perversen Neigungen, lüstern darauf, einen nackten Tierkadaver zu entdecken. Die jahrelangen Bemühungen von Martina Lentini, den Giardino als Marke für Feste und Feiern aufzubauen, waren mit einem Male zunichtegemacht. Es gab keine Buchungen für Hochzeiten mehr, die Einnahmen zugunsten der Gemeindekasse versiegten. Allein die Unterhaltungskosten für den Park blieben konstant und wie immer horrend hoch. Und nicht einmal diese Investitionen konnten vermeiden, dass Statuen Risse bekamen, Gesimse zu bröckeln begannen, Becken vermoosten, Wege sich absenkten, Mauern barsten. Sie selbst hatte es gewagt, in ihrer Funktion als oberste Gemeindeangestellte, die über die Finanzen wachte, ein Szenario auszumalen, das niemand in

Morcote hören wollte: Wenn das so weiterging, musste die Öffentliche Hand den Giardino wieder für die Öffentlichkeit unzugänglich machen, wie es bis vor vierundfünfzig Jahren gewesen war. Exklusiv einem Menschen vorbehalten, der Geld besaß, ganz viel Geld.

»Feministinnen«, murmelte Martina Lentini. »Ihr seid wieder da. Ich weiß es.«

Sie hatte das Teehaus erreicht, suchte den richtigen Schlüssel. Stellte sich vors Schaufenster, ging die Gegenstände durch, die sich zur thailändischen Teezeremonie formierten: Schemelchen und Tischchen, Porzellanschalen und -krüge, Pagoden, Kommoden und Schreine in Purpur, Holz und Gold. Bilder in Blech gestanzt und auf Textil gemalt. Ein Sofa, um sich zur Ruhe zu betten. Der Polizist Costa hatte sich nach einer Schachtel erkundigt und sich für die Störung an einem Sonntagmorgen entschuldigt. Ein sehr netter Mann, dieser Polizist. Natürlich konnte sie für ihn die Schachtel aus dem Schaufenster holen, von der er gesprochen hatte, auch wenn sie sie noch nie bewusst wahrgenommen hatte, das hier war das Metier von Enzo. Aber hier stand tatsächlich eine auf der kleinen Konsole neben der Buddhafigur. Sie streifte sich sogar Handschuhe über, wie von Costa gewünscht, Gummihandschuhe vom Putzwägelchen der Verwaltung. Martina Lentini schloss das Haus auf und griff nach dem schuhschachtelgroßen Karton, der halb zerfallen und vergilbt war, mit einem Aufdruck, von dem bloß noch einzelne Buchstaben lesbar waren. Sie hob kurz den Deckel, bevor sie die Schachtel in die Plastiktüte gleiten ließ: Alter Plunder war darin, eine Ansammlung von Fundsachen, wie von einem Kind. Martina Lentini verschloss das Teehaus wieder, ging in ihr Büro zurück und wartete dort, bis Signor Costa unten an der Tür klingelte. Pünktlich war er, wie versprochen. Mit einem Lächeln nahm er die Tüte entgegen und bedankte sich freundlich. Martina Lentini sah ihm nach, wie er auf die andere Straßenseite ging, wo noch einer vom Commissariato Lugano wartete. Es war Costas Boss, Signor Bianchi, auch er ein sehr netter Mann. Sie winkte. Er winkte zurück. Als die beiden jeweils in ein Auto stiegen und Richtung Figino davonfuhren, schien es Martina Lentini, als würde auf dem Rücksitz des einen Fahrzeugs Antek Ludwa sitzen. Sie fragte sich kurz, ob sie phantasierte. Aber die Frau neben ihm ließ keinen Zweifel: Nur Luise Ponti trug ihr Haar zu solch einem wirren Knoten hochgesteckt.

6

Martina Lentini hatte richtig gesehen. Es waren Antek Ludwa und Luise Ponti, die beim Giardino Balber vorne aus dem Auto stiegen, begleitet von Costa und Bianchi. Sie gingen hintereinander am Absperrband beim Kassenhäuschen vorbei und anschließend schweigend den Weg in den Park hoch. Bianchi und Costa hatten die beiden in die Mitte genommen, ihnen aber zuvor bedeutet, dass sie freie Menschen waren, denen man die Kooperationsbereitschaft anrechnen würde. Bei der Casa àraba angekommen, drückte Bianchi Ludwa einen knüppeldicken Ast in die Hand. »Gehen wir davon aus, dass Sie hier den steifen Kadaver einer Katze tragen. Und jetzt stellen Sie das Geschehen vom letzten Freitag nach.«

Costa musste die Rolle von Silvio Perone übernehmen. Jede Bewegung wollte Bianchi sehen, die Antek Ludwa gemacht, jedes Wort hören, das er gesprochen hatte, hier auf dem Weg zur Casa àraba zwischen 12:15 und 12:30 Uhr. Angespannt verfolgte Bianchi, wie Ludwa sich im Dickicht am oberen Zaun versteckte. Auf Silvio Perone wartete, den er von der Hochzeitsgesellschaft mit einer SMS wegbeordert hatte: »Ich warte mit Ihrer Mutter bei der oberen Straße. Standort geschickt. Sie will Sie sehen. Es geht ihr nicht gut.«

Bianchi beobachtete, wie Ludwa aus dem Dickicht hervorkam und sich Silvio Perone in den Weg stellte, der von unten herbeigeeilt kam. Ludwa deutete auf den Ast und begann, damit herumzufuchteln. Perone verhöhnte ihn bloß. Ludwa drohte zuzuschlagen, schwang den Knüppel. Vom Wortschwall, den er auf Perone niedergehen ließ, wusste Ludwa nur noch, dass er voller Wut war, und ob er Perone mit seiner Schlagwaffe getroffen hatte, konnte er nicht mehr mit Sicherheit sagen. Dann tauchte plötzlich das Kind auf, im Rücken von Antek Ludwa. Er sah am falschen Lächeln von Perone, dass sie nicht mehr unter sich waren. Ludwa floh zurück ins Dickicht, dahin, woher er gekommen war. Seinen Knüppel nahm er mit.

»Und dann?«, fragte Bianchi. Er trat zu Ludwa, der schweißüberströmt war, und nahm ihm den Ast aus der bebenden Hand. Führte ihn zur Bank, auf der schon Luise Ponti saß. Sie wollte etwas sagen, doch Bianchi hob die Hand. »Danach gingen Sie nach Figino, zurück zur Arbeit?«

Ludwa nickte und ließ sich auf die steinerne Sitzfläche sinken.

»Und die Mutter von Silvio Perone? Was geschah mit ihr, während Sie hier im Giardino waren?«

Ludwa wies mit einer Kopfbewegung auf Luise Ponti, bevor er sich mit dem Unterarm den Schweiß von der Stirn wischte.

»Das hier«, sagte Bianchi und hielt Ludwa den Ast vor die Augen. »Was haben Sie damit gemacht?«

»Verbrannt.«

Zum Himmel gestunken hatte das tote Fleisch. Ludwa war in der Nähe des Feuers geblieben, das er ganz am Ende der Strada Dottor Hans Brun in aller Eile entfacht hatte. Zum Schluss verstreute er die verkohlten Überreste im Wald. Den Abfallsack, den er zum Transport auf seinem Roller benutzt hatte, entsorgte er auf dem Rückweg nach Figino in einem öffentlichen Mülleimer.

»Das war alles?«, fragte Bianchi.

Das war alles. Diese Attacke im Giardino. Die Idee

war aus Ohnmacht und Wut entstanden. Die Umsetzung dumm, von Zorn gesteuert, aber weit davon entfernt, ein Mordanschlag zu sein. Antek Ludwa beharrte darauf, zwischen Flüstern und Schreien schwankend, immer wieder das Bild davon heraufbeschwörend, wozu ihn Perone gezwungen hatte: Katzenkadaver zu häuten und im Giardino Balber zu platzieren, mit Schleifen versehen, im Bambushain beim Teehaus und in der Grotte beim Brunnen unten. Nur konfrontieren wollte er den Arzt, ihn mit dessen eigener Waffe schlagen. Dem Mann vor Augen halten, was er alles für ihn tat: Katzen häuten, Schleife binden, kotzen. Die Katzen in den Giardino schmuggeln, ungesehen, und all das während seiner kargen Freizeit, ein halber Tag pro Woche, der ihm zugestanden wurde.

»Das ist alles«, wiederholte er.

Neben Antek Ludwa saß Luise Ponti auf der Bank, mit violetten Wangen, und hielt seine Hand. Ihr falsches Alibi hatte sie bereits widerrufen, ohne mit der Wimper zu zucken. Hier oben im Giardino öffnete sie den Mund ein weiteres Mal, um etwas zu sagen, und diesmal hielt Bianchi sie nicht davon ab.

»Wenn ich die Angestellte von Perone wäre, würde ich töten. Zuerst seine Mutter, dann ihn. Aber Antek Ludwa ist klüger als ich.« Und nach kurzer Pause, in der Bianchi sie fragend anschaute, fügte sie hinzu: »Ein armes polnisches Schwein bringt nicht den Mann um, der ihm ein Leben in der Schweiz ermöglicht.«

An diese Aussage musste Marco Bianchi wieder denken, als er bei der Staatsanwaltschaft die Erstellung von drei DNA-Profilen beantragte. Er brauchte je einen Wangenschleimhautabstrich von Battista Armenio, Antek Ludwa und Gaia Perone. Um alle Möglichkeiten zu prüfen. Eine davon war, Armenios genetischen Abdruck auf dem Toten wiederzufinden. Oder Ludwas Spur auf der Glasscherbe in Hellblau und Gold, die Bianchi gestern Nachmittag vor Gaia Perones Haus gefunden und in ein Taschentuch gewickelt eingesteckt hatte. Es stammte von einem Proseccoglas, das von der Terrasse gefallen sein musste. Vielleicht ein Hinweis auf eine stille Feier in intimem Rahmen, bei der die Ex-Frau des Opfers mit dem Putzmann anstieß, der eine Perle für sie war.

7

Schon wieder fielen Marco Bianchi die Augen zu. Sie brannten vor Müdigkeit. Anstrengende Tage lagen hinter ihm, eine kurze Nacht mit viel Wein, Bier und Sternenhimmel. Er lächelte, erhob sich, ließ noch einen Espresso aus der Kaffeemaschine und setzte sich wieder. Klickte das nächste Foto an, das nächste Video. Die Hochzeitsfeier von Alessandra Perone glitt über seinen Bildschirm, jedes Detail von den Gästen festgehalten. Vom Moment an, an dem sie am Freitagvormittag ihren Fuß in den Giardino Balber gesetzt hatten, bis zum verwackelten Schwenk über eine Tanzfläche mit torkelnden Gestalten spätnachts in der Provinz von Como. Costa hatte nochmals neues Material gesichert, Bilder und Videos von Gästen, die dem Aufruf gefolgt waren und nachgeliefert hatten. Individuelle Aufnahmen zwar, und doch hielten die Gäste alle dasselbe fest, wie auch der eigens angeheuerte Fotograf, dessen Bilder Marco bereits am Freitag durchgesehen hatte. Den Blick über den See, Blumen und Statuen auf dem Belvedere, Selfies, zu zweit und in Gruppen. Das strahlende Brautpaar in Pose. Bei manchen Bildern kam es Bianchi vor, als würde er die Szene zum tausendsten Mal studieren. Zum hundertsten Mal notieren, was ihm auffiel, ohne dass er einen Schritt weiterkam. Ein Glas, das von einer Hand zur anderen gereicht wurde. Eine Person, die sich Silvio Perone im Getümmel näherte, wieder verschwand. Bianchi leerte die Tasse und erstarrte, als er sie auf seinen Arbeitstisch zurückstellen wollte. Das Foto hier war interessant, er zoomte näher heran. Es war neu abgelegt worden. Ein schlechtes Bild, fotografisch gesehen. Im Gegenlicht aufgenommen. Ein paar Gäste von hinten, im Dunkeln stehend, im Hintergrund grelles Sonnenlicht. Auf der Grenze dazwischen ein Tischchen, dahinter eine Gestalt. Was sie tat, war nicht genau zu erkennen. Mit noch stärkerem Zoom hingegen sah Bianchi ganz deutlich: Die Gestalt hielt eine Flasche in der Hand und war im Begriff einzuschenken. Und wenn er seine müden Augen zusammenkniff, ergab sich aus dem Kontext heraus auch, was die Person vor sich auf dem Tischchen stehen hatte: Gläser. Von der Menge her nicht ausreichend für die ganze Gesellschaft. Sie standen speziell für jene Gäste bereit, die nach der Zeremonie als Erste die Palazzina indiana verließen. Marco Bianchi war plötzlich hellwach. Er überprüfte nochmals die Angaben zum Bild. Es war am Freitag, 29. September 2019, in Morcote aufgenommen worden. Um 12:05:31 Uhr.

Der Commissario griff zum Handy.

8

Martina Lentini wunderte sich bei jedem Anruf des netten Commissario ein wenig mehr. War so etwas möglich? Jetzt schlug ihr Staunen nach und nach in Ärger um. In großen Ärger darüber, was sie zuerst für eine Phantasie der Polizei gehalten hatte, eine abstruse Theorie, den Köpfen der beiden Beamten entsprungen. Aber sie erwies sich als Tatsache. Mit jedem einzelnen Telefonat wurde konkreter, dass hier Sabotage vorlag, mit tödlichen Folgen. Eine Person hatte sich in den Giardino Balber eingeschlichen, letzten Freitagmittag am helllichten Tag, getarnt als Mitarbeiterin von Morcote Turismo. Sich vor der Palazzina indiana eingerichtet. Den Gästen im Namen von Morcote Turismo einen Apéro offeriert. Welche Dreistigkeit! Welche Vermessenheit. Sogar das Logo für ihren Auftritt hatte die Person geklaut. Fragen oder Argwohn von Caterer und Gastgeber? Fehlanzeige, der Ausschank wurde als nette Geste angenommen. Wenn die Miete schon so teuer ausfiel, hatte der Brautvater angeblich der Polizei gegenüber nachgeschoben, dieser alte Geizkragen. Martina Lentini ballte die Hände zu Fäusten. Sie versprach sich und der Gemeinde Morcote, alles ihr Mögliche beizutragen, damit die Polizei diese Person aufspüren konnte, eine Frau, das hatten der Commissario und sein Angestellter unterdessen herausgefunden. Eine durchschnittliche Frau, hatten die wenigen Gäste gesagt, die den Tisch überhaupt wahrgenommen hatten. Bevor die nette Geste von Morcote Turismo wieder abgebaut worden war und verschwand, zusammen mit der Saboteurin, die weder schön noch hässlich war, eher älter als jung. Aber dick.

»Wir suchen nach einer dicken Frau«, hatte der Commissario gesagt.

9

Es gab viele gute Tage im Leben der Aktivistin Sara Matta. Tage im Einklang mit sich und dem, wofür sie sich einsetzte: gleiche Rechte und gleiche Chancen für alle. Täglich kreativ, um Aufmerksamkeit dafür zu schaffen, was noch immer zu wenig beachtet wurde. Lohndiskriminierung, sexistische Berichterstattung in den Medien, unfaire Besteuerung von Menstruationsprodukten. Sie warnte vor geschlechtsspezifischen Rollenbildern, die bereits Kleinkindern mit dem Spielzeug eingeimpft wurden. Sie demonstrierte und streikte, immer an vorderster Front. Sara Matta war schon intersektional feministisch, als die meisten noch feministisch waren. Seit zehn Jahren im Kollektiv unterwegs in fast jeder freien Minute, dann, wenn andere Städtetrips im Billigflieger buchten. An Ideen fehlte es nicht. Da floss schon mal rote Farbe im öffentlichen Raum, als Protest gegen das Tabuthema Menstruation. Flitzerinnen stürmten Männerrunden, Pistolen aus Plastik und Puppen in Pink wurden in Warenhäusern mit Warnetiketten beklebt, Social Media strategisch eingesetzt. Totales Engagement, total sinnvoll. Aber heute war kein guter Tag. Seit diese Polizistin mit dem älteren Mann und einem Hund aufgekreuzt war und ihr Fotos und Fakten an den Kopf geworfen hatte. Hatte Sara den Dienstausweis überhaupt richtig geprüft? Doch, sie hatte den Ausweis geprüft, sie erinnerte sich jetzt wieder, Tschopp hieß die Frau. Nachdem die beiden gegangen waren, war Sara Matta allein in ihrem Lieblingscafé Dilo's zurückgeblieben, ziemlich erschüttert. Wieder ging sie die Artikel im Zeitungsarchiv vom Sommer 2011 durch, mit denen die Polizistin und der Mann sie konfrontiert hatten.

»Horrorfund im Giardino Balber: Katze ohne Haut als Halsschmuck!«

»Schon wieder eine nächtliche Guerilla-Aktion: Die Nubischen Sklavinnen verunstaltet!«

»Wie lange kann sich der Giardino noch halten?«

»Die Sabotage-Aktionen werden ›FemReb‹ zugeschrieben, einer feministischen Aktivistengruppe, die sich jedoch nie dazu bekannt hat.«

Ja, sie waren das gewesen, damals vor acht Jahren. »FemReb«, das waren Sara Matta und ihre Mitstreiterinnen, die den Blick der Öffentlichkeit immer dahin lenkten, wo es Rassismus, Sexismus und Unterdrückung gab. Die jedes Risiko eingingen und dafür plädierten, dass der Zweck die Mittel heiligte, auch wenn im Giardino Balber die Besucherinnen beinahe ohnmächtig wurden und die Besuchsstatistik einbrach. Oder wenn Paare die Hochzeit im Park stornierten und damit Einnahmen für die Gemeinde wegfielen. FemReb nahm es auf sich, als Bande von Terroristinnen und Tierquälerinnen angeprangert zu werden. Es ging bloß um eines: aufzustehen, Aufmerksamkeit zu generieren, Bewusstsein zu schaffen. Diese einmal mehr skandalöse Darstellung der Frau in den Fokus der Öffentlichkeit zu rücken. Drei Figuren im Garten drapiert, dreifach diskriminiert: als Schwarze, als sexuelles Lustobjekt, als Leibeigene. Eine Veranschaulichung der Herrschaft des weißen alten Mannes, wie sie krasser nicht sein konnte. Afrikanische Sklavinnen, mit jedem Klischee versehen, das sich bot, dekoriert und devot, zu jedem Dienst bereit. Die radikale Aktivistin tief in Sara Matta drin stellte sich noch immer auf die Seite derer, denen jedes Mittel recht war. Sogar Peter Alexanders Todesjahr wusste sie clever zu nutzen, jeder mediale Aufhänger diente ihrer Sache. Aber für die Radikale war heute kein guter Tag, so verurteilt von einer pragmatisch-gemäßigten Kommissarin. Einer Katze das Fell über die Ohren ziehen? Sie derart ausstellen, noch dazu mit einer Schleife dekoriert? Welch monströse Vorstellung. Auch wenn die Kolleginnen und Sara sich die Tiere mit einem Trick von der Kadaversammelstelle besorgt hatten, die Katzen schon tot waren. Der Wertekompass war ein anderer geworden, die junge Sara Matta älter. Die Zeiten waren vorbei, heutzutage würde die ›feministische Aktivist*innengruppe FemReb der Südschweiz‹ sich niemals mehr für so eine Aktion entscheiden. Das hatte Sara Matta der Polizistin und dem Mann geschworen, der während des Gesprächs manchmal so aussah, als würde er gleich in Tränen ausbrechen. Wenn in diesen Tagen wieder jemand unschuldige Tiere instrumentalisierte, so kamen dafür einzig Männer infrage, das war ja wohl eindeutig, oder? Männer, die ihre Aktion von damals skrupellos für ihre eigenen Zwecke kopierten.

Wie immer die auch aussehen mochten.

*F*ratellino, warst du unterwegs?«

Seine Schwester hatte ihn mehrmals zu erreichen versucht, jetzt nahm er ihren Anruf entgegen. »Ja, ich war unterwegs.«

»Wo?«

Enzo zögerte, wendete den Satz im Mund, der ihm wieder einmal hochgekommen war. »In Lugano.«

»In Lugano? Mit wem?«

Enzo erhob sich, ging einmal um den Küchentisch, ein paar Schritte im Korridor. Musste einer immer Auskunft geben, jederzeit, bloß weil er das Brüderchen für die Schwester war, auch noch mit siebenundfünfzig Jahren?

»Mit wem, *fratellino*?«

»Ich bin nicht dein *fratellino*«, sagte er.

Die Worte hatten sich Luft verschafft, bevor er sie wieder zurücknehmen konnte. Erschrocken presste er die Lippen zusammen, horchte ins Schweigen.

»Ina? Alles okay bei dir?«

Bloß ihren Atem konnte er hören. Vielleicht war es auch seiner.

»Alles okay bei mir, Enzo. Mein Dienst beginnt gleich.«

Er hörte ihre Worte, lange noch, nachdem sie das Gespräch beendet hatten. Als er sich schlaflos wälzte. Sich wieder dort befand, wo faulige Süße in seine Nase und bis zur Matratze drang, auf der er lag, die Füße an die warmen Beine von Ina gepresst.

»Ich verreise«, hatte sie gesagt. »Ein paar Tage, ein paar Wochen vielleicht. Pass auf dich auf, Enzo.«

Das Ristorante La Sorgente war wirklich ein spezieller Ort. Insbesondere der Sitzplatz draußen, die knirschenden Kieselsteinchen unter den Füßen. Ein paar wenige Granittische mit Bänken für Gäste, die Einfachheit suchten, während sie ein Gault-Millau-Menü verspeisten. Emma und Marco hatten auch einen Rundgang durch das dazugehörende Relais Castello di Morcote gemacht, sich ins weiche Sofa vor dem großen Kamin sinken lassen, die hohe Decke mit den Kassetten bewundert, das Balkönchen mit Blick auf die Berge gegenüber und den See weit unten. Der ehemalige Palazzo war stilvoll und zurückhaltend eingerichtet, der Anbau in Metall, der sich in einen geschützten Garten nur für Hotelgäste öffnete, eine kecke Bereicherung. Der Rasen gesäumt von weißen Hortensien, Liegestühle mit Gästen, die nicht aufgeschaut hatten, als Emma und Marco grüßten. Sie waren die Treppe hinuntergestiegen, die direkt wieder zu den Granittischen führte. Jetzt schmiegten sie ihre Unterarme auf den Stein, der auch noch am frühen Abend die Wärme eines schönen Sonntages speicherte.

»Und?«, fragte Marco.

»Da führt uns eine an der Nase herum«, sagte Emma. »Und es ist nicht die Feministin.«

»Ich meine: Wie findest du es hier?«

»Mit Antek Ludwa und Battista Armenio liegen wir auch falsch.« Emma zog eine Grimasse. »Außer, sie haben sich als dicke Frau verkleidet.«

»Emma«, Marco tippte sachte ihr Handgelenk an.

»Verarscht. Richtiggehend verarscht werden wir. Wie die beiden Polizisten in diesem genialen Krimi.«

»Die Lammkeule«, sagte Marco. »Willst du nun hier essen oder nicht? Ich lade dich ein.«

»Essen? Lieber trinken.« Emma sah sich nach dem Servicepersonal um und begegnete Adrianas Blick, lächelte ihr zu. Adriana hatte Emma und den Commissario vorhin freundlich begrüßt, erfreut darüber, dass sie den Weg ins Ristorante La Sorgente gefunden hatten. »Essen können wir später. Ich habe einen Vorschlag für einen noch schöneren Ort. Hundefreundlich.«

»Auch gut. Dann nur ein Apéro.« Marco deutete Richtung Parkhaus, wo er sein Auto abgestellt hatte. »Salsiccia und Rotwein haben wir dabei. Heute mache ich ein Feuer. Polizei hin oder her.«

Sie lachten und tranken Weißwein. Blickten auf den Kirchturm von Vico Morcote, den Monte San Giorgio gegenüber. Ließen den Mord an Silvio Perone ruhen, auf Marcos Wunsch hin, für die Dauer eines Apéros wenigstens, plauderten über dies und das.

»Emma«, sagte Marco plötzlich in so ernstem Ton, dass ihr Puls sich beschleunigte. »Ich muss dir etwas sagen. Bevor es ein Geheimnis wird.«

»Ich dir auch«, sagte Emma, den Herzschlag nun im Hals spürend, Wärme im Gesicht. »Aber du zuerst.«

»Ich habe eine Tochter. Linda. Sie ist siebzehn.«

Emma war, als ob ihr Kopf gleich platzte.

»Aber warum?« Sie stockte. »Warum sollte mich das interessieren?«

»Ich wollte bloß«, er zupfte am Tischset herum, »zur Abwechslung über Privates mit dir reden. So richtig Privates.«

Emma griff nach ihrem Glas, es war leer. Eine Tochter. Siebzehn. »Linda.« Sie stellte das Glas auf den Tisch zurück. »Lerne ich sie kennen?«

»Von mir aus gerne.« Marco schaute hoch, noch immer ernst. »Jetzt bist du dran.«

Emma wischte sich den Schweiß von der Stirn. »Ich will eher übers Geschäft mit dir reden.« Sie griff nach ihrem Handy, tippte ein Bild an und reckte Marco den Bildschirm entgegen. »Wie findest du das?«

»Tschopp und Bianchi«, las er laut. »Für alle Fälle.«

»Und?« Emma beugte sich vor.

Marco starrte ins Handy. »Du willst uns anpreisen?«

Emma lachte. Ihr Herz schlug wieder im normalen Rhythmus. »Sozusagen.«

»Detektivarbeit ist das Langweiligste der Welt. Da schnüffelst du untreuen Ehemännern hinterher.«

»Wer spricht denn von Detektivarbeit? Wir übernehmen bei Mord, von den dauerüberlasteten Angestellten im Staatsdienst. Outsourcing nennt man das. Klar überschaubare Kosten für den Auftraggeber. Erfolg garantiert. Keine Unsummen mehr für Arbeitsplätze samt Infrastruktur und Weiterbildungen für ausgebrannte Beamte.« Emma lächelte. »Nur eine kleine Rechnung, von dir und mir.«

Langsam schlich sich auch ein Lächeln auf Marcos Gesicht, ein ganz feines, das sich in den Augen zeigte.

»Du forderst mich heraus, Emma Tschopp. Immer wieder.«

Bis 1930 wuchsen an diesen Hängen Weinstöcke und Kastanienbäume.«

»1930 konnte der Hobby-Landschaftsgärtner, gemeinsam mit seiner zweiten Frau, ein altes Tessiner Haus mit Stall am See und einem Hektar Land in Morcote kaufen.«

Emmas Gedanken kreisten. Sie klickte noch eine Seite an.

»Der 1880 geborene St. Galler Tuchhändler und Hobbygärtner Otto Balber kaufte 1930 ein altes Tessiner Haus mit 15 000 Quadratmetern Land am Hang, direkt am See gelegen.«

Ihr fielen die Augen zu, aber sie schlug sie wieder auf. Nur diese Seite noch. Die wollte sie noch prüfen.

»1930 befand sich am Ufer des Sees ein altes Häuschen mit einem Stall, darüber ein Hang mit Weinbergterrassen und einem Kastanienhain.«

»Im Jahr 1930 befand sich am Ufer des Sees am Fuße des Arbostoraberges ein altes Häuschen mit einem Stall.«

Noch eine.

»In den Dreissigerjahren des 20. Jahrhunderts stand an der Stelle des heutigen Giardino Balber nur ein altes Häuschen mit einem Stall und am darüberliegenden Hang ein Weinberg, der von Kastanienbäumen durchsetzt war.«

Etwas begann in ihrem Kopf zu summen. Sie las den Abschnitt nochmals. Klickte weg, wieder zurück.

›Ein altes Häuschen.‹ ›Nur ein altes Häuschen mit einem Stall.‹

Emma schoss von ihrer Matratze hoch, so abrupt, dass

sie sich den Kopf stieß. Sie rieb sich die schmerzende Stelle. Ging nochmals den Gedanken durch, den sie endlich hatte fassen können. Natürlich. Wie hatte sie so blind sein können.

Rubio lag unten im Bus und versuchte zu schlafen. Ein Kunststück, das er in diesem wackelnden Vehikel vollbringen musste. Er sehnte sich einmal mehr nach der warmen Küche im Arisdorfer Bauernhaus. Wann durfte er endlich wieder auf seiner löchrigen Decke liegen, in der Hofstatt frei spazieren? Wie er sich nach einer Nacht ohne Geräusche sehnte. Keine unbekannten Tessiner Tiere, die ihn mit ihrem Geschrei aus dem Schlaf rissen. Kein Schnarchen von einem, der nebenan unter freiem Himmel schlief und sich bereits die zweite Nacht hier seine Bleibe eingerichtet hatte. Einer, der über Sterne redete und ein Feuer entfachte, das Rubios Geruchssinn störte. So viel Rauch. So viele Worte, die Emma nun an diesen Mann richtete und dabei vergaß, ihren treusten Begleiter hinter den Ohren zu kraulen. Rubio seufzte und versuchte, sein wackelndes Nachtlager zu ignorieren. Emma schien ebenfalls nicht schlafen zu können. Was nicht zu Rubios Beruhigung beitrug.

Teil 6

Als der widerborstige Tessiner Bauer und seine Familie endlich aufgegeben hatten, kehrte auf dem schönen Flecken Land Friede ein. Das Haus und der Stall standen leer, Rebstöcke und Kastanienbäume wuchsen vor sich hin. Auf der Wiese unten am See und weiter den Hang hoch blieben Mäuse, Schlangen und Vögel. Kriechtiere, Insekten. Der Bauer, seine Frau, die drei Söhne waren weg. Auf die Alp hoch geflüchtet, das konnte Leopold hören, wenn die Leute im Dorf zusammenstanden und redeten, bevor sie ihre Stimmen senkten, weil er durch die Gassen ging.

Das Grundstück war bereit für Großes. Der Herr hatte Bagger, Planierraupen und Seilwinden geschickt, mitsamt arbeitswilligen Männern, die die Gerätschaften zu bedienen wussten. Tonnen von Erde, gut genug für die Exoten, die künftig da wuchsen, wo jetzt noch Rebstöcke standen. Breite Terrassen, in die Höhe gestaffelt dem Hang abgerungen. Schmale Wege und Stufen, die sie verbanden. Wasserbecken, kleine Brunnen, Bänke, damit der Herr und dessen Frau betrachten konnten, was da errichtet wurde. Tempel aus Athen und Ägypten, ein indischer Palast, ein Teehaus aus Thailand. Grundrisse, Fassaden, alles von Leopold an den Originalschauplätzen kopiert. Über Monate Pläne gezeichnet, für die Handwerker das Fundament gelegt, auf das sie ihres setzten. In neu berechneten Dimensionen, maßstabsgetreu verkleinert, sodass es sich in die Tessiner Terrassen des Herrn einfügte.

»Mein Traum«, sagte der Herr. »Man muss seinen Traum verwirklichen. Merk dir das, Leopold.«

Als der Traum verwirklicht war, gab es keine Arbeit mehr für die beste rechte Hand des Herrn. Keine Konstruktionen, die auf Papier berechnet werden, keine Monumente, die bereist und kopiert werden mussten. Nichts in der Welt, was noch eine Zeichnung von Leopold wert wäre. Alles, was der Herr je wollte, lag nun vor, auf seinem Land. Nicht einmal Puzzles konnte Leopold legen mit der Frau des Herrn, ihr keine Fußbäder mehr richten. *La signora* Balber wünschte Abwechslung. Einen lieben Jungen aus Morcote, mit dem sie Italienisch sprechen konnte, wenn ihr schon der Wunsch nach einem Töchterchen nicht erfüllt wurde.

»Weiber«, sagte der Herr zu Leopold. »Was kann man da machen?«

Leopold erhielt ein Bündel Banknoten in die eine Hand gedrückt, Reichsmark, in die andere den Koffer aus hellbraunem Leder. Die übriggebliebenen Kohlestifte samt Papier durfte er auch mitnehmen.

»Deine Heimat«, sagte der Herr beim Abschied. »Die kann dich sicher gut gebrauchen. Lass mir München grüßen.«

Also fuhr Leopold zurück in seine Heimat, wo die Mutter doch nicht mehr lebte und der Anton in einer Anstalt Tabletten schluckte, damit er nicht mehr im Schlaf schrie.

3

Das Bündel Banknoten vom Herrn war schnell aufgebraucht. Es blieben die geklauten Schweizer Banknoten, die Leopold nun in Mark wechselte, bevor sie in ihrem Versteck an der Au ganz vermoderten. Eine dunkle Kammer in München war teuer, Kohle und Kartoffeln auch, und die Schwestern nutzten die Rückkehr des kleinen Bruders, um für sich ein paar Dutzend Mark zu erpressen. Leopold kaufte sich mit den letzten Münzen vom Herrn ein Stück Schokoladentorte mit Sahne. Danach blieb ihm die Brotabgabe an der Klosterpforte, auf eine halbe Stunde pro Tag beschränkt, weil auch die Klöster Not litten. Also besann er sich auf die Kunst. Wie hatte der Herr gesagt? »Sei fleißig, Leopold. Dann bringst du es zu etwas.«

Der Herr hätte seine Freude an ihm gehabt. Wie Leopold vom Marienplatz zum Dom zog, von der Theatinerkirche zu St. Peter. Wie er zeichnete, wie besessen. Die Dreifaltigkeitskirche, Heilig-Geist, St. Anna, St. Ludwig, St. Bonifaz, Asamkirche. Seine Werke an die Männer von Welt zu bringen versuchte, die in München flanierten, oder an deren Frauen. Die noch nicht vertrieben worden waren von all den Märschen, dem Tuten und Blasen, den Uniformierten von links und von rechts, welche die Stadt eroberten. Leopold nahm das Gebrüll aus Hunderten von Kehlen wahr. Männer, die wussten, wo es langging, unterstützt vom Kreischen ihrer Frauen. Jeder hatte ein Problem und eine Überzeugung dazu, wer schuld daran war. Keinem stand der Sinn danach, was Leopold mit ein paar Strichen auf Papier bieten konnte: Zier für die gute Stube, eine Hommage ans schöne München, Freude für wenig Geld. Unnützer Tand in diesen Zeiten. Das war es, was er schuf. Nichts, was Abhilfe schaffte, schon gar nicht gegen seinen knurrenden Magen. Also stellte Leopold sich in die Warteschlange vor der Tuchfabrik. Wenn er Glück hatte, durfte er sich dort einen Taglohn erwerben. Uniformen nähen, mit dreihundert anderen Menschen in dämmrige Hallen gepfercht. Feldhosen und Feldhemden, Ärmel, Kragen und Schulterstücke für den nächsten Krieg. Seine Finger litten, die Augen, sein Rücken. Mit jedem Tag in der Fabrik hörte er ein bisschen weniger, weil die Nähmaschinen so laut waren und das Gebrüll des Vorarbeiters auch. Jede Nacht schoss er aus seinen Träumen hoch, geweckt vom eigenen Schrei und den Schlägen gegen die Holzwand von jenen, die bei derselben Wirtin wohnten und ihre Ruhe wollten. So vergingen sieben Jahre, und im achten Jahr ging in Erfüllung, was der Herr beim Abschied in Morcote vorausgesagt hatte. Die Heimat konnte den Leopold gut gebrauchen. Sie stattete ihn mit Feldbluse, Hose, Stiefeln und Stahlhelm aus und schickte ihn zur Schlacht in der Tucheler Heide. Dort trug die Wehrmacht den Sieg über die Polen davon, Leopold hingegen einen Schuss in den Bauch. Er wurde im Feldlazarett behandelt, das im Polnischen Korridor errichtet worden war, lag Tag und Nacht in Fieberträumen, von einem Ungeheuer begleitet, dessen Gesicht ihm vertraut war. Es war das vom Tessiner Bauern.

4

Das Ungeheuer machte Leopold die Zeit im Lazarett schwer.

»Verdammt!«, brüllte es. »Du bist für immer verdammt, Leopold!«

Leopold fand sich in der Hölle wieder, jeden Tag und jede Nacht, wo es nach Scheiße stank. Er kroch auf allen vieren, Schweinekot markierte seinen Weg. Den Dreck kannte er. Er selbst hatte ihn für die Serra-Bande nahe zum Hof des Tessiner Bauern karren lassen, damit sie Haus und Stall damit bewarfen, gegen gutes Geld. Nun peitschte ihn das Ungeheuer an tierischen Kadavern vorbei, die links und rechts der Straße lagen. Ein Huhn zuerst und noch ein Huhn, dann eine Gans, noch viel mehr Gänse und Hühner. Eine Ziege rechts, als Leopold weiterkroch, viele Ziegen auf einem Haufen. Ein Esel und noch einer.

»Weiter!«, schrie das Ungeheuer, und Leopold kroch weiter. Die Straße führte zu einem Haus, Leopold kannte es nur zu genau. Ein schmuckes kleines Bauernhaus mit Blumen vor den Fenstern. Ein Hund und zwei Katzen lagen auf dem Vorplatz, die Beine starr in die Luft gereckt, das Fell schwarz von Fliegen.

»Es gibt kein Entkommen!«, brüllte das Ungeheuer.

Ja, es gab kein Entkommen. Jeden Tag und jede Nacht stopfte das Ungeheuer dem Leopold den Mund. Es war Zeichnungspapier, an dem er würgte, jeder Fetzen davon vertraut, noch im Delirium.

»Friss!«, brüllte das Ungeheuer.

Die zehnte Zeichnung nahm Leopold den Atem.

»Hilfe!«

Ein Gurgeln bloß. Er versuchte vergeblich, die Fetzen zu schlucken. Sie zeigten den ältesten Sohn des Bauern, auf dem Boden liegend. Die Locken zerwühlt, die Lider geschlossen, das schöne Gesicht im harten Kontrast zu den verrenkten Gliedern, die deutlich machten, dass der Junge nicht schlief, sondern tot war.

»Stirb!«, brüllte das Ungeheuer, und Leopold bat den Herrn herbei, auf dass der ihn auf seinem letzten Gang begleitete. Auf dass der Herr nur einmal noch sagte:

»Erstklassig, der Leopold. Die beste rechte Hand, die ich je hatte. Und ein Künstler.«

Aber der Herr ließ nichts von sich hören. Und so starb Leopold im September 1939 ohne tröstende letzte Worte im Feldlazarett in Polen. Neben sich tapfere Soldaten, hinter sich ein Hakenkreuz, und nirgendwo mehr ein Kreuz an der Wand, an dem Gottes Sohn für sie gelitten hatte, und der bei ihnen war alle Tage bis an der Welt Ende.

Teil 7

I

Stefano Cavadini freute sich. Es war nicht so, dass täglich jemand bei ihm vorbeikam, frühmorgens schon, um sich neben ihm aufs Mäuerchen am Straßenrand zu setzen. Fahrradfahrer, *naturalmente*, Fahrradfahrer fuhren jeden Tag an ihm und der Pfarrkirche Santi Fedele e Simone von Vico Morcote vorbei, mit ihren sirrenden Reifen, die sie immer schon von weit ankündigten. Manchmal hielten sie beim Brunnen nebenan und befüllten ihre Flaschen, sodass sie ein paar Worte wechseln konnten. Übers Wetter, die Hitze, den Regen, die Wolken. Meist gab es von etwas zu viel, von anderem zu wenig, oder umgekehrt. Stefano Cavadini sagte dazu, was ihm gerade durch den Kopf ging. Manchmal passte es, manchmal nur ein bisschen, und oft sagte er Dinge, die die Fahrradfahrer milde lächeln ließen. Aber das war Stefano Cavadini egal. Er dachte sich seinen Teil. Auch an diesem frühen Montagmorgen, an dem er sich über den Besuch freute. Aber nur kurz. Denn als er genauer hinsah, realisierte er, mit wem er es zu tun hatte. Es war Pietro, jener Mann, auf den man die Hunde hetzen musste. Immer brüllten alle Kinder, wenn Pietro im Dorf auftauchte. »Hau ab, du Schwein!«, schrien sie. »Geh dahin zurück, woher du gekommen bist.« Stefano fiel in das Gebrüll der großen Kinder ein. Sie waren seine Freunde. Mit ihnen rannte er hinter Pietro her und trieb die Hunde an. »Fass!« Bis die Hunde Pietro fassten, bis er am Boden lag und sich ergab. Bis das Hemd in Fetzen war. »Fort mit dir, für immer!«, schrien die Kinder und lachten, und Stefano lachte mit, weil Pietro so lustig aussah mit den Fetzen und dem Blut. »Sieg, Sieg!«, brüllte Stefano mit den Kindern, als Pietro verschwunden war, den Berg hinauf, und nie mehr wieder herunterkam. Bis jetzt. Bis jetzt, wo er wieder da war.

Emma und Marco brauchten ein paar Minuten, um Stefano Cavadini zu beruhigen. Emma hatte Rubio hinter der Kirche an einen Baum geleint und ihm befohlen zu warten. Er war außer Rand und Band geraten, als der alte Mann immer herrischer wurde und ihn anwies, Marco zu beißen. Emma hatte ihren Hund weggezerrt und beruhigt. Noch immer klangen in ihren Ohren die spitzen Schreie nach, die der alte Mann ausgestoßen hatte: »Hau ab, du Schwein! Fass!«

Eine Person namens Pietro sollte Rubio fassen, das war aus dem Mann herauszukriegen. Pietro war böse. Er hatte es verdient, von den Hunden gejagt zu werden. Das sagten die großen Kinder, und Stefano Cavadini half ihnen, Pietro zu vertreiben, dorthin, woher er gekommen war.

»Und wohin treibt ihr ihn?«, fragte Marco.

»Auf die Alpe Vicania«, krähte der alte Mann. »Sieg, Sieg!«

»Ist er wieder mit der Serra-Bande unterwegs?«

Emma fuhr herum. Vor ihr stand Frena. Ihre roten Haare leuchteten in der Morgensonne, und ihr Hemd war anders gemustert als jenes vom Freitagabend, auch wenn es ebenfalls ein Hawaii-Hemd war. An der lila Leine zerrte Dackel Loredana in die Richtung, in der Rubio außer Sichtweite sitzen musste. Frena ging an Emma vorbei zu Stefano und tätschelte ihm die Schulter.

»*Tutto bene*, Stefano. *Calma ti.*« Und wieder zu Emma gewandt, mit der einen Hand auf das Haus hinter der Kirche zeigend: »Ja, hier wohne ich, mit diesem alten Spinner.

Irgendwo musste ich unterkommen, nachdem Peter Alexander mich nicht mehr brauchen konnte.«

Emma hielt sich zurück. Am liebsten hätte sie sich auf die zierliche kleine Frau gestürzt und ihr die hundert Falten im Gesicht straffgezogen.

»*Madonna*, Frena«, knurrte sie. »Du magst dir ja verdammt überlegen vorkommen, weil du Gedanken lesen kannst. Aber jetzt habe ich die Nase voll von deinen Spielchen.« Emma nahm die verblüffte Frau am Arm und zwang sie, sich auf das Mäuerchen neben Stefano Cavadini zu setzen. »Jetzt seid ihr zwei an der Reihe. Erst steigst du in die Tiefen deines Gedächtnisses und spuckst alles aus, was du über dieses Kaff samt Wunderpark weißt. Und dann holst du alles aus diesem alten Mann heraus, egal mit welchen Zauberkünsten. Und zwar zurück bis zum Jahr 1930, als dieser St. Galler Tuchhändler daherkam.«

2

Über das Kaff im Allgemeinen und den Zaubergarten im Speziellen wusste Frena nichts. Aber eine Menge über Peter Alexander. Aus den Tiefen ihres Gedächtnisses tauchte ein Schatz an Anekdoten über den Schlagerstar auf. Über seine Traumvilla hoch über den Dächern von Morcote, in der er die schönsten Jahre seines Lebens verbracht hatte. Wo er sich erholte von den Strapazen als gefeierter Entertainer. In jedem der zehn Zimmer stand ein Flügel oder ein Klavier, damit der Star sich in melancholischen Momenten mit Musik trösten konnte. Frena war sein Mädchen für alles, die gute Seele der Villa, seine Hausverwalterin von 1980 bis 1990. Sie schaute nach dem Rechten, wenn die Familie nicht anwesend war, hielt das Haus in Schwung, überwachte die Angestellten und sprang auch mal selbst ein, wenn der Koch frei hatte. Peter Alexander liebte ihren Kartoffelauflauf und Tomatensalat. Er war ein herzensguter Mensch, nie kam etwas Böses über seine Lippen. Und hier war er mit seiner Familie so richtig glücklich. ›Warum sind wir nicht öfter hier?‹, hatte er immer wieder seine Ehefrau Hilde gefragt. Im Frühjahr 1990 wurde die Villa für vier Millionen Franken an einen deutschen Unternehmer verkauft, Peter Alexander begnügte sich in Morcote bloß noch mit einer gemieteten Wohnung. Frena blieb mit Erinnerungsstücken zurück, die der Chef ihr geschenkt hatte. Einen grauen Anzug, den er bei einem Auftritt in Paris trug, den Stetson mit den Initialen P. A., fünf Flaschen von seinem Lieblingswein, einem Burgunder.

Die arbeitslose Frena träumte von einem kleinen Café mit Fotografien von Peter Alexander und ihren Objekten, von Fans besucht und bewundert, mitten in Morcote. Ihre Pläne scheiterten an ihren bescheidenen finanziellen Mitteln. Frena schlug sich drei Jahre durch, bis die Frau des Pfarrers von Vico Morcote starb und der Witwer das schöne kleine Haus neben der Kirche Santi Fedele e Simone nun allein bewohnte. Er konnte ein wenig Unterstützung im Haushalt gebrauchen.

»Der alte Spinner«, sagte Frena und tätschelte Stefano Cavadini neben sich die Hand. Er hatte sich wieder beruhigt und starrte vor sich hin, während Frena erzählte. »Damals war er noch besser in Schuss.«

Auch 2011, im Todesjahr von Peter Alexander, als Fans in Massen die Gassen fluteten, als sein geliebtes Morcote nochmals in allen Medien Thema war, brachte Frena das Geld für ein Café nicht auf. Dabei hätte er es doch verdient, nicht in Vergessenheit zu geraten. Ganze Busladungen mit deutschen Touristen wären wieder angereist. So wie früher, als sich draußen vor der Villa Chöre im Halbkreis aufstellten und »Die kleine Kneipe« sangen.

Und Frena begann zu summen, sich hin und her wiegend, vom Gekläff von Loredana begleitet, die an ihrer Leine zerrte, um zu Rubio zu gelangen, der noch immer außer Sichtweise vom alten Stefano sitzen musste. Emma ließ sie das Lied beenden. Dann holte sie Rubio. Frena erwies sich als ausgezeichnete Pfadfinderin im Hirn des ehemaligen Pfarrers von Vico Morcote, mit dem sie seit sechsundzwanzig Jahren das Haus teilte. Emma stellte Fragen, Marco analysierte, und Rubio sorgte mit Unterstützung von Loredana dafür, dass Stefano Cavadini ein paar Sätze lang dort blieb, wo Emma ihn haben wollte: in der Zeit, als Stefano ein kleiner Junge war, auf den Oberschenkelstümpfen vom *zio* sitzend. Seinem Onkel, dessen Beine fehlten, weil sie zu Brei geschlagen worden waren, in diesem verfluchten Giardino Balber, wo ein Monster aus Stein aus heiterem Himmel heruntergefallen war.

3

Marco Bianchi prüfte unzählige Akten. Solche aus der Vergangenheit, nicht seine Akten mit Menschen von heute. Akten von Verbrechen und Verfahren, festgehalten in Verzeichnissen und Notizen, in Protokollen von Gerichten und Gemeindeversammlungen. Welch ein Segen, stellte Marco Bianchi immer wieder fest, dass jede Amtshandlung festgehalten wurde, in Archiven einsortiert, von fleißigen Männern und Frauen vor dem Zerfall bewahrt. Papier für Papier in digitale Dateien umgewandelt, die er nun eine nach der anderen öffnete, mit schnellem Blick durchging, auf eine Buchstabenfolge fokussiert und eine Jahreszahl. Einen Pietro suchte er. Einen Pietro und einen Vorfall im Giardino Balber zwischen 1930 und 1937. Denn nichts lag Marco Bianchi ferner, als an ein steinernes Monster zu glauben, das aus heiterem Himmel gefallen war, um einen Arbeiter zum Invaliden zu machen. Da. Bianchi kniff seine brennenden Augen zusammen. Öffnete sie wieder. Da war er. Pietro Nava, geboren 1916 in Morcote, wohnhaft auf der Alpe Vicania, Vico Morcote. Verfahren eröffnet am 23.11.1936 wegen Verdachts auf fahrlässige Körperverletzung, geschehen am 12.08.1936. Verfahren eingestellt am 16.03.1937. Bianchi erhob sich, ging eine Runde, setzte sich wieder. Las die knappen Formulierungen nochmals. Keine Angaben zum Geschädigten, außer dessen Initialen: A. C. Aber eine Information dazu, auf wessen Betreiben das Verfahren eingestellt wurde: Otto Balber, wohnhaft in Morcote, Besitzer des Grundstücks, auf dem A. C. zu Schaden kam.

Bianchis Finger rasten über die Tastatur, als er im Grundbuch von Morcote suchte. Die Nummer wollte er wissen, die Nummer zum Grundstück und eine Jahreszahl dazu, wann Otto Balber Eigentümer geworden war. Einen vom Notar beglaubigten Eintrag suchte er sehr lange vergeblich. Unmöglich, dass es keinen gab. Er befand sich hier im Tessin und nicht im Wilden Westen der USA vor zweihundert Jahren, wo jeder sich nahm, was ihm gefiel, ohne Rücksicht auf jene, die vor ihm da waren. Er hielt inne. Da. Keine Grundstücksnummer, aber ein Eigentumsübergang: Am 17. 12. 1930 wechselte ein Hektar Land den Besitzer, und zwar von Samuele Nava von Morcote zu Otto Balber von St. Gallen. Notariell beglaubigt.

»*Dio mio*«, murmelte Marco, als er sich in Recherchen zu Lebensdaten vertiefte, von einer Generation zur anderen gelangte. Er zeichnete alles auf, machte ein Foto davon und schickte es Emma. Danach brütete er wieder über dem Inhalt der Schachtel, die Signora Lentini aus dem Teehaus geholt hatte. Das Ding, auf das sich Silvio Perone kurz vor seinem Tod so fokussiert hatte. Marco hatte mit Costa zusammen jedes Objekt sorgsam auf dem Bürotisch platziert, fotografiert und in einer Liste festgehalten:

- 1 flaschengrüner Kiesel, ursprünglich wahrscheinlich eine Scherbe, die Kanten von Wasser abgeschliffen
- 7 Kastanien, knapp noch als solche erkennbar, sehr trocken
- 1 Glocke, von der Größe her für eine Ziege oder für ein Schaf
- 1 kaputtes Halsband für einen Hund, Leder, Schnalle fehlt
- 1 geschnitztes Objekt, halbfertig, kein Motiv erkennbar

- 1 geschnitztes Objekt (Hund?)
- 2 Handvoll Brösel, ursprünglich wahrscheinlich Laubblätter
- 1 Zeichnung mit Rötel, Papier in schlechtem Zustand. Motiv: Junge, verrenkt auf dem Boden (evtl. draußen, Gras?) liegend. Tot?

Der Fund im Teehaus musste in etwa so alt wie Stefano Cavadini sein. Marco hatte ihm auf dem Mäuerchen vor der Kirche versuchsweise die Fotos unter die Nase gehalten. Sie hatten den Alten unberührt gelassen, einzig bei der Schachtel hatte Stefano kurz auf den Bildschirm getippt und »fillossera« gesagt, Reblaus. Marco schüttelte den Kopf. Ein Rätsel, in welchen Sphären der Alte wieder unterwegs gewesen war. Aber für den Commissario lag selbst im winzigsten Detail die Möglichkeit, einen Hinweis auf das große Ganze zu liefern. Und wenn es eine Reblaus war. Marco tippte ›Morcote Reblaus‹ ins Suchfeld ein, um eine neue Recherche zu beginnen.

4

Emma hatte der Atem gestockt, während sie die Zeichnung von Marco studierte. Da war sie, die Person, nach der sie suchten, eingewoben in den Stammbaum einer Familie aus Morcote. Die Person, die gefehlt hatte. Die weder schön noch hässlich war, eher älter als jung. Und schlank, wenn sie sich nicht als dicke Frau tarnte.

Emma hatte kurz nach Atem gerungen. Dann war sie losgerannt, die Promenade von Morcote entlang. War den geführten Reisegruppen von Senioren ausgewichen, die an einem Montagnachmittag Ende September noch unterwegs waren. Rubio rannte mit Freudensprüngen nebenher und konnte nicht verstehen, dass das hier kein Spiel war. Emma hatte die Caffè-Bar Vecchio Teatro hinter sich gelassen, La Bottega del Vino, das Ristorante Òasi. Die Straßenseite gewechselt, fluchenden Autofahrern den Stinkefinger gezeigt. Streccia di Caccia. Die Gasse lag im Dunkel, wie am Samstag, als sie vergeblich hier hingekommen war. Ein Ort ohne Sonne, eng. Jetzt stand sie mit hämmerndem Herzen vor der Haustür, wischte sich den Schweiß von der Stirn und aus den Augen, um den Knopf neben dem richtigen Namensschild zu finden. *E. Nava.* Sie klingelte, ohne ihren Finger vom Knopf zu nehmen. Obwohl sie wusste, dass er ihr die Tür nicht öffnen würde. Selbst wenn er zu Hause war. Dass er niemals auch nur ein Wort zu dem sagen würde, was Emma nun deutlich vor Augen hatte: Seine Schwester war es, die dort vor der Palazzina indiana den Tisch mit den Gläsern aufgestellt hatte. Adriana Caduff, geborene Nava und Tochter von Pietro, dem Saboteur von

der Alpe Vicania. Jenem Mann, der mit zwanzig ein un-
schuldiges Menschenleben riskiert hatte, um dem Grundstück und seinem Besitzer Unglück zu bringen, als Rache
dafür, dass ihm und seiner Familie das Zuhause abhanden-
gekommen war. Wahrscheinlich hatte der Anschlag dem
St. Galler Tuchhändler gegolten, war der Mann nur durch
Zufall der herunterfallenden Statue entkommen, die ihn
zermalmt hätte. An jenem Ort, der Existenzgrundlage und
Heimat für eine Bauernfamilie war. Bevor er zum Werk
einer markanten Persönlichkeit wurde.

»›Ein altes Häuschen‹«, murmelte Emma und hörte auf
zu klingeln. »›*Nur* ein altes Häuschen mit einem Stall.‹
Arschlöcher.«

Sie lehnte sich gegen die Hauswand, mit zitternden
Knien, und ließ sich langsam zu Boden gleiten. Rubio
leckte ihr sorgenvoll die Hand. Sie kraulte ihn, während
sie Adriana vor sich sah, wie sie vor ihrem Tisch im Ristorante Alpe Vicania gestanden hatte, ein zartes Lächeln
auf den Lippen, und vom Schulweg nach Vico Morcote erzählte, vom Versteckspiel beim Schloss, von ihrem Traum,
eine Prinzessin zu werden. Sie hatte eine Last mitgetra-
gen, die für den kleinen Bruder zu schwer war. Einen Pietro als Vater, der zum Töten bereit war. Die Sanktionen
eines Dorfes, eine Bande von bösartigen Kindern. Später
kam noch eine Krankheit dazu, die Enzo die Luft nahm.
Adriana hatte ein Leben lang ausgehalten, aufgefangen,
ausgeglichen. Bis letzten Freitag im Giardino Balber, kurz
nach 12 Uhr, als sie selbst aktiv wurde.

Emma versuchte, den Kloß im Hals zu schlucken, der
plötzlich da war. Was hatte Enzo Nava gestern gesagt, als
er neben Emma im Bus saß, nachdem er spontan zugestimmt hatte, mit ihr die Aktivistin zu besuchen? Sie waren auf dem Rückweg von Lugano, Emma rekapitulierte

enthusiastisch die Begegnung, die so vieles erklärte. Enzo Nava saß stumm daneben, offensichtlich erschüttert. Ob er jemanden habe, hatte Emma mit einem Anflug von Sorge gefragt, bevor sie ihn an der Riva dal Garavell absetzte, jemanden zum Reden, mit dem er seine Sorgen teilen konnte?

»Nein«, hatte er gesagt. »Aber jemand, der sich *kümmert*.«

Erst die Zeichnung von Marco hatte aufleuchten lassen, was Enzo ihr mit diesen sechs Wörtern anvertraut hatte: Dass es in seinem Leben einen Menschen gab, der ohne Worte wusste, was er brauchte. Der sich mehr um ihn kümmerte als um sich selbst.

»Lauf, Adriana«, flüsterte Emma. »Lauf so schnell du kannst.«

Dann zog sie ihr Handy hervor und wählte die Nummer von Marco.

»Hier ist niemand. Oder er öffnet nicht.«

»Oder sie. Vielleicht verschanzen sich beide dort.« Marco klang aufgeregt. »Ich bin unterwegs nach Carona. Via Principale 31.«

»Sie hat sehr schön dort gewohnt.«

»Schön gewohnt?« Marco schrie beinahe. »Du warst dort?!«

»Ja.« Emma erhob sich. Sie hatte in dieser dunklen Gasse zu frösteln begonnen. »Ich war dort. Aber Adriana Caduff nicht. Nicht mehr.«

Emma streckte sich, schaute nochmals zu den Fenstern hoch, hinter denen Enzo Nava wohnte. Umziehen wäre gut, an einen Ort mit mehr Licht.

»*Ciao* Enzo«, murmelte sie. »Achte besser auf dich, verdammt noch mal. Damit deine Schwester sich wenigstens nicht vergebens geopfert hat.«

Als Emma wieder Sonne sah, auf der Terrazza sul Lago beim schmiedeeisernen Geländer saß, konnte sie den Kloß im Hals endlich hinunterschlucken. Aber nur dank einem Bier. Ohne Alkohol. Sie hatte noch eine weite Strecke hinter sich zu bringen, zweihundertsechsundfünfzig Kilometer von Morcote bis Arisdorf. Aber zuerst wollten sie noch ein Spiel spielen, Marco und sie.

5

Gaia Perone bot ihrem Gast Kaffee an. Ihre Gedanken rasten, suchten nach Gründen, weshalb er schon wieder da war. Unangemeldet diesmal. Erschrocken war sie, als sie ihn gesehen hatte. Er stand vor ihrem Haus, als sie nach zehn Stunden Arbeit im Health Wellness Retreat zurückkehrte, und entschuldigte sich für den unangekündigten Besuch. Sie gab sich Mühe zu lächeln. Ihre Finger zitterten, als sie die Tür öffnete, und als er den Kaffee ablehnte, stattdessen um ein Glas Wasser aus einem dieser schönen bunten Gläser bat, die bei seinem ersten Besuch noch hier standen – er deutete auf das leergeräumte Regal –, da bebte die ganze Hand. Sie musste sich auf der Küchenkombination aufstützen, während sie die Gläser wegredete. Was für Gläser? Hier hatten noch nie bunte Gläser gestanden, er täusche sich. Vor ihren Augen flimmerte es kurz, als er ihr etwas hinstreckte. Sie riss sich zusammen – verdammt, Gaia, reiss dich zusammen! –, nur kurz noch die Fassung wahren, dann würde er wieder gehen. Auf ihrem Vorplatz gefunden? Ja, das konnte sein, ein Missgeschick, das Glas aus der Hand geglitten, am Freitagabend.

Sie musste jetzt eigentlich wütend werden, es sich verbitten, dass er sie hier an einem Montagabend einfach so überfiel, ungefragt, unflätig. Aber sie schaute bloß stumm auf die blaue Scherbe im Plastikbeutel, die der Commissario ihr entgegenstreckte. Das einzige Stückchen, das noch etwas über Silvios Vorliebe für bunte Gläser erzählte. Sein Handy klingelte, sie zuckte zusammen. Es war eine Frau am anderen Ende der Leitung. Sie verstand kein Wort, bloß den Namen, den der Commissario laut wiederholte. Adriana Caduff. Gaia klammerte sich an der Kante der Küchenkombination fest und sah auf ihre Knöchel hinunter, die ganz weiß hervortraten. Adriana Caduff, sagte er wieder. Wir haben die Wohnung von Adriana Caduff in Carona durchsucht und bunte Gläser gefunden. Und? Ein Krächzen bloß, dabei müsste sie jetzt souverän agieren, auf alles, was er vorbrachte, mit Leichtigkeit antworten, so, wie sie es für sich geprobt hatte, Dutzende Male. Aber ihre Gedanken klebten an diesen bunten Gläsern in Adrianas Wohnung. Jeder Hinweis musste verschwinden, das hatten sie vereinbart, jedes noch so kleine Zeichen. Denn eines wussten sie beide, als sie den Keim wachsen ließen, ihn mit Sorgfalt pflegten, von der ersten zaghaften Idee bis zur professionellen Umsetzung: Nicht ein einziger Verdachtsmoment durfte auf sie beide fallen. Als sie den Samen aussäten im Hotelgarten des Relais Castello di Morcote, an jenem Abend nach fünf Gängen, sieben Gläsern Wein und tausend Demütigungen, als Gaia nur noch weinen und wiederholen konnte, warum sie am Ende war: ›Weil er mir alles genommen hat.‹

Und jetzt hatte dieses dumme Weib bunte Gläser bei sich zu Hause stehen. »Adriana Caduff?«, hörte Gaia sich krächzen. Sie musste Zeit gewinnen, sich zwingen, dem Mann in die Augen zu schauen. Die Panik schlucken. Jetzt klingelte es wieder, jemand war an der Haustür, und der Commissario öffnete, als ob nicht mehr sie hier zu Hause war. Wasser, sie brauchte Wasser, sie trank direkt aus dem Hahn, bloß keine Gläser mehr. Als sie wieder aufsah, stand da eine alte Frau, die Alte vom Pfarrhaus in Vico Morcote oben, die mit dem Dackel. »Frena Lehner«, erklärte der Commissario, »sie unterstützt mich.« Wobei sie ihn unterstütze, fragte Gaia und erhielt keine Antwort, dafür lag plötzlich eine Schachtel vor ihr, auf die der Commissario deutete. Vor neunzig Jahren war das eine Schachtel, wie es sie auf jedem Tessiner Hof mit Rebstöcken gegeben hatte. Ein Pestizid gegen Rebläuse. Was ihr ermordeter Ex-Mann mit dieser Schachtel zu tun hatte? Gaia zuckte zusammen, als der Commissario ›ermordeter Ex-Mann‹ sagte. Nichts hatte er mit dieser Schachtel zu tun, warum sollte er? Ein Rätsel, diese Schachtel, sagte der Commissario, ob sie denn nicht mal hineinschauen wollte? Gaia wollte nicht hineinschauen. Sie hatte alles gesehen. Den Kiesel und die Kastanien, die Glocke und den ganzen Schrott, den Adriana ihr unter die Nase gehalten hatte. Von meinem Vater, hatte sie geflüstert. Die Erinnerungen einer Kindheit, das, was Adrianas Vater geblieben war, nebst nagender Wut, Alkohol und zwei Brüdern, die aus der Ferne zuerst noch Briefe schrieben, bis sie ausblieben. Nein. Gaia wollte die Zeichnung nicht nochmals sehen. Adriana hatte sie auseinandergefaltet und ihr unter die Nase gehalten. Aus Teufels Hirn und Hand, hatte Adriana gesagt, und Gaia war erschrocken über das, was plötzlich in dieser leisen Stimme lag. Willst du die Geschichte dazu hören? Gaia wollte nicht. Und jetzt setze ich dem Lauf der Dinge ein Ende, hatte Adriana erklärt und sie am Arm gepackt, dass es schmerzte. Gemeinsam mit dir. Denn nichts hält deinen Mann auf, wenn er etwas besitzen will, das weißt du am besten.

Nichts als der Tod.

Gaia schreckte aus ihren Gedanken hoch. Das Handy vom Commissario. Wieder hielt er sein Handy ans Ohr, hörte dieser Frauenstimme zu, wandte sich ab, murmelte etwas. Drehte sich wieder zu ihr, steckte das Handy ein. Sie stand bloß da, sah ihm dabei zu und stellte fest, dass nun auch ihre Knie zitterten. Ein Geständnis, sagte er. Adriana Caduff hat ein Geständnis abgelegt. Gaias Herz setzte aus und schlug dann doch weiter, während der Commissario redete und redete. Sein Mund öffnete und schloss sich, sie hörte nichts, bloß ihre eigenen Gedanken, die brüllten, dass sie es immer schon gewusst hatten. Zu viel Risiko. Zu viel Abhängigkeit. Die geniale Idee eine Falle. Der Traum ausgeträumt. Nie würde sie alleinige Besitzerin der Praxis an der Riva Antonio Caccia werden, würdige Nachfolgerin für den tragisch verstorbenen Ex-Mann. Kein eigenes Imperium aufbauen. Niemals hätte sie der Verlockung nachgeben dürfen. Das ausgeklügelte Konstrukt fiel in sich zusammen, von einem Moment zum andern. Die Komplizin wurde zur Verräterin, die mit einem Geständnis ihre eigene Haut retten wollte. Jämmerlich, diese Frau, die bloß von sich ablenkte, der eigentlichen Täterin, die Silvio Perone das auserwählte Glas gereicht hatte, in Violett, seiner Lieblingsfarbe. Gaias Beitrag hatte lediglich darin bestanden, eine Dosis Botulinumtoxin beizusteuern, eine klitzekleine Portion, kleiner als ein Tropfen, mit der sich mehr erreichen ließ als nur straffere Haut.

Und nun redete Gaia Perone, an diesem Montagabend nach Feierabend. Plötzlich entfesselt, um jedes Detail bemüht. Damit möglichst wenig Licht vom Scheinwerfer der Schuld auf sie fiel. Was sie nicht sagte, las Frena aus ihren Gedanken, und was wirr klang, brachte der Commissario in eine klare Ordnung. Die Ex-Frau, die beim Giftmord jedes Stereotyp erfüllte. Die Fachkundige, die den Arzt für Plastische Chirurgie mit seinen eigenen Waffen schlug. Die Clevere, die sich ein Alibi beschaffte. Eine ausländische Pflegekraft in den Blick des Commissario rückte, indem sie die polnische Perle und den Polizisten bei sich zu Hause aufeinandertreffen ließ. Die Strategin, die sich selbst die Finger nicht schmutzig machte. Die Auftraggeberin, die eine Komplizin mit dem bunten Kitsch ins Feld schickte, den Silvio so mochte. Die Verstoßene, die berechnend wurde, um wieder Königin zu werden. Die Eifrige, so sehr darauf bedacht, ihre gestraffte Haut zu retten, dass sie nicht realisierte, in welchem Spiel sie mitspielte. Bis zwei Polizeibeamte vor der Tür standen, um sie abzuholen.

Emmas schlechtes Gewissen war nur von kurzer Dauer, als sie das Handy einsteckte. Sie stand fünfzig Meter von Gaia Perones Haus entfernt auf dem Parkplatz an der Bushaltestelle Giardino Balber. In besonderen Fällen war ihr jedes Mittel recht.

6

An diesem Montagabend fühlte Battista Armenio sich gut. So richtig gut bei einem kalten Bier auf seiner Terrasse hoch über Bissone. Dieser Bulle hatte einen Rückzieher machen müssen. Probe negativ. Die falsche Fährte verfolgt. Eine Frechheit, im Grunde, ihm ein solches Verbrechen zuzutrauen, ihm, Battista Armenio, dem Maurer, der niemandem ein Haar krümmen könnte. *Capo* von zweihundert Mitarbeitern, dem einzig deren Wohlergehen und das seiner Tochter ein Anliegen war. Aber Battista Armenio hatte den Affront großzügig stehen lassen, die Leier des Bullen abgeklemmt. Der Mann war sich selbst Strafe genug. Und wer immer der Kerl war, der es gewagt hatte, Silvio Perone am schönsten Tag im Leben seiner Prinzessin um die Ecke zu bringen: Der hatte Eier. Hut ab.

7

Rubio, *no!*«, rief Emma. »Das schadet den Zähnen!«
Seit sie den Gotthardtunnel hinter sich gelassen
hatte, widersetzte sich Rubio ihrem Befehl. Er saß aufrecht auf der Rückbank, den neuen Tennisball triumphierend im Maul. Ein Geschenk vom Commissario.

Ein Geschenk für Emma lag auf dem Beifahrersitz, so
groß wie vier Schuhschachteln, in gelbes Papier einge-
packt, mit bunten Bändern umwickelt, beim Abschied
auf dem Parkplatz an der Bushaltestelle Giardino Balber
überreicht.

»Für Tschopp, von Bianchi«, hatte der Commisario gesagt. »Erst vor dem dritten Fall öffnen.«

Als Emma nach drei Stunden Fahrt in Arisdorf ausstieg
und Rubio mit Freudensprüngen auf die Haustür zu-
stürmte, spürte sie die Umarmung von Marco noch immer.

Am frühen Dienstagmorgen war Martina Lentini unterwegs zum Teehaus, die Plastiktüte mit dem Karton in der einen Hand, den Gemeindeschlüsselbund in der anderen. Sie ärgerte sich.

Über Enzo. Er hatte sich spontan einen Tag frei genommen, weil er endlich wieder einmal den Botanischen Garten in Basel besuchen wollte.

Über den Commissario, der mittlerweile wusste, wer hinter der dicken Frau steckte, sie aber noch nicht gefasst hatte.

Über Signor Perone, der immer so nett gewesen war, als er noch unter den Lebenden weilte, und sich als übler Kerl entpuppte. Noch übler als eine Feministin. Den Pfleger seiner Mutter Katzenkadaver platzieren lassen, damit den Giardino Balber ruinieren, bis er ihn für ein Butterbrot der Gemeinde abkaufen konnte: Wie krank war das denn?

Martina Lentini war beim Teehaus angekommen, schloss das Haus auf, griff nach dem Karton und platzierte ihn wieder genau an der Stelle, von der sie ihn geholt hatte. Ohne Handschuhe.

»Die Schachtel muss im Teehaus wohnen«, hatte der Commissario vorhin gesagt, bei der Übergabe. »Für immer.«

Martina Lentini schüttelte den Kopf, als sie die Tür wieder verschloss. Von ihr aus konnte der alte Plunder hier liegen, bis er zu Staub wurde. Manche Menschen hatten eben Sonderwünsche. Wie Otto Balber und seine Frau, deren Asche ein paar Meter weiter im Tempio di Nefertiti auf Säulen stand, in Urnen versorgt. Für immer.

9

Guten Morgen, Feldwebel mbA Tschopp. Zurück aus der Sonnenstube?«

Emma war zusammengezuckt. Sie stand im Flur beim großen Drucker. Kollege Alex. Von hinten, wie immer. Er schielte auf den Ausdruck in ihrer Hand. »Liebesbrief?«

Emma deckte das Papier ab und zögerte. »Willst du ihn lesen?« Sie hielt ihm das Blatt unter die Nase.

Er schaute nur kurz hin, viel zu lesen gab es nicht. »Ahnenforschung? Deine neue Spezialität?«

»Du hast hier«, sie zeigte auf das hellblaue Hemd, das sich über seinem Bauch straffte, »einen Fleck. Gab's Braten zum Frühstück?«

Als sie wieder an ihrem Arbeitsplatz war, stand Alex noch immer im Gang und untersuchte seinen Bauch.

»Feldwebel mbA Breitenstein«, murmelte Emma leise für sich. Sie klemmte den Ausdruck an die Magnetwand hinter ihrem Bürotisch. »Ich werde Sie vermissen.«

Dann vertiefte sie sich wieder in die Serie von Einbrüchen im Bezirk Arlesheim, während ihr Familie Nava über die Schulter schaute, in Marco Bianchis akkurater Schrift festgehalten.

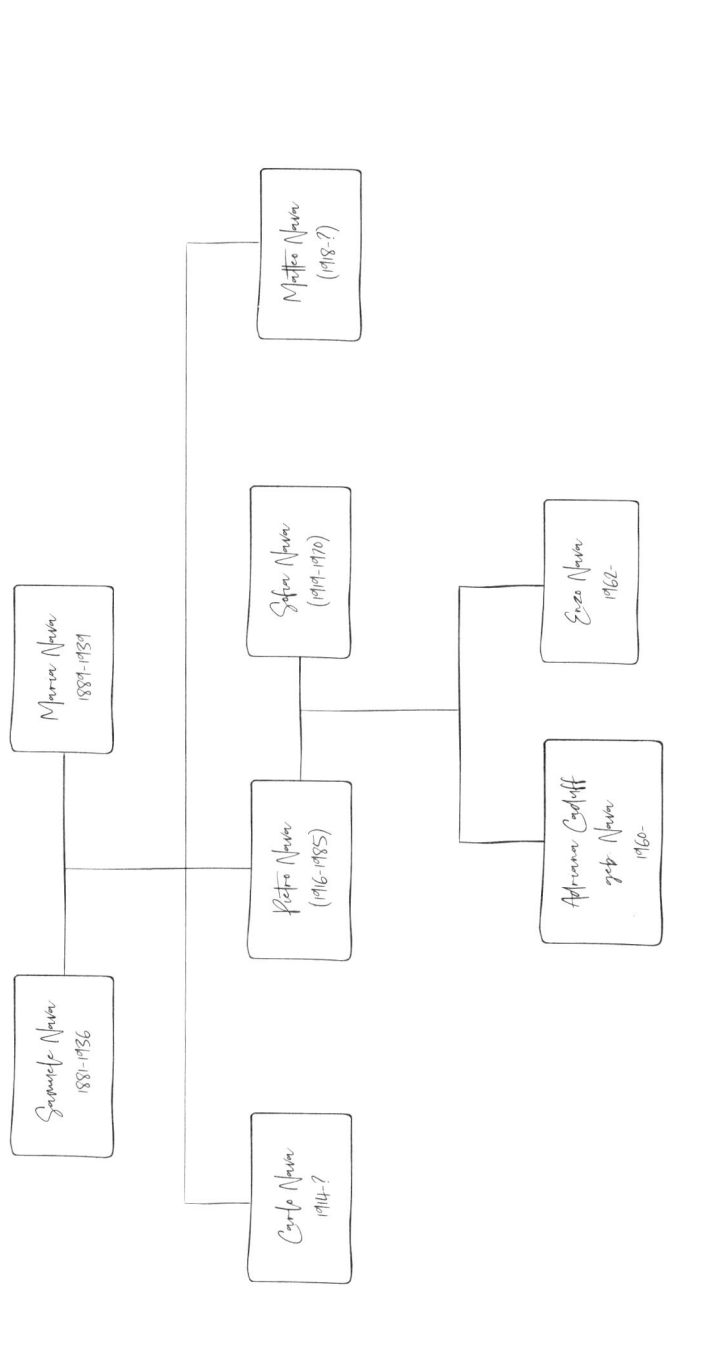

Der Parco Scherrer in Morcote gab den Anstoß für diesen Roman. Ich habe die Geschichte und alle Figuren frei erfunden, das gilt insbesondere für Otto Balber, der nichts mit dem Gründer des wunderbar geheimnisvollen Parks, Arthur Scherrer, gemein hat.

Sandra Hughes, im Juni 2021